Marion Harder-Merkelbach

FRIEDE

Roman

Lektorat: Philip Anton, Köln
Korrektorat: Manuela Tiller, Köln
Umschlaggestaltung: MHM Verlag, unter Verwendung von S. Botticelli, *Geburt der Venus*, um 1485, Uffizien, und einem Stahlstich nach K. Corradi, 19. Jh.
ISBN 9783981723472
www.marion-merkelbach.de

Marion Harder-Merkelbach

FRIEDE

Roman

Für Emilia,
spannende und interessante
Lesestunden wünscht
herzlichst
Marion Merkelbach

MHM

DIE BODENSEE-ROMANE
HiStory – Welt und Mensch

Überlingen, Bodensee, Feb. '23

Meiner Familie gewidmet

Ab Iove principium

Vergil

Europa
zu Beginn des 7. Jahrhunderts nach Christus

Die Mitte Europas wird im frühen 7. Jahrhundert von den germanischen Stämmen der Franken und der Langobarden in Italien beherrscht. Noch regieren der Merowinger König Clothar II. und dessen Sohn Dagobert I. sowie die langobardische Königin Theodelinda mit ihrem Sohn, König Adaloald.

Unter der wachsenden Vorherrschaft des Pontifex Maximus breitet sich die Macht der römischen Kirche in den europäischen Städten aus. Ihre Lehren werden auf den Konzilien und Synoden schriftlich fixiert und verbieten jegliche Kritik oder abweichende Meinung. Wer es wagt, eigene Gedanken zu äußern, begibt sich in die Gefahr, als Irrgläubiger verfolgt zu werden. Die Auslegungen der heiligen Schriften werden dem Volk in der lateinischen Sprache vermittelt. Ehrfürchtig folgt die städtische Bevölkerung, in aller Regel Analphabeten, den Drohpredigten der Kirche, die angeblich allein die wahren Botschaften enthalten, welche zum Heil führen und vor der Hölle bewahren.

Unter der Führung von Iroschotten organisieren Widerstandskämpferinnen und -kämpfer – zunächst unbemerkt – ein Netzwerk. Sie gründen auf dem Land Coenobien, Zentren der universalen Bildung für Männer, Frauen und Kinder, aber auch Zufluchtsorte für Bedürftige. Später werden diese als Monasterien bezeichnet. Die Rebellen widersetzen sich den Dogmen der römischen Kirche und verbreiten eigene, das Christentum betreffende Auslegungen. – Von Rom gesteuert, wächst der Argwohn gegen die *Fornicatores,* die »Hurenböcke«, wie sie von den römischen Bischöfen bezeichnet werden. Doch die einfachen Menschen, deren Denken oft noch den heidnischen Riten verhaftet ist, hängen an den Lippen des Iroschotten Gall und seiner Verbündeten …

Personenverzeichnis und Karte mit Handlungsorten im Anhang

Um 620

Iburinga/Überlingen

Meine Welt

Seit einiger Zeit schon hatte ich Veränderungen bei den Tieren beobachtet. Das Zirpen, Zwitschern und Pfeifen der Vögel war lauter und aufgeregter geworden. Ihre Flüge hektischer. Das nächtliche Heulen der Wölfe gehörte zu den gewohnten Stimmen der Finsternis. Doch jetzt durchdrang es die Nächte furchterregender und warnender. Auch das Brüllen des Bären, der in einer Höhle unweit der meinen wohnte, klang bedrohlicher. So wurde auch ich wachsamer. Mein Schlaf wurde unruhiger. Immer wieder lag ich wach, lauschte den Stimmen der Nacht, um die darin enthaltenen Klänge und Zeichen zu deuten. Um selbst unbemerkt zu bleiben, stand ich möglichst lautlos auf, blickte vorsichtig aus meiner Höhle und suchte die Dunkelheit nach ungewöhnlichen Regungen ab.

Die Tierwelt hatte mich gelehrt, ihre Grenzen zu achten. Mein Revier reichte vom Ufer des Sees, durch die kleine Schlucht und den Wald, hinauf bis zu der zerstörten Siedlung mit dem herzoglichen Gehöft von Iburinga.

Die Hütte, welche die Norne und ich nach dem Brand notdürftig für uns hergerichtet hatten, war mehr und mehr zerfallen. Und so hatte ich die verschont gebliebenen Utensilien, wie Decken und Felle, gepackt und mein Leben in der Höhle am See eingerichtet. Sie lag in der Nähe der Heilquelle und unweit von Igwja, meinem Weltenbaum.

Das Wichtigste, was ich gelernt hatte, war, das Feuer zu entfachen. Ich beobachtete sein Züngeln und hörte es knistern. Ich sah die Farben, das Licht, die Wärme darin. Es braute meine

Tränke und Suppen und garte den gefangenen Fisch. Es schreckte gefährliche Tiere ab.

Doch dann stiegen wieder die Erinnerungen in mir auf, an die erbarmungslose Glut, die gnadenlose Hitze, den stickigen Rauch, die rücksichtslosen Flammen mit ihrem unerbittlichen Drang nach Verwüstung. Hemmungslos breiteten sie sich aus und verschlangen alles, dessen sie habhaft werden konnten, Bäume, Häuser, Tiere oder ... Menschen, meine Menschen, meine Familie. Allein die Felswand, die Steine und der See waren dazu in der Lage, dem Feuer zu trotzen.

Was genau die Ursache für seine nicht zu besänftigende Zerstörungswut in jener Nacht war, als Iburinga vernichtet wurde, würde ich wohl nie erfahren. Ich erinnerte mich daran, dass ich eine unerträgliche Hitze fühlte, als mich die Schreie meiner Mutter aus dem Schlaf rissen. Meine Augen brannten und ich sah nichts als Rauch. Ich konnte kaum atmen und wurde von einem schmerzhaften Husten gepackt. Erst nach und nach verstand ich meine Mutter, die mit ihrem Schreien das Heulen, Jammern und Husten meiner Geschwister und all der anderen Menschen vom Gehöft übertönte. Wir sollten sofort die Hütte verlassen, zum See rennen und dort bleiben, bis sie uns holen würde. Ohne meine Mutter aber wollte ich nirgendwohin. Doch unbekannte Männer ergriffen sie und zerrten sie fort, während sie sich kreischend dagegen wehrte. Dann packten sie meine Schwester und schlugen meinen Bruder. Immer noch hörte ich das Gebrüll meiner Mutter. Sie rief die Götter um Hilfe und schrie mir zu, wegzulaufen, sie würde mich später holen. Also rannte ich durch das Gehöft, wurde von hinten gepackt, biss und riss mich los, rannte weiter in Richtung See. Und dann stand sie plötzlich da. Stets waren wir vor ihr und ihren magischen Kräften gewarnt worden, und es war uns strengstens verboten, uns ihr, dem heiligen Weltenbaum, den wir Igwja nannten, zu nähern. Doch auf meiner Flucht durch die nächtliche Finsternis stolperte ich und fiel vor ihrem Stamm auf meine Knie. Plötzlich erschien mir Igwja groß, lebendig, beschützend. Sie bot mir ein Versteck.

Der Weltenbaum sollte mein Leben retten. – Genauso wie jetzt das Feuer. So seltsam es klingen mag.

Meine Beobachtungsgabe und meine Neugier waren mir von jeher zugutegekommen und sollten mir auch künftig nützlich sein. Je länger ich allein war, desto intensiver beobachtete ich den Bären aus meiner Nachbarschaft. Da wir beide Höhlenbewohner waren, fühlte ich mich ihm verbunden. Er lief aufrecht auf zwei Beinen, genauso wie ich. Und die Spuren, die er hinterließ, ähnelten denen meiner Füße, obwohl sie vergleichsweise riesig erschienen. Ich sah ihn gleichsam als meinen Lehrmeister an. Tagelang folgte ich ihm in sicherem Abstand, ohne mich zu weit von meiner Behausung zu entfernen. Hatte ich ihn aus dem Blick verloren, war ich erleichtert, wenn ich sein zottiges, braunes Fell erneut zwischen den Bäumen und Sträuchern ausmachte. Da er sich von Eicheln, Wildgräsern, Wurzeln, Beeren, Pilzen, Früchten, Würmern, Raupen, Heuschrecken und Froschlaich ernährte, tat ich es ihm gleich. Zuweilen trollte er sich an den See, tappte schweren Schrittes hinein und fing Fische. Seine Pranken schlugen schnell und geschickt zu und mit dem Maul packte er die zappelnden Tiere und verschlang sie.

Seitdem auch die Norne, die Seherin, gestorben war, lebte ich allein. Die Einsamkeit, der Verlust von Liebe und Berührungen, die Schmerzen und Verwundungen meiner Seele, meines Geistes und auch meines Körpers holten meine Gedanken immer wieder ein und schwächten mich. Heilende Kräuter und Pflanzen halfen mir zurück auf die Beine und schickten meinen Geist auf die Reise zwischen Träumen und Wirklichkeit, während sich die Welt um mich herum weiterdrehte. Es geschahen zuweilen Dinge in meinem Leben, von denen ich im Nachhinein nicht mehr zu sagen wusste, ob ich sie geträumt oder tatsächlich erlebt hatte. Doch war dies nicht von Belang. Denn der nächste Tag kam und ging auch wieder, und das, was sich am vergangenen ereignet hatte, war für den folgenden kaum von Bedeutung. Die Sonne ging auf und zog ihre Bahn. Mal nahm ich sie wahr, und mal war sie hinter den Wolken verschwunden, aber auch das schien für mein Überleben nicht von Wichtigkeit. Ein Tag glich dem anderen, doch zuweilen, wenn ich mich voller Leben fühlte, suchte ich nach Abwechslung. Es entsprach meinem inneren Drang, die Pflanzen und die Tiere zu verstehen.

Schließlich waren wir alle ein Teil von Midgard, der Welt der sterblichen Lebewesen. Ich lauschte nicht nur den Wölfen und achtete auf das Brummen des Bären, sondern suchte auch danach, die Bewegungen, Laute und Flüge der Vögel zu deuten. Ich wusste, welches Zirpen, Zwitschern, Singen, Rufen zu welcher Farbe des Gefieders oder Körpergestalt gehörte. Aber ich wollte auch an ihrer Unterhaltung teilhaben und verstehen, wie es ihnen gelang, von der Erde oder vom See abzuheben und zu fliegen. Während der Wintermonate waren viele von ihnen verschwunden. Dann kehrte Stille ein und mit ihr die Kälte. Viele Tiere, so auch der Bär, schienen in Helheim, dem Reich der Totengöttin Hel, bei den Wurzeln von Igwja zu verbringen, um im Frühjahr mit dem neuen Leben der Pflanzen wiederaufzuerstehen.

Als ich eines Tages in jener einsamen Zeit menschliche Fußabdrücke in der Nähe meiner Höhle entdeckte, hegte ich den Verdacht, dass es der Fremde war, der seit geraumer Zeit die Ordnung der Tierwelt durcheinanderbrachte. Die Abdrücke im Uferschlamm waren etwas schmaler als meine eigenen. Die Spuren waren frisch. Bisher hatte ich in dem Glauben gelebt, dass außer mir keine Menschen Zutritt zu meinem Reich fanden. Nun wurde ich vorsichtig. Um selbst nicht gesehen zu werden, versteckte ich mich hinter einem Busch und suchte das Ufer ab. Im Gegenlicht der untergehenden Sonne entdeckte ich eine Frau. Ihr wohlgeformter Körper war unbekleidet. Er bildete eine Einheit mit dem golden glänzenden See. Die langen feurig roten Locken fielen wie ein schimmerndes Gewand über ihren Rücken. Wie eine Nymphe watete sie, leise vor sich hin summend und singend, durch das Wasser. Sie glitt hinein, verschwand unter der

Oberfläche, tauchte wieder auf; tanzte mit dem Gewässer, das ihren Unterkörper umschlang. Sie schloss die Augen und warf den Kopf in den Nacken. Wie eine Göttin spielte sie mit den Seegeistern, den Feen und Alben. Der Anblick fesselte mich.

Ohne mich bemerkt zu haben, verschwand sie, langsam durchs Wasser ziehend, hinter der Felsnase, die weit in den See hineinragte. Was sich dahinter verbarg, wusste ich nicht. Die Norne hatte stets erklärt, in den Höhlen würden magische Kräfte ihr Unwesen treiben. Sie verbot mir den Zutritt.

Das Erscheinen der Frau war ein Ereignis, das ich nicht der Welt meiner Wissbegierde, sondern der meiner lebenden Träume zuordnete. Dennoch hatte ich keine Ahnung von den Irrungen eines anderen menschlichen Daseins, in dessen geheimnisvollen Strudel ich nun bald und völlig unerwartet hineingezogen werden sollte.

Die Sonne war untergegangen, doch der Vollmond schien hell. Unruhig wälzte ich mich auf meinem schlichten Lager hin und her. Wieder heulten die Wölfe lauter und warnender und wieder klang das Brummen des Bären drohender als sonst. Zwischen Träumen und Wachen kehrten die Erinnerungen an den vergangenen Tag zurück. Wer war die Frau, die einer Nymphe glich? Warum wagte sie sich in mein Reich und gar in den verbotenen Bereich der Höhlen? Wieder kreisten meine Gedanken um diese seltsame Begebenheit, bis ich endlich in einen unruhigen Schlaf fiel. Jedoch nicht allzu lange, denn ein jämmerliches Piepsen weckte mich. Schlaftrunken stand ich auf und schürte die Glut, bis kleine Flammen züngelten. Dem Piepsen folgend, entdeckte ich in der Ecke beim Höhleneingang das Funkeln zweier edler Steine. Sie leuchteten in dem gleichen goldenen Rot wie der abendliche See. Es waren die großen Augen einer kleinen Eule. Das Tier kauerte angsterfüllt in der Ecke und glich mit seinen Federn, die wie zwei Ohren vom Kopf abstanden, eher einer kleinen Wildkatze als einem Vogel. Offensichtlich war sie verletzt, denn sie konnte weder fliegen noch hüpfen und verharrte scheu am Höhleneingang. Warum hatten die Götter mir das wunde Tier geschickt?, überlegte ich. Ich war keine Priesterin, wie die Norne sich nannte. Hin und wieder hatte sie mir einen Zauber verraten. Doch sie hatte es mir verboten, an ihren Opferritualen teilzuhaben. Dennoch hatte sich eine Zeremonie in mein Gedächtnis eingebrannt. Auch was dies betraf, wusste ich nicht, ob ich es im Traum gesehen hatte oder ob es die Wirklichkeit gewesen war. Die Norne vollzog es, als sie mich als einzige Überlebende des großen Brandes zitternd und weinend unter dem Weltenbaum entdeckte. Selten hatte ich sie so aufgeregt gesehen. Sie näherte sich mir mit einem Ausdruck, der dem eines Drachen glich. Ihre Bewegungen waren ruckartig. Sie wiederholte unverständliche magische Formeln und wagte nicht, mich zu berühren. Sie entfernte sich und kehrte mit Kräutern zurück, entzündete ein Feuer, holte ihren Kessel und vollführte einen wilden Tanz mit lautem Gesang, während sie ein Gebräu anrührte, das sie mir schließlich reichte. Mein Kopf drehte sich. Seltsame Bilder traten mir vor Augen. War die zappelnde Ziege, der sie den Kopf abschlug, um ihn Odin zum Dank für mein Leben zu opfern, Wirklichkeit oder hatte ihr Trank diese blutigen Bilder in meinem Kopf hervorgerufen? Die Grausamkeiten schienen kein Ende zu nehmen. Denn das Blut, das ich aus der Kehle und aus dem Hals des Tieres strömen sah, begutachtete sie intensiv, untersuchte es, hob die Arme und suchte daraus Prophezeiungen zu lesen. Gab sie mir das Blut zu trinken? Immer wieder schärfte sie mir ein, es sei ein Geschenk Odins, dass sie und ich die Zerstörung überlebt hätten. Der oberste Gott, der die Wipfel Igwjas bewohnte, hielte unser Schicksal in Händen. Und es sei gefährlich, Igwja – andere nannten sie Ibur, später sollte sie Eibe heißen – zu nahe zu kommen. Sie würde uns, wenn wir ihre geheimen Kräfte nicht achteten und sie berührten, gar ihre Zweige brachen oder von ihren Früchten kosteten, die Luft zum Atmen nehmen. Wir würden mit dem Tod ringen, und schließlich würden unsere

Körper jämmerlich und unter großer Furcht und Schmerzen zugrunde gehen.

Die wie Sterne funkelnden Augen, die sanften Federn und die Flügel, die die Eule mit dem Himmel verbanden, waren Zeichen, überlegte ich jetzt. Odin, der in den Wipfeln von Igwja hauste, verlangte nach dem Opfer als Gegenleistung für seinen Schutz vor den Bedrohungen, die aus der Tierwelt zu mir sprachen. Es war Vollmond und das Ritual sollte noch in der Nacht vollzogen werden. Wer sollte die Priesterin sein, wenn nicht ich selbst? Ich legte mir das Messer zurecht, beschwor das Tier mit Klängen, die mich an jene Opfernacht erinnerten, und erhitzte die Rauschkräuter in dem Kessel über dem Feuer. Immer wieder fiel mein Blick auf die kleine Eule, die mich mit weit aufgerissenen Augen anstarrte. Der Rauch verursachte Schwindel und Übelkeit. Ich griff nach dem Messer, erstarrte jedoch im nächsten Augenblick. Denn eine Hand legte sich auf meine Schulter. Langsam drehte ich mich um und ein stechender Blick im Schein des Feuers stieß bis in das Innere meiner Seele vor. Es war die Frau mit dem langen roten Haar. Wortlos trat sie zu dem piepsenden Tier, summte beruhigend vor sich hin, nahm die kleine Eule behutsam auf, verließ die Höhle und schritt durch mein Revier wie eine Königin mit einem kostbaren Schatz in der Hand. So, als wäre es ihr Reich. Regungslos beobachtete ich, wie sie sich meinem Baum näherte. Igwja. Wie konnte sie es wagen? Igwja, der Weltenbaum, war mein Heiligtum. Sie verkörperte alles, was mir heilig war. Sie stützte das Himmelsgewölbe, verband die Welten miteinander: die Welt Odins, Asgard, in den Wipfeln des Weltenbaums, wo sich alle Götter, die wir Asen nannten, versammelten und berieten. Und die Welt der Lebenden, der ich angehörte und deren Name Midgard lautete, im Reich der Mitte. Schließlich Helheim, wohin meine Mammä, meine Mutter, die Norne und all die anderen gereist waren, in die Welt der toten Seelen. Sie lag, unsichtbar für uns Lebende, unter der Erde, bei den Wurzeln.

Plötzlich frohlockte ich, denn Odin und Igwja würden die Fremde einer Prüfung unterziehen. Odin würde sein Urteil fällen und Igwja, wenn nötig, ihre tödlichen Kräfte aussenden.

Zu meiner Verwunderung vernahm ich den betörenden nächtlichen Gesang der Frau, während sie mit dem kleinen Vogel in beiden Händen voller Ehrfurcht auf den Weltenbaum zuschritt. Je näher sie kam, desto würdevoller bewegte sie sich. Schließlich setzte sie das Tier auf einen der herabhängenden Äste.

Als die Frau einer Göttin gleich in ihrem hellen Gewand zurückkam und an mir vorbeiging, sagte sie etwas, das ich nicht verstand. Es klang wie *Sophia ...*

Die nächtliche Begebenheit versetzte mich erneut in einen Zustand zwischen Traum und Wirklichkeit. Ich war verunsichert. Wie würde der große Gott Odin reagieren, wenn ich ihm das Tier nicht opferte? Ich fühlte mich seltsam, ja entrückt und dennoch erleichtert. Die kleine Eule lebte, und es lag nun am Weltenbaum, sich um das Tier zu kümmern. Beruhigt suchte ich den Weg zurück zu meiner Lagerstatt, als etwas aus der Richtung des Sees meine Aufmerksamkeit auf sich zog. Es war windstill. Dennoch war das Wasser in Bewegung geraten und kleine Wellen rauschten zwar leise, aber in kurzen Abständen ans Ufer. Ein Boot schälte sich aus der Dunkelheit und überquerte das glitzernde Band des Mondlichts. Kaum war es hinter der magischen Felswand verschwunden, vibrierte der Boden. Es war das regelmäßige Trommeln von Pferdehufen. Es schien in einen Trab zu fallen und dann zum Stehen zu kommen. Ein heftiger Aufprall folgte, dann trat Stille ein.

Die Wölfe heulten lauter und aufgeregter denn je. Die Vögel wurden aus ihrem Schlaf gerissen und flatterten hektisch auf. Der Bär brummte verhalten. Mein Herz raste, als wären meine Beine auf der Flucht. Doch ich kauerte im Schatten eines Strauches und suchte das kleine, dunkle Tal ab, das von Iburinga hinunter zum See führte. Ich roch das Pferd, das nicht weit von meiner Höhle entfernt sein konnte. Es schnaubte. Schwerer Atem. Als das Heulen der Wölfe erneut einsetzte, ergriff das Tier die Flucht. Jetzt nahm ich ein Stöhnen und Röcheln wahr. Langsam schlich ich mich an und sah einen gekrümmten Körper auf der Erde liegen. Aus der Größe schloss ich, dass es ein Mann sein musste. Meine Angst war zu stark, als dass ich mich ihm weiter hätte nähern wollen. Das Böse oder das Gute konnte mir in dieser Gestalt begegnen. Ein Betrüger, ein Berserker, ein Verbrecher, ein Mörder, ein Frauenschänder? Ein Hilfesuchender? Mein Herz klopfte heftig. Ich war hin- und hergerissen. Meine Beine, so schien es mir, strebten in entgegengesetzte Richtungen. Eines wollte fliehen, das andere zu Hilfe eilen. Dann hörte ich Schritte und sah einen Mann und eine Frau, die zu dem Verletzten eilten. Um besser sehen zu können, schob ich die Zweige des Busches zur Seite. Im Mondlicht erkannte ich an dem langen Haar die Frau aus dem See wieder. Der Mann ließ mich stutzig werden, das Schimmern der Stirn, ja des kahlen Vorderkopfes sowie das bartlose Gesicht – allein an seinem Hinterkopf wuchs sein ergrautes, langes Haar. Sein Anblick rief Erinnerungen wach, die ich lange verdrängt hatte. Jetzt wurden die Bilder an eine Zeit lebendig, als Iburinga noch voller Leben war. Wir vom Stamm der Lentienser huldigten Odin, Frija und all den anderen Göttern mit den gewohnten, unantastbaren Riten, Opfern und anderen Gebräuchen. Dann kam Cailech nach Iburinga. Sie nannten ihn Gall oder Gallus, wie den Hahn, der uns jeden Morgen aus dem Schlaf riss. Ihn zierte diese seltsame Rasur. Ich war damals noch ein Kind und verstand seine Worte nicht. Er sprach von einem höchsten Gott ohne Namen und berichtete von Botschaften. Er sagte, diese würden von einem Vermittler zwischen den Menschen und dem einen Gott stammen, und den bezeichnete er als Chi Rho. Mit seinen Worten, die unser Leben, unsere Geister und Seelen in Verwirrung brachten, sorgte er für großen Aufruhr und spaltete die Einwohner von Iburinga und dem herzoglichen Gehöft in Bewunderer und Verächter.

Die Seherin, die wir die Norne nannten, und derjenige, den sie als unseren Vater bezeichneten, hatten mir verboten, mich dem Fremden mit der seltsamen Sprache zu nähern. Er würde nicht nur dem Gott ohne Namen anhängen, sondern auch unsere Ahnen und ihre Gewohnheiten verurteilen. Die Norne warnte vor dem schlimmen Schicksal, das Iburinga ereilen könnte, und der Fremde wäre daran beteiligt. Gebo, eines der zu ihr sprechenden Schriftzeichen, hätte heftig reagiert. So heftig wie noch nie. Und auch Eiwaz würde Kräfte in Bewegung setzen, die sie so niemals zuvor verspürt hätte. Und das Zeichen, das für die Verbundenheit mit den Ahnen, ihrem Wissen und ihrem Schutz stand, würde schweigen, überhaupt nicht reagieren. Es sei tot.

Die Augen meiner Mammä hingegen leuchteten, wenn sie Gall erwähnte. Doch ihren Worten wurde keine Beachtung geschenkt. Sie solle schweigen, befahl der, den sie meinen Vater und den Vater vieler anderer Kinder von anderen Müttern nannten. Die Mammä raunte mir zu, dass Gall ein Mensch sei, der unsere kleine Welt zum Guten verändern wolle. So lauschten wir beide heimlich seiner beruhigenden Stimme. Meist war er am See und scharte seine Anhänger um sich. Sie hingen an seinen Lippen, während er wunderbare Geschichten erzählte, Fragen stellte und Rätsel aufgab. Manche verbündeten sich gar mit ihm und beteuerten, er verfüge über besondere Heilkräfte. Es hieß, er hätte die herzogliche Tochter Friediburga von ihrer Besessenheit geheilt. Manch einer behauptete sogar, beide hätte eine geheime Liebe verbunden. Doch seit Herzog Gunzo und auch Friediburga nicht mehr in Iburinga weilten, war auch Gall nicht mehr erschienen. Seine Worte gerieten in Vergessenheit und seine Anhänger kehrten nach und nach zurück zu den alten Göttern, Riten und Gewohnheiten.

Ich beobachtete, wie sie den Verletzten behutsam betasteten und wendeten. Sie wechselten Worte in einer Sprache, die mir fremd war. Der Gedanke, dass es Gall sein könnte, der sich um den Hilfsbedürftigen kümmerte, gab mir Mut. Ich lief zu meiner Höhle, holte ein Gefäß, füllte es mit dem Wasser der Heilquelle, eilte zurück und stellte es wortlos neben sie. Ihr Staunen durfte nur von kurzer Dauer sein, denn die klaffende Wunde an der Stirn wollte versorgt werden, genauso wie der geschwollene Arm und all die anderen Verletzungen, die sein Körper erlitten hatte. Wolken schoben sich vor den Mond, es wurde dunkel und begann zu regnen. Es war unmöglich, den Verletzten angesichts der aufziehenden Kälte, der Feuchtigkeit am Boden und der Tropfen, die vom Himmel fielen, angemessen zu versorgen. Ich gab ihnen zu verstehen, dass wir in meiner Höhle Schutz und ein wärmendes Feuer finden würden.

»Wie heißt du?«, fragte der Mann in meiner Sprache, nachdem wir dem Verletzten ein Lager zubereitet und ihn darauf gebettet hatten.

Meinen Namen hatte ich lange nicht mehr ausgesprochen.

»Friede«, erwiderte ich und verschluckte das Wort halb, während ich ihn anstarrte.

Er wiederholte es langsam, während er die Hand des Patienten sanft drückte: »Friede.« Und noch einmal: »Friede.« Dabei seufzte er aus tiefstem Herzen. Als er Friede zum dritten Mal aussprach, klang es wie eine Erleichterung und er fügte »Pax« hinzu. Dann sah er sich in der Höhle um und stellte fest: »Du wohnst hier, Friede.«

Seine Stimme klang freundlich.

»Ja«, antwortete ich vorsichtig.

»Iburinga wurde zerstört, die Menschen ermordet oder vertrieben, der Gutshof schon lange verlassen ...«

Er wusste alles und sagte es so, als wären jene fürchterlichen Geschehnisse alltäglich. Vielleicht waren sie es ja tatsächlich, doch mich bestürmten ein weiteres Mal die Erinnerungen an jene Nacht. Damals, in den Tagen nach dem großen Brand, bereiteten die Norne und ich die seelenlosen Körper für ihre Reise nach Helheim ins Reich der Toten vor. Wir hoben im Angesicht unseres Schweißes die Erde aus. Wir legten diejenigen Körper zusammen, die im Leben zusammengehört hatten, betteten sie Hand in Hand auf verkohlte Tuchreste. Wir schleppten die schweren Steine vom See herauf und umgrenzten damit ihre Körper in den Gruben. Wir durchsuchten ihre verwüsteten Hütten, genauso wie das zerstörte lang gezogene Herrenhaus mit dem Stall nach den Besitztümern, die wir den toten Seelen mit auf ihre Reise geben würden. Das, was wir ihrem Leben zuordnen konnten, gaben wir ihnen mit ins Grab. Wir dachten keinen Augenblick daran, uns selbst zu bereichern. Unter den schweren Holzbalken des Hauses, wo die Herrin meiner Mutter gelebt hatte, fand ich in den Trümmern Haarnadeln aus Bronze und Silber, eine kostbare Perlenkette und einen Goldring. Die Sense, der Meißel, das Langschwert, Scheren, Nähnadeln, Gürtelschnallen, Holz- und Bronzeschalen, die wir mit Honig oder Getreide füllten, all das würden sie auf ihrer Reise benötigen. Während ich das Wort Honig schreibe, überfällt mich die Schwermut. Denn meine Gedanken wandern zu Virgil, unserer Mission und unserem unermüdlichen Kampf ... Ein Lächeln stiehlt sich auf meine Lippen. Denn das letzte Mal, als ich Virgil sah, damals in Eboriacum, erklärte er mir, warum der Honig heilig sei und wie sich Tränen in Gold verwandeln würden. Auch dieser Vorgang gehörte zum Universum der Geheimnisse und zu den Geheimnissen des Universums. – Aber ich darf nichts vorwegnehmen und möchte an dieser Stelle nochmal Verständnis für den Totenkult meines Stammes wecken. In Helheim bei den Wurzeln von Igwja, meinem heiligen Weltenbaum, würden alle ihre Seelen weiterleben. So bot Igwja mir nicht nur Schutz, sondern spendete mir auch Trost. Dazu gehörte auch, dass die Seelen wiedergeboren würden, wenn sie bereit waren. Das musste jedoch in der Dunkelheit geschehen, ungesehen von uns Lebenden, und so deckten wir ihre toten Körper wieder mit der Erde zu. Sie alle blickten zur aufgehenden Sonne. Die Norne versprach mir, ich würde ihre Seelen und Geister in anderen Körpern wiedertreffen. Und diese Vorstellung spendete mir nicht nur Trost, sondern auch Erleichterung. Wie freute ich mich auf den Tag, wenn es so weit wäre, und wie gespannt war ich, woran und wie ich meine Mammä und all die anderen wiedererkennen würde.

Die Norne erklärte den Menschen aus den kleinen umliegenden Dörfern, die nach der Plünderung von Iburinga vorbeikamen, alle Einwohner seien umgekommen. Mein Überleben erwähnte sie nicht. Denn sie wollte mich fernhalten von den freien Herren von Pilolfhinga. Ich sei Pilo, dem Sohn des Herrn, als Nebenfrau versprochen. Er sei zwar ein Krieger, ja sogar ein mutiger Kämpfer, aber kein geeigneter Ehemann für mich. Ohnehin würde er bei den Langobarden, auf der anderen Seite der großen Berge, der Alpen, kämpfen und ich solle nicht auf ihn warten.

Und jetzt lag da dieser leblose Körper vor uns. Ich wischte die Tränen weg, hob den Kopf, sah, wie die Frau dem Kranken die Füße wusch und dabei vor sich hin sang.

Ich fragte: »Müssen wir ihn bald begraben?«

»Nein«, erwiderte der Mann. »Sein Herz schlägt. Wir kämpfen um sein Leben. Meddyg ist erfahren in der Heilkunst. Er wird uns dabei helfen, und das mit Gottes Hilfe.«

»Mit Odins Hilfe?«, erkundigte ich mich misstrauisch.

»Nenne ihn, wie du willst. Aber merke dir eines«, und seine Stimme wurde streng, »das Leben ist ein göttliches Geschenk und der höchste Gott ist gut. Er hilft uns beim Heilen von Agrestius und verlangt keine lebenden Opfer. – Sie heißt Fara«, er deutete auf die Frau, »das ist Agrestius«, er streichelte dem Verletzten über den Kopf, »und mich nennen sie Gall.«

»Ich weiß«, entgegnete ich.

Als ich Meddyg im aufgehenden Sonnenlicht auf die Höhle zukommen sah, lächelte er. Seine wohlgeformten Zähne leuchteten weiß in seinem gebräunten Gesicht. Im Gegensatz zu Faras rotgolden schimmerndem Haar und Galls weißem Hinterkopf waren seine Haare dunkelbraun. Das kreisrunde Braun seiner Augen war in ein mandelartiges Weiß gebettet. Er zeigte auf sich und erklärte seinen Namen. Eigentlich hieße er Audomar, aber alle würden ihn Omar oder Meddyg nennen. Er bat um Erlaubnis, einzutreten, und zeichnete die Geste, die ich als das Zeichen X, also Gebo, deutete, in die Luft.

Meddyg sah sich um. Im Dämmerlicht fand er Fara am Lager des Verletzten. Aus geröteten, müden Augen sah sie Meddyg Hilfe suchend an. Sie hatte den Rest der Nacht über Agrestius gewacht und unentwegt Beschwörungen vor sich hin gesungen. Meddyg strich ihr jetzt tröstend über den Kopf. Dann beugte er sich über Agrestius, dessen Körper noch immer ohne Leben schien. Auch wenn ich die folgenden Worte nicht verstand, sie klangen fürsorglich, ruhig und besonnen. Er legte dem Kranken die Hand auf die Stirn, fühlte nach dessen Brust und dem Klopfen des Herzens. Die Nähe, welche die drei verband, ließ mich meine Einsamkeit spüren, und es schmerzte umso mehr, als sie mir zu verstehen gaben, ich möge meine eigene Höhle verlassen.

Die Blicke, Gesten und Zeichen, die sie austauschten, waren mir fremd. Ihre Sprache verstand ich weiterhin nicht. Je weiter ich mich von ihnen entfernte und je mehr die Bäume, das Grün, das Braun, der Bach, die Vögel und die Stimmen der übrigen Tiere mich einfingen, desto deutlicher fühlte ich die Erleichterung. Ich wusste das Verhalten der Pflanzen und Tiere zu deuten und sie kannten meine Gewohnheiten. Ich erfrischte mein Gesicht im Bach und trank das Wasser. Dann setzte ich mich erschöpft von der Nacht unter einen Baum. Bevor ich einschlief, dachte ich an die Norne, den Vater und meine Mutter und war hin- und hergerissen zwischen Misstrauen und Vertrauen zu den Fremden. Allzu lange hatte ich keine Menschen mehr gesehen und jetzt flößte mir meine eigene Spezies Unbehagen ein.

Als ich erwachte, war die Sonne hinter den Wolken verschwunden und der Tag neigte sich bereits dem Abend entgegen. Unsicher darüber, was mich erwarten würde, begab ich mich zu meiner Höhle und warf einen Blick hinein. Allein Meddyg hielt jetzt Wache. Er lächelte, als er mich sah, winkte mich herein und bot mir ein Getränk an. Ich zog mich auf mein

Lager zurück und beobachtete ihn lange und schweigend. Mehr und mehr hüllte mich sein leiser Gesang am Lager von Agrestius ein, und schließlich fiel ich erneut in einen tiefen Schlaf.

Die Zeit verging, und ich gewöhnte mich daran, dass ich nicht mehr allein war. Agrestius lebte. Manchmal schienen seine inneren Heilkräfte die Überhand gewonnen zu haben und er atmete ruhig. An anderen Tagen und Nächten schienen die Verletzungen ihn niederzuringen und er röchelte, stöhnte oder hustete. Mal zuckte ein Lid, dann ein Arm, dann ein Bein. Die Fremden wechselten sich mit der Wache am Lager von Agrestius ab. Während der rituellen Behandlungen, Waschungen und dem Füttern des Verletzten verließ ich meine Höhle. Ich hatte schnell verstanden, dass es heilige Zeremonien waren, und ich war froh, meiner Wege gehen zu dürfen.

Immer wieder waren sie auch zu zweit oder alle drei bei Agrestius. Oft schwiegen sie dann oder sangen. Anderntags aber waren ihre Gespräche voller Leidenschaft und Erregung, und meine Neugier wuchs, zu verstehen, worüber sie sich so lebhaft austauschten. Ich nutzte jede Gelegenheit, ihren Gesprächen zu folgen, sammelte täglich neue Worte und hütete sie wie meine Schätze. Immer öfter getraute ich mich zu fragen, was dies oder jenes in ihrer Sprache bedeutete. Als sie mein Interesse bemerkten, freuten sie sich und schenkten mir mehr und mehr Aufmerksamkeit. Ihr Vertrauen wuchs. Ihre Worte flossen zahlreicher und sie halfen mir bereitwillig beim Lernen. Latein hieße die Sprache, so sagten sie. Es seien die Römer gewesen, die viele Länder erobert und die Sprache mitgebracht hätten, die nun überall dort verbreitet sei, wo sie einst sesshaft waren. Und das sei in ganz Europa gewesen. Allerdings würde die Sprache nur von Menschen gesprochen, die die Gelegenheit gehabt hätten, sie zu lernen, und das seien leider die wenigsten. Umso löblicher sei es, dass ich mich dafür interessiere, denn es würde mir die Welt öffnen.

Ich kannte nur Iburinga und hatte keine Vorstellung davon, wie groß die Welt war, von der sie sprachen.

Immer öfter stellten sie mir Aufgaben und Rätsel, die ich mit Eifer zu erfüllen oder zu lösen suchte. Sie staunten über meine Gabe, ihre Worte richtig auszusprechen, sie mir zu merken und ihre Bedeutungen zu behalten. Aus dem, was sie sagten, erfuhr ich, dass sie sich mehrmals am Tag, immer dann, wenn die Glocke läutete, zu ihren gemeinsamen Ritualen versammelten. Meist blieb Meddyg, der heilkundige Magier, zurück. Dann brütete er über den mit Zeichen versehenen Tierhäuten. Er sagte, sie würden die Schriften aus dem gesamten Weltkörper sammeln und zusammentragen. Das, was einst darauf verewigt wurde, sei das Wissen kluger Menschen. Wenn ich weiter so fleißig sei, würde auch ich bald schreiben und lesen können.

Die Biene

Sie waren launisch. Mal sanft, mal stürmisch. Auch Eitelkeit gehörte zu ihren Charakterzügen. Denn immer wieder wechselten sie ihr Gewand. Mal trugen sie ein strahlendes Blau, das sie in den Himmel hob. Dann schmückten glitzernde Kostüme ihre Körper. Und plötzlich waren sie wieder so grau wie die Maus, die durch meine Höhle irrte. Zuweilen schien der Himmel sie zu verschlucken. Dann formierten sie sich wieder neu, so als wären sie nie weg gewesen, morgens in leuchtendem Grün, mittags blau und im Abendlicht leuchteten sie rot, und schließlich schimmerten sie golden. Wenn ich nach ihnen fassen wollte, waren sie, die Alben, die Naturgeister, die im See lebten, nicht zu greifen.

An jenem Morgen waren sie still. Sie regten sich nicht und schienen noch immer dem tiefen Schlaf verfallen, bis ich meine Füße für eine morgendliche Waschung in das gläserne Nass hineintauchte. Schritt für Schritt durchdrang ich die glatte

Oberfläche, und jede Bewegung weckte sie und versetzte sie in Unruhe. Ich watete, begann zu singen und blieb schließlich stehen, bis sich die kleinen Wellen beruhigt und die Aufregung der Alben wieder gelegt hatte.

Das Singen und Summen gehörte genauso wie bei den Fremden zu meinem morgendlichen Ritual. Die Töne sollten nicht nur die Alben, sondern auch Odin, seine Frau Frija und die anderen Götter und Göttinnen auf mich aufmerksam machen und sie mir für den Tag wohlgesonnen stimmen. An manchen Morgen, immer dann, wenn die Seegeister ruhig waren, zauberten sie stillschweigend mein Gesicht auf die gläserne Oberfläche. Stets faszinierte mich ihr Werk. Es lebte, denn es bewegte sich, genauso wie ich. Es sah traurig aus, wenn ich traurig war, und lachte, wenn ich lachte. Wenn ich danach greifen wollte, löste es sich in kleinen Wellen auf.

»Hat sie dir schon mal geantwortet?« Die Stimme schreckte mich aus meiner summenden Unterhaltung mit dem lautlosen Gesicht.

»Natürlich«, antwortete ich überzeugt.

»Und was sagt sie?«

Ich überlegte, wendete mich um und sah ihn an. Als Erstes fielen mir seine Haare auf. Sie waren lang und lockig und glitten herab auf den entblößten Oberkörper. Es war ein ungezähmter Wildwuchs, der aus seinem Haupt wucherte. Die Locken drehten, kräuselten sich und verschmolzen miteinander. – Nicht wie die Zweige und Äste von Igwja. Diese waren geordnet, beherrscht, sich ihrer Aufgabe bewusst, die Welten, auch mit tödlichen Kräften, zu schützen. Nein, auf seinem Schädel wuchsen die Haare wie undurchdringbare Sträucher, die genießbare Beeren hervorbrachten. Wohl würden sie zuweilen kratzen, aber ihre Früchte schmeckten köstlich und stillten den Hunger. An diese Sträucher dachte ich, während ich seine Haare mit den Augen durchkämmte. Sie umspielten sein fröhliches Antlitz.

Er watete weiter und blieb neben mir stehen.

Er legte seinen Finger auf den Mund, als Zeichen des Schweigens.

Schließlich fragte er: »Hörst du es?«

Ich lauschte und vernahm nichts Ungewöhnliches.

»Hörst du nicht das Summen der Biene?« Er lächelte verschmitzt.

Ich spitzte die Ohren und schüttelte den Kopf.

»Da ist sie«, fuhr er fort. »Sie sucht deinen Kopf, deine hellen Haare. Das ist ein Zeichen ...« Er freute sich sichtlich und ich hielt vergeblich Ausschau nach dem Insekt, das er vermeintlich um meinen Kopf schwirren sah.

Er strich mir übers Haar und sagte: »Jetzt ist sie hier in meiner Hand.«

»Du hast sie gefangen?«, fragte ich erschrocken. »Sie sticht ...«

»Nein«, beruhigte er mich und lachte. »Mich nicht. Sie fühlt sich in meiner Hand wie in einem Bienenkorb.«

»Zeig«, bat ich.

»Nein«, erwiderte er, »dann fliegt sie weg. – Bienen sind emsig. Sie ziehen in Schwärmen aus, sammeln den Nektar in den Blüten, bringen ihn zurück zu den Bienenkörben, wo sie Bienenwaben erschaffen. Sie geben ihn dort an die Hüter der Bienenkörbe weiter ... und die verarbeiten ihn zu Honig.«

»Und dann kommt der Bär und schleckt ihn«, lachte ich.

»Erstaunlich, oder? Sooo kleine Tiere sorgen für die Nahrung eines Riesen. Warum gelingt ihnen das?«, fragte er, und plötzlich wurde er ernst und gab selbst die Antwort: »Weil jede Biene genau weiß, was sie zu tun hat. – Und das, seit es Bienen gibt. Sie geben ihr Wissen weiter an ihre Schüler und diese wiederum an ihre Schüler und gemeinsam schaffen sie ein magisches Mittel, das wundersame Heilkräfte besitzt.«

»Lass die Biene frei«, forderte ich ihn auf. »Sie muss zu ihrem Schwarm.«

Er öffnete die Hand und sie war leer. Er folgte dem Flug der unsichtbaren Biene und sagte: »Wir sind wie die Bienen eine

Ansammlung von ausgewählten Schülern. Seit einer unendlich langen Zeit formieren wir uns, um es den Bienen gleichzutun und unsere Aufgabe zu erfüllen ...« Er hielt inne. Dann sah er mich an, lächelte wieder: »Aber für heute haben wir genug Worte verloren. Ich schweige jetzt, sonst muss ich Buße tun. Denn Verschwiegenheit gehört zu unseren obersten Geboten.«

Nachts hatte ich einen sonderbaren Traum. Eine furchterregende Schlange attackierte einen Bienenschwarm und vernichtete ihn schließlich. Ich erwachte und war froh, nicht allein in der Höhle zu sein. Faras regelmäßige Atemzüge drangen zu mir. Sie hatte am Lager von Agrestius gewacht und war eingeschlafen.

Die geheimnisvolle Welt der Buchstaben

»Wir sind die ausgewählten Schüler in der geheimnisvollen Welt der Buchstaben, der Worte und der Vielfalt ihrer Bedeutungen«, erläuterte Virgil, als er am nächsten Morgen erneut am Ufer des Sees erschienen war, jetzt neben einem großen Stein kniete und mich mit seinem schelmischen Lächeln von unten nach oben ansah. »Was ist das?«, fragte er mich.

Ich stand neben ihm und er lenkte meine Augen auf das X, das er aus den beiden Zweigen auf den Felsvorsprung gelegt hatte.

»Es ist Gebo«, antwortete ich.

»Gebo?« Er sah mich fragend an.

»Das Zeichen bedeutet Gebo.«

»Oh«, erwiderte er und wiederholte: »Gebo.« Dann fuhr er fort: »Die Lateiner sagen ks dazu oder geben ihm als Zahl den Wert 10.«

Er sammelte zehn Steine und legte sie auf einen Haufen neben die Zweige.

Spontan tauschte ich einige gegen flachere und stapelte sie zu einem Turm übereinander. Er stand neben dem X aus Zweigen.

Virgil staunte über meinen Einfall.

»Das ist ein Symbol für die Fruchtbarkeit«, erklärte er. »Fruchtbarkeit bedeutet Kraft und Energie.« Er deutete auf die gekreuzten Zweige und sagte: »Genauso wie das X. Die Griechen sprechen X als Chi aus.«

Während er sprach, sprühte mir all seine Energie entgegen. Dann senkte er die Stimme: »X steht auch für das Unbekannte und Geheimnisvolle.«

In der aufgehenden Sonne schimmerten seine langen Locken im gleichen hellbraunen Ton wie sein gebräuntes bartloses Gesicht und sein Oberkörper, über dessen linke Schulter er ein lockeres Tuch geworfen hatte. Er suchte kleine Steine am Ufer und legte daraus neben das X die Form P.

»Was ist das?«, fragte er und zeigte auf das P.

»Das ist ... Wunjo. Es ist das Zeichen für Freude. Aber der Bauch von Wunjo ist nicht gebogen, sondern spitz, weil es einfacher zu legen und zu kerben ist«, antwortete ich und war erfreut, das Wissen meiner Ahnen mit meinen eigenen Überlegungen paaren und mitzuteilen zu können.

Er lachte und zum ersten Mal fielen mir die Grübchen auf, die zwei Mondsicheln in seine Wangen zeichneten.

»Die Lateiner nennen den Buchstaben Pe, die Griechen sprechen vom Rho. Jeder Buchstabe ist ein Zeichen und jedes Zeichen hat eine Bedeutung und zusammen ergeben sie einen weiteren Sinn und dann ... kannst du es aussprechen. Deine Stimme verleiht der Zeichenfolge einen eigenen Klang ... und ...«

All das war mir nicht neu. Ich wusste es von der Norne. Er sah mich fragend an. Mein Herz klopfte heftig. Ich hielt seinem Blick stand.

»Verstehst du, was ich dir sagen will? Es gibt Zeichen, die haben unterschiedliche Klänge und gleiche Bedeutungen, und andere haben die gleiche Bedeutung, aber klingen unterschiedlich. Das ist die geheime Welt der Buchstaben. Das ist die Welt, welche die Geheimnisse birgt, die es zu entschlüsseln gilt ...«

Dann nahm er die Zweige und legte das X auf die andere Seite des P.

»Pe Ks«, las ich.

»Ich mache PAX daraus und das bist du.« Wieder sah er mich mit seinem geheimnisvollen Schmunzeln an. Ohne dass er mich berührte, galoppierte mein Herz so schnell, als würde ich rennen. Ich kniete immer noch neben ihm und hegte den Wunsch, für alle Ewigkeit so zu verharren, während meine Seele zu fliegen begann.

»... allein eines musst du für heute wissen: Wenn du weise werden möchtest, musst du zunächst das oberflächliche und dann das weltbewegende Leben der Buchstaben kennenlernen – und nicht nur das ...« Sein Blick schweifte über den See, dessen Wellen sich leicht kräuselten: »Du sprichst und verstehst Latein schon recht gut. Aber das Lesen und Schreiben der lateinischen Buchstaben wird noch einige Zeit benötigen.«

»Wie lange?«, fragte ich gebannt.

»Je nachdem, wie wissbegierig du bist.«

Wie so oft, wenn meine Neugierde am stärksten war, erklang in der Ferne die Glocke, und wie alle anderen verabschiedete auch er sich und bat mich durch eine Geste, ihm nicht zu folgen. Spontan rief ich hinter ihm her: »Auch ich als Lentienserin kann dir beibringen, was ich gelernt habe. Die Norne hat allein mich in die Zeichen meiner Ahnen eingeweiht, Virgil!« Er hielt tatsächlich im Laufen inne und wendete sich noch einmal zu mir um. Sein Gesichtsausdruck hatte sich verändert. Diesmal lächelte er nicht, sondern er blickte überrascht, erstaunt, ja beinahe ehrfürchtig. Dann rief er ernst: »Wirst du mich einweihen?«

»Ja«, versprach ich nach einer Weile leise. Er hörte es nicht mehr, denn er war schon durchs Wasser gewatet und hinter der Felsnase verschwunden.

Seine Worte hallten in mir nach. »... wenn du weise werden möchtest, musst du das weltbewegende Leben der Buchstaben kennenlernen ... und nicht nur das ...« Ich kannte die Zeichen meiner Ahnen. Die Norne hatte mich gelehrt, dass sie eine magische Macht in sich trugen. Ich wusste sie zu deuten, dessen war ich mir sicher. Virgil jedoch vermittelte mir, dass es viele Zeichen, Buchstaben und Worte gab, die unterschiedliche Klänge und Bedeutungen hatten. Sie würden die Welt bewegen. Was meinte er damit?

Um Virgil mit meinen Fortschritten zu beeindrucken, fragte ich jeden, der Agrestius aufsuchte, nach Begriffen aus der Sprache der Lateiner und deren Bedeutung. Schnell lernte ich, kurze Sätze zu formen. Meist korrigierten sie die Anordnung der Worte oder ihre Endungen. Der Eifer, der mich gepackt hatte, ließ mich selbst nachts wach liegen und ich wiederholte, was sie mich tagsüber gelehrt hatten. Stets dachte ich an die Worte von Virgil: » ... das Lernen der lateinischen Sprache wird einige Zeit benötigen.«

Und dann stellte ich mir sein Gesicht vor. Seinen ungläubigen Blick, wenn ich ihm zeigen würde, wie schnell und gut ich die Sprache beherrschte. Dabei geriet ich in eine Stimmung, die sich berauschend und zugleich fremd anfühlte. Eigentlich hätte er mir doch fremd sein sollen. Er war es aber nicht. Das Gefühl, wenn ich ihn sah oder an ihn dachte – und ich dachte unentwegt an ihn –, war so heftig und ergriff genauso Besitz von mir wie all die Zeichen, Buchstaben, die Bedeutungen und all das Geheimnisvolle, das nicht nur ihn, sondern auch all seine Verbündeten umhüllte.

Der Zauber

Agrestius wollte und wollte nicht gesund werden. Immer noch plagte ihn hohes Fieber. Meddygs Tränke, Beschwörungen und Umschläge halfen nur vorübergehend, und auch Fara konnte den richtigen Zauber nicht finden. Doch ich wagte es nicht, sie darauf hinzuweisen, dass ihre Heilkunst unvollständig war. Es war ein Fehler, den Göttern keine lebenden Opfer darzubringen. Auch ihr Gott, der keinen Namen hatte, forderte die Opfer offensichtlich. Wie sollten er oder Odin, mein oberster Gott, der auch der Gott der Heilkunst war, ihnen wohlgesonnen sein? Wenn sie keine entsprechenden Gaben bekamen, würden sie Agrestius nicht helfen, und so war es nicht verwunderlich, dass ihn erneut ein starkes Röcheln und heftiger Husten plagten. Es waren die bösen Geister, die immer noch Macht über seinen Körper und seine Seele besaßen und die Zuckungen hervorriefen. Die Göttern zürnten ihm. Aber warum?

Am Abend erschien erneut Fara. Während sie sich mit schnellen Schritten der Höhle näherte, nahm mich wieder einmal ihr Anblick gefangen. Das in der tief stehenden Sonne leuchtende Haar glich den Flammen einer Fackel, die Licht in die Dämmerung brachten. Sie trug ein schlichtes langes Gewand, das der Wind eng an ihre Brust schmiegte. Ihr aufrechter Gang, ihre Haut, ihre Hände, all das schien so rein, so sauber, so edel. Ich wagte kaum, mich zu zeigen, denn gegen sie fühlte ich mich schmutzig, grob und verwildert wie eine Füchsin. – Ihre Gesichtszüge sprachen jedoch von dem Kummer, der ihre Seele quälte. Unter den erhabenen, fein gezogenen Brauen zwinkerten erregt die Lider mit den langen Wimpern, so als wollten ihr die Lider unentwegt den Anblick des Schwerverletzten ersparen. Ihre weichen, wohlgeformten Lippen waren aufeinandergepresst, um ein lautes Aufstöhnen zu verhindern. Ihre Wangen waren bleich. Sie schrieb beim Eintreten das Zeichen X in die Luft, nickte mir im Vorbeigehen zu und ließ sich, Beschwörungen murmelnd, neben Agrestius‘ Lager nieder. Sie küsste seine

Wangen, strich über seine Brust und drückte seine Hand. Dann hob sie zu einem Gesang an und ihre laute Stimme erfüllte die Höhle mit einem Klang, der die Gleichzeitigkeit von Freud und Leid, Hoffnung und Verzweiflung, Liebe und Hass zum Ausdruck brachte. Zum ersten Mal sah ich, dass auch Agrestius' Augen nicht nur zuckten, sondern sich einen Spalt weit öffneten. Unmerklich erwiderte er Faras Händedruck.

»Endlich«, entfuhr es mir. Fara wurde meiner gewahr und deutete mir an, die Höhle zu verlassen. Es war offensichtlich. Ich störte.

Was war hier los? Was waren das für Menschen, die direkt neben mir lebten und mit mir nur sprachen, wenn es darum ging, mich Latein oder seltsame Zeichen zu lehren? Die mich meiner eigenen Höhle verwiesen, um rituelle Handlungen zu vollziehen? Ich fühlte den Unmut, der sich in mir anstaute. Wenn sie schon meine Höhle besetzten und sich als Herren meines Reiches gebärdeten, so wollte ich zumindest wissen, warum und wie lange sie hier sein würden.

Ich schmiedete einen Plan, wie ich sie mithilfe eines Zaubers und meiner Götter beeindrucken und Agrestius würde helfen können. Ich musste das sehen, was ihn plagte, was die anderen nicht sahen, und es von ihm loslösen. Die Norne hatte mir einst den Zauber offenbart, wie unsichtbare Dinge sichtbar gemacht werden konnten. Der Gedanke, Agrestius Heilung zu fördern, gab mir ein Gefühl der Genugtuung. Mir würde das gelingen, was nicht in der Macht der Fremden und ihres obersten Gottes stand.

Ich benötigte die Galle einer Katze. Das Tier würde ich Odin und Frija opfern, damit sie mir wohlgesonnen waren. Die Norne hatte mir einst jene grüngelbe Flüssigkeit gezeigt. Ich würde die Galle, gepaart mit dem Fett einer Henne, diese gelbliche wabernde Masse, die sich unter der Haut befand, in meine Augen schmieren. Schließlich würde ich sehen, was andere nicht sahen. So hatte es die Norne mir vermittelt. Die letzte Henne hatte der Fuchs geholt. Also würde ich einen anderen Vogel fangen und töten müssen. Doch zuerst benötigte ich die Galle.

Immer wieder streunten Katzen durch mein Revier, und endlich war es wieder so weit. Einer der Götter hatte mir das Tier geschickt. Ich sah es vor meiner Höhle vorbeischleichen, genau in dem Moment, als Agrestius erneut auf seinem Lager laut aufstöhnte. Noch immer war er nicht dazu in der Lage, mitzuteilen, was ihn quälte. Die graubraune Katze lief in Richtung Ufer und legte sich auf einen der Felsen, die in den See ragten. So wie ich es von der Norne gelernt hatte, gehörte es zu den Mysterien eines Tieropfers, sich zunächst in den Zustand des Rausches zu versetzen, um besser mit den Göttern kommunizieren zu können. Denn um die volle Wirkung des Zaubers zu entfalten, war ich auf ihre Hilfe und ihre Gnade angewiesen.

Während sich das Tier die Pfoten und das Fell gewissenhaft leckte und putzte, entzündete ich das Feuer, steckte das vorbereitete Rauschkraut an und sog den Rauch in kräftigen Zügen ein.

Ich besprach Igwja und Odin und flehte zu Frija, mir bei meinem Werk beizustehen. Jetzt, im Rausch, verschwammen Leben und Tod, Blut und Wasser, Knochen und Steine, Fleisch und Erde, Bewegung und Starre. Alles floss ineinander. Alle Farben, Rot, Blau, Weiß, Schwarz, Grün, Braun ... Himmel, Erde, Unterwelt – Asgard, Midgard, Helheim. Wurzeln, Stämme, ausgreifende Äste, Zweige und Blätter. Dann erschienen die Gedanken an Agrestius und sein Leid, und darüber hinaus gab mir die Verzweiflung von Fara die Gewissheit, das Richtige zu tun. Ich hatte genau einen Wurf. Der musste treffen. Ich stemmte den Stein hoch. Langsam, vom Gewicht nach vorne gezogen, schwankte ich von hinten an das Tier heran. Es wendete den Kopf. Der See, der Himmel und die Erde spiegelten sich in den magischen Augen der Katze. Nie werde ich ihren funkelnden Blick vergessen. Beim Wurf schloss ich die Lider, und ... mit einem lauten Schrei zerschmetterte ich ihren Kopf. Der Anblick der bluttriefenden Schädelteile, die unter dem Stein hervorlugten, versetzte meinem Herz einen heftigen Stich. Es schmerzte so, als würde sich die Seele der Katze mit dem gezielten Stoß einer Lanze rächen. Ich unterdrückte den Schmerz und verbannte all seine Auswüchse, die mein Vorhaben bedrohten, in eine dunkle Ecke meines Gehirns, denn das Schlimmste stand mir noch bevor. Ich sollte den Katzenkörper aufschneiden und in seinem Innern nach der Galle suchen. Weitere Züge des Rauschkrauts mussten mir helfen. Schwindel und Übelkeit nahmen zu. Dennoch war mir klar, dass die Götter mir alles, was nun folgen sollte, für die Rettung von Agrestius abverlangten. Das war es, was mein vernebelter Verstand mir mitteilte. Ich griff das Messer und die Schale. Während ich die haarige Haut durchtrennte und ins Fleisch schnitt, verschwamm der zuckende Körper der Katze vor meinen tränenden Augen. Ich fing das herausströmende Blut in der Schale auf ...

»Was tust du da?«, hörte ich hinter mir einen Aufschrei, der dem der Katze vor ihrem letzten Atemzug glich. Ruckartig drehte ich mich um. Fara schob mich grob zur Seite. Ich fiel auf die Steine am Ufer, und als ich meinen schweren Kopf hob, um Fara zu suchen, sah ich, wie sie sich über den aufgeschnittenen Katzenleib beugte, der in seiner Blutlache auf dem Felsen lag. Suchte sie die Seele des Tieres? Meine Gedanken waren vernebelt und aus dem Dunst erwuchs die Frage, wessen Seele in dem Tier saß, das ich getötet hatte. Ich verschloss meine Augen vor der Welt, die ich nicht mehr sehen wollte.

Am nächsten Tag befahl mir Fara, zum Felsvorsprung zu kommen, auf dem ich die Katze erlegt hatte. Dort angelangt, war nichts mehr von dem Tier zu sehen, und alles erschien mir wie ein böser Traum. Doch Fara war wütend und ihr Ton war barsch.

»Du hast mich enttäuscht, Friede«, begann sie. »Ich werde dir anhand des Weltenbaums erklären, wie gefährlich die Vorstellungen deines Stammes und deiner Norne sind. Dein Stamm und unsere Stämme waren einst miteinander verbunden, durch unsere heiligen Wurzeln, die tief unter der Erde begraben liegen. Doch es gibt Stränge, die wurden herausgerissen und entweiht. Der Wind verteilte die entwurzelten Reste in alle Himmelsrichtungen. Es wachsen neue Pflanzen, sie mögen noch Kräfte haben, aber diese Kräfte liegen in den falschen Händen, werden missverstanden und ihre Wirkung wird missbraucht. Denn sie sind abgeschnitten von den heiligen Wurzeln und all dem Wissen, das dort gespeichert und an Würdige weitergegeben wird. Dein Stamm, Friede, hat keine heiligen Wurzeln mehr. Ihm fehlt das heilige Wissen«, sprach Fara. »Deine Norne war eine Aufschneiderin. Sie hat sich den Göttern unterworfen, weil sie unwissend war. Sie tat Böses, um Götter zu besänftigen, die es gar nicht gibt. Ihr Zauber ging mit der Zerstörung von Leben einher. Sie hat die göttlichen Kräfte und Zeichen falsch gedeutet. Der Zauber, den dir die alte Norne eingeredet hat, gehört der schwarzen Magie an. Die schwarze Magie ist gefährlich für das Leben. Sie schützt es nicht. – Wir kämpfen für das Leben und nicht für das Töten. Wir«, sie zeigte in Richtung der magischen Felswand, »hüten unsere heiligen Wurzeln, selbst wenn die Blätter abgerissen werden.«

Ich wusste ja, dass sie die Weisheiten meiner Norne nicht schätzten. Aber dieser Angriff war verheerend. Auch die Worte, die noch folgten, trafen mich wie die Hiebe einer Axt. Eines nach dem anderen. Was sagte sie da? Meine Norne und meine Ahnen hätten das heilige Wissen nicht gehütet? Sie hätten die Heilkraft der Pflanzen missbraucht? Sie sprach von schwarzer Magie ... vom Leid, das wir den Tieren zufügten. Davon, dass wir Gottes Schöpfung zerstörten, dass wir kein tiefgründiges Wissen über das Leben hätten, es schon gar nicht achteten und völlig ahnungslos seien, was die Heilkunst beträfe. Wir würden nicht nur die Tiere und zuweilen sogar Menschen den Göttern opfern, sondern auch unseren Geist. Und das sei das Schlimmste. Denn wenn wir unsere Fähigkeit zum Denken richtig einsetzen würden, wäre uns klar, dass es keine Götter gibt, die uns zum Töten von Lebewesen auffordern. Danken dürften wir ihnen, aber niemals mit lebenden Opfern! Menschen wie meine Norne seien eine Katastrophe für den Weltkörper. Der falsche Zauber, den sie mir vermittelt hätte, sei nicht nur gefährlich, sondern würde dazu beitragen, den Geist und die Seele der Menschen in Ketten zu legen. Unsere Riten und Gebräuche würden das verehrungswürdige Leben von Menschen und Tieren zerstören und genauso wie die menschenverachtenden Kriege zur Zerstörung des Weltkörpers und der göttlichen Schöpfungen beitragen.

Faras Anschuldigungen, ihre Beschimpfungen, mich und meine Ahnen betreffend, verletzten mich tief in meiner Seele. Schließlich hatte ich die Absicht gehabt, Agrestius zu helfen, weil ihre eigenen Heilkräfte nicht ausreichten und weil Fara verzweifelt gewesen war.

Sie hätte nicht deutlicher zum Ausdruck bringen können, dass sie die Gebräuche meines Stammes verachtete. Es war jedoch unbestreitbar, dass sich die Prophezeiungen der Norne bewahrheiteten. Sie hatte vor einer fremden Sprache gewarnt, die unsere Götter nicht verstehen würden. Diejenigen, die sie lernten, würden unsere Ahnen und uns selbst in große Gefahr bringen. Unsere Mysterien seien bedroht. Es wäre so, als würden sie Igwja zugrunde richten und Asgard, Midgard und Helheim zerstören. Durfte ich zulassen, dass mein Stamm und unsere Sitten in einen Vernichtungskampf gezogen wurden?

Ihre Sprache, ihr Verhalten, ihr Aussehen, ihre Geheimniskrämerei – alles an den Fremden schien mir plötzlich verräterisch. Ihre Nähe war mir unheimlich. Auch die Freundlichkeit, die sie mir entgegengebracht hatten, schien mir heuchlerisch, denn sie gestatteten mir weiterhin nicht, an ihren gemeinsamen Gesängen, Riten oder Mahlzeiten teilzuhaben. Sie kamen aus einer andere Welt als ich. Dorthin gehörten sie, aber nicht hierher an den See, zu meinen Alben, Nixen und Wassergeistern. Zu meinen Göttern, die sich durch Opfer besänftigen ließen und uns ihrerseits Schutz und Heilung zukommen ließen. Langsam durchschaute ich die Fremden. Sie verurteilten meine Götter, weil sie Angst vor ihnen und ihren Strafen hatten, denn sie brachten ihnen keine Opfer und verleugneten sie. Und mich, überlegte ich weiter, behandelten sie nur hin und wieder freundlich, solange sie meine Höhle benötigten. Aber ich war nicht so unwissend, wie sie vielleicht glaubten. Agrestius würde ohne das Wohlwollen der Götter nie gesund werden. Und Odin und Frija verlangten nun mal nach Opfern.

In jener Nacht träumte ich von der Norne. Es war kein tiefer Traum. Ich befand mich in einem Zustand zwischen Wachen und Schlafen. Ich sah die Norne und gleichzeitig sah ich durch ihre Augen. Im hellen Gewand schnitt sie die Kehle eines blutüberströmten Körpers auf. Das Blut floss und vermengte sich mit dem Strom der Heilquelle. Sie suchte vergeblich nach etwas. Verzweifelt reckte sie die Arme gegen den Himmel, rief nach Odin und nach Frija. Dann sah ich wieder mich. Ich rannte und rannte. Wohin? Zum Moor. Lange war ich dort nicht mehr gewesen. Ich hatte es aus meinen Erinnerungen gelöscht. Erst jetzt, im Traum, wurde mir klar, warum. Weil ich Angst hatte. Dort standen die Idole von Odin und Frija, aus Holz geschnitzt. Sie glichen menschlichen Gestalten. Um die Götter zu besänftigen und die Idole zu ehren, wurden während feierlicher Zeremonien Rinder, Hunde, Pferde, Schafe geopfert und im Moor versenkt. Auch die von Feinden erbeuteten Waffen wurden als Geschenke an die Götter hineingeworfen, genauso wie das Gold, das Silber und die kostbar gearbeiteten Fibeln. All die Reichtümer, die nach den Siegen angehäuft worden waren. Im weiteren Verlauf meines Traumes erschien ein zweites Gesicht. Es erinnerte mich an einen Bären. Braunes zottiges Fell überwucherte den Körper. Nach und nach erkannte ich, dass es kein Fell war. Nein, es waren dichte Locken und in den Zügen des Bären erkannte ich ein menschliches Gesicht. Es lächelte geheimnisvoll. Es tat gut und ich fühlte mich zu ihm hingezogen … und das Lachen verschwamm mit dem See und den darin lebenden, mal wilden, mal sanften Alben, und die Gesänge verschmolzen mit dem Pfeifen eines Vogels.

Als ich am nächsten Morgen vom Waschen meines Gewandes zurück in meine Höhle kam, saß ein mir unbekannter Mann am Lager von Agrestius. Er hatte ein kantiges Gesicht und sah verärgert aus. Das Füttern des Kranken wollte ihm nicht gelingen. Agrestius weigerte sich, seinen Mund zu öffnen. Der Mann hingegen zwängte ihm den Löffel mit Gewalt zwischen die Lippen, sodass der Brei dem Verletzten übers Kinn lief. Der Unbekannte fluchte in einer Sprache, die ich nicht verstand. Zu meinem Entsetzen schlug er dem Wehrlosen wütend ins Gesicht und aß den Brei schließlich selbst. Dann erst bemerkte er meine Anwesenheit und sagte: »Was hast du getan? Es geht ihm schlecht.« Erschrocken ob der Heftigkeit seiner Vorwürfe wich ich mehrere Schritte zurück. Doch dann veränderte sich sein Gesichtsausdruck mit einem Mal. Seine versteinerten Züge wurden weich wie Wachs. Er grüßte Gall ehrfurchtsvoll, der hinter mir die Höhle betreten hatte. Auf Latein sagte er: »Er will nicht sprechen. Aber wir müssen wissen, was er angerichtet hat. Es geht um uns alle.« Ich sah, wie er seine Wut zu verbergen suchte.

Als Gall das bleiche Gesicht und die blauen Lippen von Agrestius bemerkte, blickte er den Mann vorwurfsvoll an.

»Donatus, Agrestius ist einer von uns, vergiss das nicht. Er ringt um sein Leben. Er muss erst den Kampf um den eigenen Leib und die eigene Seele gewinnen, bevor er sich uns mitteilen kann. Warum verstehst du das nicht? – Er ist noch nicht in der Lage zu sprechen, dazu ist er zu schwer verletzt. Er würde uns über alle Geschehnisse in Kenntnis setzen, wenn er könnte, glaub mir.«

»Und was ist, wenn er uns nicht berichten will?«, beharrte Donatus.

»Er ist unser Bruder.« Gall strich sich über den blanken Schädel. »Er kämpft für die Lehren deines und meines Meisters mit Mut und Ausdauer. Er schaut allen Gefahren ins Auge, ohne sich um das eigene Wohl zu kümmern. Aber jetzt muss er den Kampf um sich selbst gewinnen. Und wir müssen ihm dabei helfen, und das mit göttlichem Beistand.« Gall umfasste mit der einen Hand fest seinen knöchernen Stab und strich mit der anderen sanft die Hand von Agrestius. »Er ist ein wahrer Schüler von Meister Columba.«

Es war das erste Mal, dass ich etwas Genaueres über Agrestius erfuhr und den Namen Columba vernahm.

Donatus hielt dem Blick von Gall nicht lange stand und senkte den Kopf.

Ich hatte genug gehört, meine Anwesenheit war vermutlich ohnehin nicht gewollt, und so verließ ich die Höhle.

Doch die Geschehnisse und Äußerungen beunruhigten mich mehr und mehr. Sie führten einen Kampf. Doch was war das für eine Auseinandersetzung? Ich lief zu Igwja. Sie war meine Schutzherrin. Auf sie war Verlass. Ich lauschte dem Flüstern ihrer Zweige und Äste, die, sanft vom Wind bewegt, wie Katzen schnurrten.

Ich wollte meiner Verwirrung ein Ende setzen und plante, mich mit ihrer Seele zu verbinden. In dem kleinen, zerstörten Holzturm, in dem die Norne einst gewohnt und ihre magischen Kräuter, Knochen, Haare und vieles mehr aufbewahrt hatte, befand sich eine Kuhhaut. Auf dem Grab der Norne würde ich mein Mondblut, das derzeit wieder aus meinem Körper floss, darauf auftragen. Da auch das Blut meiner Norne wie das meiner Mammä durch mich hindurchfloss, würde es mir helfen, mich mit ihrer beider Seelen zu verbinden. Ich versprach mir von der Zeremonie eine Antwort auf die Frage, wie ich mich den Fremden gegenüber verhalten sollte. Konnte ich dem Gefühl meiner Mammä trauen, die für Galls Worte immer so offen gewesen war, oder den Weissagungen der Norne?

Ich traf auf Donatus, als ich dabei war, die schwere Kuhhaut zu den Gräbern zu schleppen. Sein Anblick holte mich aus meiner Gedankenwelt zurück. »Ich habe die Kuh nicht geopfert«, rechtfertigte ich mich ungefragt und spürte, wie mir das Blut in den Kopf stieg. Er verzog sein Gesicht und beäugte mich misstrauisch.

»Erzähle mir von deinen Göttern und deinen Geistern«, forderte er mich auf.

Zwar freute mich sein Interesse an meiner Welt. Doch zugleich unterbrach er mich bei meinen Vorbereitungen. Oder, kam es mir plötzlich in den Sinn, sollte er etwa der Überbringer eines Versöhnungsangebots sein? Hatten sie oder zumindest er verstanden, dass ich meine Ahnen nicht verfluchen würde? Sie waren meine Wurzeln. Würde man die Wurzeln von Igwja zerstören, würde sie umfallen. Zu meiner Überraschung befahl er mir, die Kuhhaut über dem großen Felsblock auszubreiten, der unweit von uns entfernt lag. Ich tat, was er von mir verlangte, und sah dabei zu, wie er hinaufkletterte. Sodann saß er nicht nur auf meiner Kuhhaut, er thronte regelrecht darauf. Mit einem herrschaftlichen Fingerzeig bedeutete er mir, mich ihm gegenüber aufzustellen. Da der Felsblock um einiges höher war als mein Standpunkt, sah er nun auf mich herab. Ich war seiner Aufforderung, von meinen Göttern zu berichten, noch nicht gefolgt, da stellte er mir schon die nächste Frage. Sein Blick, mit dem er mich fixierte, war nun geradezu stechend. Seine Stimme klang gepresst: »Wer oder was ist die Norne?«

Zwar hatte ich das große Bedürfnis, mehr von meiner Welt, in die sie eingedrungen waren, mit ihnen zu teilen. Doch inwieweit durfte ich Donatus tatsächlich trauen?

»Sie ist meine Ahnin, die Mutter meiner Mammä«, antwortete ich zögerlich. Der Gedanke an meine Mammä gab mir Kraft.

»Deine Ahnin? Die Mutter deiner Mutter? Was glaubst du, wo die Seele deiner Mutter jetzt ist?«, fragte er.

»Sie ist wahrscheinlich noch bei den Disen.«

»Bei den Disen?«, wiederholte er misstrauisch und fuhr dann argwöhnisch fort: »Woher weißt du das?«

»Jede Seele einer Frau, die Midgard, so nennen wir das Zwischenreich der Erde, verlassen hat, lebt bei den Disen. Meine

Mammä gehört jetzt zu ihnen und sie kümmert sich mit ihnen um mich und um alle Frauen. Sie beschützen uns.«

»Nur die Frauen? Wovor habt ihr Angst? Vor was beschützen sie euch?« Durch sein Interesse gelang es ihm, mich aus meiner anfänglichen Zurückhaltung zu locken.

»Sie beschützen uns vor den Thurs.«

»Vor den Thurs?« Sein Blick wurde seltsamer.

»Ja, vor den Thurs. Diese grausamen Trolle richten ihren Schadenszauber gegen uns Frauen. Sie waren es, die der Mammä das Böse geschickt haben.«

Er wusste tatsächlich nichts von meiner Welt und meinen Ahnen. Auch nichts von dem Vater, den sie meinen Vater nannten und dessen Vater einst der König der Lentienser gewesen war. Er wurde, so hieß es, von den feindlichen Franken ermordet. Und seither herrschte Herzog Gunzo als Herr über Iburinga.

»Wie ist eure Welt entstanden?«, bohrte er herausfordernd weiter. Ich sah ihn ungläubig an.

»Ymir ist der Beginn allen Lebens«, hörte ich mich antworten. »Er existierte, bevor Himmel und Erde existierten. Odin tötete ihn und schuf die Welt aus Ymirs Körper. Er ist ein Urriese und älter als alle Götter. Er besitzt mehr Wissen als sie alle, als wir alle.«

»Schweig. Ich kann nicht mehr hören, was du von dir gibst. Es ist heidnisches Gewäsch«, unterbrach Donatus mich unvermittelt und kletterte von dem Stein. Er richtete seinen Blick in Richtung der Gewitterwolken, die sich über dem See zusammenbrauten. Ich fürchtete, die Welt, aus der die Fremden kamen, niemals verstehen zu können. Langsam, ohne ein weiteres Wort zu verlieren, entfernte er sich, die Hände zu Fäusten geballt, bestieg das am Ufer liegende Boot und stocherte sich mithilfe eines Stocks um die Felsnase herum, bis er aus meinen Augen verschwand.

Meddyg begrüßte mich wie immer freundlich, als ich ihn auf dem Weg zu meiner Höhle traf. Ich war froh darüber, denn ihm galt mein größtes Vertrauen und ich befürchtete, durch das Katzenopfer seine Gunst verloren zu haben.

»Komm mit«, winkte er mich zu sich heran, als ich mich wieder zurückziehen wollte, damit er in Ruhe die geheimen Heilungsrituale an Agrestius vollziehen konnten. Ich folgte ihm in die Höhle. Er packte aus seinem Beutel einen mit Milch gefüllten Lederschlauch sowie Brot, Salz und Honig und stellte alles auf den kleinen Tisch. »Efeu fehlt«, stellte er fest. »Wir benötigen Efeu und werden es gemeinsam sammeln.«

Gall sah Meddyg fragend an, schwieg aber und blieb zurück, um sich um Agrestius zu kümmern.

Wir gingen in den Wald, krochen über die Erde, hangelten uns entlang der Sträucher und Baumstämme und sammelten Efeu.

»Efeu ist vielschichtig«, erklärte mir Meddyg. »Efeu ist sehr widerstandsfähig und beharrlich im Wachstum. Es lässt sich nicht unterkriegen. Es ist beinahe unmöglich, es zu vernichten. Es wächst unter den schlechtesten Bedingungen, auch im Dunkeln und im Schatten. Wenn es immer wieder Wasser bekommt, vermehrt es sich und verbreitet sich unermüdlich. Es verhält sich so, als würde es ein Ziel ... eine Mission ... verfolgen ... wie wir«, fügte er geheimnisvoll hinzu.

»Eine Mission?«, fragte ich. »Was meinst du damit?«

»Wir wollen gute Nachrichten überbringen. Wir wollen Menschen retten. Armen Menschen und Bettlern zu essen geben. Waisenkindern ein zu Hause und kranken Menschen bei der Heilung helfen. Weißt du, Friede«, fragte er mich, »dass es in Ägypten schon vor langer Zeit Häuser des Lebens gab?«

Ich kannte weder Ägypten noch Häuser des Lebens.

»Häuser des Lebens hießen sie in Ägypten und Schulen der Heilkunst in Griechenland. Das sind Länder sehr weit von uns entfernt. Weißt du, Friede, es gibt Menschen, die sich nur mit der Heilung von Menschen beschäftigen. Wir nennen dieses Streben nach Weisheit Wissenschaft. Ich bin auch einer von ihnen«, sagte er und lächelte. »Ich suche und lese all die Schriften, die die Menschen schon seit langer Zeit über die Heilkunst hinterlassen haben. Es ist wichtig, dass man verschiedene Sprachen beherrscht. Denn die Schriften wurden nicht nur auf Latein verfasst, sondern auch auf Griechisch und Arabisch, was man in Ägypten spricht. Leider«, seufzte er, »bin ich des Arabischen nicht mächtig. Weißt du«, erklärte er weiter, »ich will verstehen, was im Innern des Menschen vor sich geht, sowohl im gesunden Körper, als auch wenn er krank oder verletzt ist. Das Leben eines jeden Menschen auf dieser Erde ist es wert, geschützt zu werden.«

Wir brachten das gesammelte Efeu zu Gall in die Höhle. Agrestius schlief, sein Zustand war unverändert. Gall fragte Meddyg, ob er *es* mir gezeigt hätte. Ich wusste nicht, wovon sie sprachen. Doch Gall schien sichtlich erleichtert, als Meddyg den Kopf schüttelte. »Aber«, entgegnete er, »wir können es nicht auf sich beruhen lassen. Wir müssen Friede die Augen öffnen ...«

Gall seufzte: »Es reichen Worte.«

»Wir werden sehen«, erwiderte sein Gefährte, »ich werde sie vorsichtig heranführen. – Komm, Friede«, forderte er mich auf.

Wir verließen die Höhle, liefen zum See und gingen in die Richtung, die entgegengesetzt zur magischen Felswand lag.

»Zu unserer Mission gehört es«, erklärte er mir, als wir uns den Weg über die holprigen Ufersteine bahnten, »das Wunderwerk *Mensch* zu entdecken und zu verstehen – und das in all seinen Teilen.«

Wir liefen schweigend weiter. Ich hatte das Gefühl, er suchte nach den richtigen Worten, um mir etwas zu erklären. »Weißt du«, fuhr er schließlich fort, »dass der Mensch die perfekten Proportionen hat? Es gab einen Römer, er hieß Vitruv, er war eigentlich ein Baumeister. Er hat festgestellt, dass der

Mensch mit ausgestreckten Armen und Beinen in die vollkommenen Formen des Kreises und des Quadrats passt.« Meddyg schwieg erneut und ergänzte dann: »Genauso wie eine Katze. Auch sie ist ein Wunderwerk, auch wenn ihr Schwanz aus der heiligen Geometrie herausragt.«

Als er das Wort Katze in den Mund nahm, fühlte ich, wie mir das Blut in den Kopf stieg. Die Katze. Bilder des toten Tieres verschwammen mit der Wirklichkeit.

»Lass uns ausruhen«, schlug Meddyg vor.

Wir setzten uns jeder auf einen großen Stein am Ufer und ließen die Wellen auf uns zurollen. Schumm, schumm, schumm ... Die Regelmäßigkeit und der Gleichklang erinnerten mich an den Singsang, der meinen Schlaf untermalte, wenn sie am Lager von Agrestius wachten. Ich sog den Duft des Sees ein und blickte auf die in einem hellen Grün schimmernde Hügelkette, die das Gewässer auf der anderen Seite begrenzte.

Meddyg beobachtete mich und sprach schließlich: »Du hast ein Tier getötet. Warum? Erkläre es mir!«

Kaum hatte er den Satz beendet, sprudelten die Tränen und die Worte aus mir heraus. Neben Meddyg und dem, was er soeben über die lebenden Wunderwerke gesagt hatte, fühlte ich mich wie eine beschädigte Amphore, durch deren Risse all die Inhalte herausflossen, die sie füllten. Ich rechtfertigte mein Tun zuletzt damit, dass ich das Leid von Agrestius sah und auch die Verzweiflung von Fara, und dass ich ihnen mit dem Katzenopfer hatte helfen wollen.

»Du hast deiner Seele unnötige Schmerzen zugefügt, Mädchen, weil du Zwängen unterliegst. Doch deine Tränen zeigen, dass deine Seele gut ist. Deine Taten werden jedoch von falschen Vorstellungen gelenkt. Aber wir können dagegen angehen.«

Ich wusste, was nun kommen sollte. Auch er wollte, dass ich meinen Stamm, die Lentienser, Iburinga und alle Einwohner, die einst hier lebten, verriet. Ihre Sitten und Gewohnheiten. Die Verehrung unserer Götter. Wie konnte auch er von mir verlangen, meine Wurzeln zu zerstören? Odin gehörte zu meinem Leben, genauso wie Frija und Igwja und die Alben und die Disen. Wieder fühlte ich den Graben, der sich zwischen uns auftat.

Wir liefen weiter und erreichten eine alte Hütte. Es stank erbärmlich. Ich kannte den Geruch und er rief in mir Bilder des Grauens hervor.

»Halte das vor deine Nase«, sagte er und hielt mir ein in Kräuter getränktes Tuch hin. Dann öffnete er die Tür.

In der Hütte herrschte diffuses Licht und in der Mitte stand ein maroder Tisch. Darauf lag etwas. Es war zugedeckt.

Meddyg erklärte: »Du riechst Verwesung. Vielleicht kannst du dir denken, was unter dem Tuch liegt.« Er betrachtete es ehrfürchtig und sagte feierlich: »Ein Wunderwerk. Es besteht aus vielen Teilen: den Organen, den Adern, den Knochen, dem Blut, der Haut, dem Fell, der Seele, dem Gehirn ... Und das perfekte Zusammenspiel ergibt die Vollkommenheit des Lebens. Doch es wurde zerstört. Die einzelnen Teile fallen auseinander. Wenn du bereit dazu bist, zeige ich dir jedes einzelne Element, jeden einzelnen Bestandteil ...«

»Nein«, brach es aus mir heraus, ich rannte aus der Hütte, stolperte über die Steine und übergab mich in den See. Ich lief tief hinein, suchte die Kälte, bespritzte mich immer wieder von Neuem, wusch mich, erfrischte mich und trank das reine und saubere Wasser der Göttin Brigantia. Nach dem Brand hatte ich gemeinsam mit der Norne die seelenlosen, toten Körper begraben. Die Norne versicherte, die Seelen seien schon im Aufbruch und die Götter würden wissen, dass wir keine Schuld auf uns geladen hatten. Ihre Worte gaben mir damals Trost. Doch diesmal war ich es, die ein Wunderwerk zerstört hatte.

Ich hörte Meddyg hinter mir durchs Wasser waten. Auch er wusch und reinigte sich.

»Weißt du, warum sie mich Meddyg nennen?«, fragte er, als er neben mir stand. Ohne eine Erwiderung abzuwarten, erklärte er mir, dass die Römer ihn als Medicus bezeichnen und die Heilkunst direkt vom obersten Gott verliehen werden würde. Daher blieb sie ursprünglich allein einer Priesterschaft vorbehalten. Inzwischen gäbe es auch Meddygs, die keine Priester seien, doch die göttliche Berufung sei unumgänglich. Magie, Wissen und Weisheiten würden in der Heilkunst verschmelzen, und es gehöre zu ihrer Mission, Kranke und Verletzte zu versorgen. Es sei eine Wissenschaft, die ein immerwährendes Studium benötigte. »Wenn du die Zusammenhänge der irdischen, himmlischen und göttlichen Dinge nicht kennst«, so führte er aus, »wirst du die Magie der Heilkunst nie erlernen. Der Mensch und die Tiere bestehen aus Fleisch, Knochen, Blut, Luft, Feuer und Schweiß, genauso wie der Weltkörper aus Erde, Steinen, Wasser, Luft, Feuer und Salz zusammengesetzt ist. Doch bei Mensch und Tier greift alles ineinander. Es ist ein magisches, geordnetes Zusammenspiel, das unser Leben ausmacht. Meine Aufgabe als Meddyg ist es, die verloren gegangene Ordnung in den kranken Menschen wiederherzustellen.«

»Und Odin, mein Heilgott,«, schrie ich verzweifelt über den See, »er ist es, der die Ordnung wiederherstellt. Er fordert Geschenke, damit er heilt. Warum versteht ihr das nicht?«

Meddyg nahm mich in den Arm und drückte mich väterlich an sich.

»Mädchen«, sagte er, »nenne ihn Odin, die Griechen nennen ihn Asklepios, die Römer nennen ihn Äskulap, wir nennen ihn Christus Medicus, welchen Namen du auch immer deinem Gott der Heilkunst gibst, ruf ihn an, bitte ihn um Hilfe, beschwöre ihn, wenn es deiner Seele guttut und auch der Seele des Patienten. Denn unsere Seele hat einen großen Anteil an der Heilung und Wiederherstellung der Ordnung im Körper. Aber der Heilgott ist ein Gott des Wiederherstellens und nicht des Zerstörens. Verstehst du den Unterschied? Vieles in unserem Körper heilt von selbst. Nimm den Arm von Agrestius. Der Knochen war gebrochen. Es war deutlich sichtbar, er war verschoben. Wir haben ihn zurück in die richtige Stellung gebracht, und jetzt wächst er wieder zusammen. Nimm die Wunde auf seinem Kopf. Das Blut quoll heraus. Wir haben sie gereinigt und genäht. Den Rest der Heilung vollbrachte sein Körper selbst. Wir sehen nur noch die Narbe.«

»Warum steht er nicht auf?«, fragte ich. »Warum hat er noch nicht einmal Kraft zum Reden?«

»Immer und immer wieder habe ich ihn untersucht, um herauszufinden, was ihn quält, warum er nicht zu Kräften kommt. Ich habe die Schriften nach den möglichen Ursachen zu Rate gezogen. Wir alle haben über seinen Zustand debattiert. Wir alle wollen ihm helfen.«

Donatus kam mir in den Sinn. Er war der Einzige, der grob mit Agrestius umging.

»Die tote Katze«, er sah mich an, »hat mich auf einen neuen Weg geführt. Ich habe ihren toten Körper studiert und bin dabei auf Zusammenhänge gestoßen, die uns helfen können, das Durcheinander der Bestandteile im Körper von Agrestius zu ordnen und die Harmonie zwischen den Elementen wiederherzustellen. – Du kannst mir dabei helfen.«

Ich konnte kaum fassen, was ich da hörte. Lud er mich tatsächlich dazu ein, bei der Pflege und Behandlung von Agrestius dabei zu sein? Gewährte er mir tatsächlich Einblick in seine Heilkunst?

Von da an durfte ich ihnen mit Handlangerarbeiten bei der Pflege zur Seite stehen. Ich holte das Wasser aus der Heilquelle und half beim Waschen, Kochen und Füttern des Patienten. Allein die Heilungsrituale blieben mir weiterhin verschlossen. Auch erfuhr ich nicht, was Meddyg an oder in dem toten Katzenkörper entdeckt hatte, das die Ordnung im Körper von Agrestius befördern sollte. Sein Zustand verbesserte sich jedenfalls sichtlich innerhalb einer Mondphase. Bald gelang es ihm, aufzustehen und einige Schritte zu gehen. Er begann zu sprechen, aber nur das Nötigste, darin seinen Kameraden nicht unähnlich. Meistens verlangte er nach Essen oder Trinken. Seine Augen glänzten von Tag zu Tag mehr. Seine Haut gewann die lebendige Frische zurück und darunter umhüllte mehr Fleisch seine Knochen. Bald stand er allein auf, lief täglich zusätzliche Schritte und dann kam der Tag, an dem er stark genug war, dem Ruf der Glocke zu folgen, meine Höhle zu verlassen und mit ihnen um die Felsnase herum zu verschwinden. Ich blieb allein zurück.

Die Tage vergingen, ohne dass einer der Fremden in meinem Revier erschien. Eine tiefe Enttäuschung machte sich breit. Hatten sie mich alle vergessen? Meddyg? Fara? Gall? Virgil? Agrestius? Die Gedanken an Donatus schob ich beiseite. Stattdessen übte ich mich darin, Odin als Christus Medicus anzurufen. Doch als keiner von ihnen kam, schien mir auch die Namensänderung nutzlos. Und nach und nach frohlockte ich im Stillen, dass mein Leben wieder im Sinne meiner Ahnen verlaufen sollte. Es war das mir vertraute Leben, das sich in Midgard abspielte und von den Göttern in Asgard und den Ahnen in Helheim bestimmt wurde. Dann ertappte ich mich dabei, wie ich mit mir selbst Latein sprach, und dachte darüber nach, was ich alles von ihnen gelernt hatte. Ihre Sprache, von Meddyg das Wissen über das Wunderwerk Mensch, von Fara Dinge über den Geist des Menschen und die Kraft seiner Gedanken. Und Virgil hatte von Buchstaben und Worten gesprochen, die voller Leben und Rätsel waren. Überhaupt, so schien es mir, behandelten sie vieles als Geheimnis.

So fragte ich mich immer wieder, was auf der anderen Seite der Felsnase vor sich ging. Ich wagte es nicht, in ihr Reich einzudringen. Tagtäglich lief ich an den See und hoffte, Virgil dort anzutreffen. Doch das Ufer blieb menschenleer. Es war seltsam, aber die Tiere und die Pflanzen genügten mir als Gesellschaft nicht mehr. Ich hatte das Bedürfnis, mich auszutauschen mit den Fremden, die mir nun, da sie fort waren, nicht mehr fremd erschienen, mit ihnen zu singen, ihrer Gemeinschaft anzugehören, von ihnen zu lernen. Jetzt dachte ich an sie als Gefährten. Als meine Gefährten.

Dann kam der Tag, auf den ich kaum mehr zu hoffen gewagt hatte. Fara erschien durchs Wasser watend. Ich dachte an damals, als ich sie zum ersten Mal gesehen hatte. Wie viele Vollmonde waren seither vergangen? Ich wusste es nicht, und es war unwichtig. Freudentränen sammelten sich in meinen Augen. Endlich, dachte ich, endlich. – Auf keinen Fall jedoch sollte sie sehen, wie sehnsüchtig ich ihr Kommen erwartet hatte.

Fara begrüßte mich mit dem X und einer daran anschließenden Umarmung. Ich verlor vor Freude die Herrschaft über meine Gefühle, schlang meine Arme um ihren Hals und sah, wie sich hinter ihr das Blau des Himmels im See spiegelte. Ich fühlte, wie auch sie mich an sich drückte. So verharrten wir eine Weile. Schließlich löste sie die Umarmung. Mein Gesicht rötete sich vor Scham, doch Fara war offensichtlich gerührt von meinem Gefühlsausbruch, denn sie benötigte mehrere Herzschläge, um das in Worte zu fassen, was sie mir mitteilen wollte. Ich hätte ihre Sprache schnell gelernt, und ich hätte Gedanken, die zu ihrer aller Gedanken passen würden.

Sie würden mich als Bruder aufnehmen, wenn ich das wollte. Denn sie alle, gleich ob Mann oder Frau, seien Brüder im Geiste. Mein Leben würde sich verändern. Sie würden mir Zeit lassen, meine Entscheidung zu treffen, und es stünde mir frei, meinem festen Willen zu folgen.

Ich sah sie mit großen Augen an. Sie würden mich tatsächlich zu einer der ihren machen?

Die Freiheit

»Du hast es«, rief Virgil begeistert. »Ich habe es sofort gesehen.«

Sein vertrauter Anblick ließ mein Herz höherschlagen. Endlich saß Virgil wieder auf dem Felsen am Ufer des Sees. Die kleinen anrollenden Wellen umspülten seine Füße. Er hatte verschiedene Werkzeuge neben sich ausgebreitet, die denen von Meddygs Sammlung glichen. Mit einem feinen Messer bearbeitete er die spröden Teile einer flachen Scheibe. Er hatte sie aus altem, vertrocknetem Horn, wohl das einer Ziege, herausgesägt und glatt poliert.

»Was habe ich?«, fragte ich ihn, während er ein anderes Werkzeug aufnahm und die fingerlange Scheibe weiter glättete.

»Du hast es, aber es gibt ein Problem damit«, fuhr er fort, ohne meine Frage zu beantworten. »Du musst es lösen, damit du richtig zu uns gehörst.«

Ich sah ihn verständnislos an. Jetzt nahm er die kleine Säge zur Hand.

»Die Heimat der Vorfahren zu verlassen, bedeutet mehr, als den Körper wegzubewegen und hinaus in die Welt zu ziehen.« Unvermittelt legte er das Werkzeug und die Scheibe aus den Händen, stand auf und sprang wie eine Gämse über mehrere Felsvorsprünge hoch hinauf auf einen Absatz. Außer Atem rief er von dort aus: »Weißt du, was Freiheit bedeutet?«

Sprachlos über seine Ausgelassenheit schüttelte ich den Kopf.

»Dann erkläre ich es dir«, rief er ungestüm von oben herab. »Die Bedeutungen, die den Zeichen durch unsere Vorfahren verliehen wurden, mögen ihnen Kraft gegeben haben, aber ... und jetzt hör genau zu, was ich sage, Friede ... *ihre* unbedachten Deutungen haben den Verstand in Ketten gelegt. Und weißt du, warum? – Weil es ihnen an Wissen fehlte. Aber *wir*«, rief er kämpferisch und reckte die Arme weit in Richtung Himmel, »befreien uns aus der Gefangenschaft der Unwissenheit. Wir entfernen uns von den Vorstellungen der Väter und Mütter, um den tieferen Sinn und die höheren Bedeutungen der Zeichen zu entdecken. Und genau das soll uns, auch dir und mir, helfen, das magische Feuer in uns zu entfachen. Denn mit den Flammen befreien wir unser Denken aus der Dunkelheit.«

Er kletterte wieder über die Felsen zurück zu mir ans Ufer. Voller Eifer fuhr er fort: »Die Wahrheit ist, dass unsere

Vorfahren viele Zeichen, ja ganze Worte und Sätze fehlgedeutet, missverstanden oder falsch eingesetzt haben. Immer dann, wenn ihnen das Wissen fehlte. Wenn du zu uns kommst, lernst du die tieferen Bedeutungen kennen und dabei entdeckst du auch die vielen Lichter und Schätze des Königreichs, das in dir steckt. Aber«, sagte er und sein Blick fiel auf die kleine Hornplatte, »wir müssen nicht alles verlassen, was die Alten uns mitgegeben haben. Manche Symbole und Zeichen müssen wir noch nicht einmal umdeuten. Nimm das X. Du nennst das Zeichen Gebo, ich nenne es Chi. Es steht für das Unbekannte und Geheimnisvolle. Aber auch für das Gute und die Kraft. Es gehört zu unserer beider Heimat. Es soll uns als Warnung, als Ansporn, als Vorbild und Erinnerung dienen. Es verbindet uns. Ein eindrückliches Zeichen. Merkst du aber auch, was Freiheit bedeutet? Es meint die Befreiung deiner Vorstellungskraft von dem Überkommenen. Und«, schloss er feierlich, »dein Problem ist gelöst, wenn du dich von den Vorstellungen deiner Norne gelöst hast.«

Wieder einmal versetzten mich Virgils Worte in Staunen. Er erklärte nach einer kurzen Pause weiter, wenn ich mir Wissen aneignen wollte, müsste ich hart dafür arbeiten. Doch je mehr Wissen ich hätte, desto freier wäre ich. Denn ich könnte mir meine eigene Meinung bilden. Ich würde die neue Freiheit erlangen, wenn ich alte Gewohnheiten durchbrechen würde. Dies sei ein sicheres Anzeichen von Freiheit. Ich würde mich also endgültig aus den Fesseln lösen müssen, welche mir die Norne angelegt hatte. Wenn ich meine Gewohnheiten und Traditionen nicht durchbrechen könne, würde meine Seele verstummen, verdummen und eine ewige Sklavin der dunklen Magie der Norne sein. Er behauptete sogar, dass es eine gewisse Form des Wahnsinns sei, immer dasselbe zu denken und sich beispielsweise nicht von den menschen- und tierverachtenden Gedanken des Opferns zu lösen. Schließlich verlangte er von mir, ihm die Zeichen meines Namens zu enthüllen.

Wenn er in meiner Nähe war, fiel es mir leicht, die Ketten, die mir mein Stamm, wie er behauptete, angelegt hatte, abzuwerfen. Allerdings fesselte jetzt *er* meine Seele und ich war bereit, ihm alles preiszugeben, was er zu wissen verlangte.

Ich nahm einen Zweig und eines seiner Messer und ritzte das Zeichen ᚠ hinein.

»*Fehu* bedeutet Reichtum«, sagte ich kurz und erläuterte weiter:

»ᚱ, das *Raido*, bedeutet Reise.

ᛁ, *Isa*, ist meine Willenskraft.

ᚦ, *Thurisaz*, hilft mir, meinen Willen durchzusetzen.

ᚢ, *Uruz*, hilft mir, mich selbst zu heilen.«

Virgil staunte und stellte fest: »Wir haben gemeinsame Wurzeln. Ohne Zweifel ... Darfst du mir all das verraten?«

Ich sah ihn erstaunt an und antwortete: »Du hast mir doch auch schon vieles kundgetan. Du hast Vertrauen in mich, also habe ich Vertrauen in dich.«

Wieder ertönte die Glocke. Er sammelte die Werkzeuge und die Hornplatte ein und ging. Wieder bat er mich nicht, mitzukommen.

In jener Nacht fand ich kaum Schlaf. Ich sollte meine Heimat, meine Traditionen, meine Mammä, die Lehren der Norne und irgendwann auch Iburinga verlassen, um zu ihnen zu gehören und um die tiefen Gründe ihrer Welt zu erforschen. Um frei zu werden. Pilo und die Bewohner von Pilolfhinga hielten mich für tot. Niemand würde mich hier vermissen.

Die Füße

Schließlich geschah etwas Unfassbares. Fara kam, gekleidet in ein helles Gewand, und holte mich ab aus der Höhle. Gemeinsam liefen wir zu den Felsen am See. Unter ihren göttlichen Gesang, sie hatte die Stimme einer Lerche, mischten sich aus der Ferne feierliches Pfeifen, Zupfen, Trommeln. Die

Schönheit der Klänge und Gesänge durchdrang meinen Körper. Ich frohlockte und zitterte zugleich. Mein Inneres bebte. Mein Herz tanzte. Meine Seele zwitscherte. Ich bekam eine Gänsehaut. Alles, was nun folgte, wurde von ihrem wunderbaren Gesang begleitet, und ich ließ es wie in einem Traum geschehen. Sie erklärte mir, dass unsere Körper heilige Gefäße seien. Ich sollte mein Gewand ausziehen, und gemeinsam salbten wir meine Haut mit besonderem Balsam und auserwählten Ölen. Bald glänzte und duftete sie, und ich fühlte mich kostbarer als je zuvor. Später würde ich mehr über die Zusammensetzungen der Salben erfahren, die je nach Bedeutung der Feierlichkeit schlichter oder wertvoller waren und auch im Alltag Verwendung fanden. Nach dem Salben hüllte mich Fara in ein helles Tuch und bedeutete mir, mich auf den Fels zu setzen. Sie kniete vor mir nieder und wieder zeichnete sie das X in die Luft. Dann nahm sie einen meiner Füße und tauchte ihn in den See. Sie rieb ihn, reinigte und säuberte ihn eingehend. Und das Gleiche tat sie mit dem anderen Fuß. Die Berührungen, das frische Wasser des Sees, die Sorge um meine Füße ... meine Füße, dachte ich immer wieder. Sie verbanden mich mit der Erde. Sie trugen mich durchs Leben. Sie halfen mir beim Überleben, beim Fliehen, beim Zufluchtsuchen, beim Beerensammeln. Sie hinterließen meine Spuren auf dem Weltkörper. Fara befreite sie von dem Schmutz, der zu Teilen meiner Haut geworden war. Immer wieder kratzte sie mit ihren Fingernägeln behutsam, um mir nicht wehzutun, aber doch fest genug, um die Krusten zu entfernen, tauchte meine Füße wieder und wieder in den See, und mit ihrem nassen Gewand polierte sie diese so, dass ich sie nicht mehr als die meinen erkannte. Wie sollte ich ihr meine Dankbarkeit erweisen?

Dann umringten sie mich. Jetzt wurde ich zu einem Teil ihrer Zeremonie, ihrer Verehrung des Sees, in den ich wieder und wieder mit meinem Körper und meinem Kopf eintauchte. Ich fühlte mich himmlisch. Mit lautem Gesang führten sie mich durch den See um die Felsnase herum. Die mächtige, weiße Gesteinswand empfing mich. Sie wirkte keinesfalls bedrohlich.

Im Gegenteil. Fackeln erleuchteten die Höhlen und forderten mich auf, ihr magisches Innenleben zu betreten. Gemeinsam kletterten wir über die Klippen und Leitern in ihr Reich. Mein neues Leben begann. Ich leistete den Eid, über die weiteren Einweihungsriten und Mysterien zu schweigen, die ich in jener Nacht zu vollziehen hatte. Allein sei erwähnt, es war eine Nacht, in der ich mit all meinen Sinnen in die Magie des Universums hineingezogen wurde. Sie nannten es meine Taufe.

In den Höhlen

Meine neuen Brüder, Frauen und Männer gehörten dazu, kamen vom Rande der Welt, von deren Mitte und vom anderen Ende. Ich hatte keine Vorstellung davon, wie groß diese Welt tatsächlich war. Vielleicht war es auch unwichtig. Denn ich schloss aus ihren Lehren, dass der Mittelpunkt mein heiliger See war. Aufgrund seiner Fruchtbarkeit bezeichneten sie ihn als die Gebärmutter des Weltkörpers.

Es stellte sich heraus, dass sie zwar aus verschiedenen Teilen des Weltkörpers stammten, dass sie aber in derselben Coenobie, mit dem Namen Luxovium, ihre Ausbildung und ihr umfangreiches Wissen erhalten hatten. Ohne die Bedeutung des Wortes Coenobie genau zu erfassen, stellte ich mir darunter ein Dorf vor. Es war jedoch kein normales Dorf und auch kein normales Landgut wie einst Iburinga. Es herrschten dort andere Sitten, Riten und ihre Verehrung galt dem höchsten Gott.

Ich wurde ein Teil ihrer Gemeinschaft, aber zunächst nur ein winzig kleiner. Sie trugen so viele Geheimnisse mit sich wie das Universum selbst, und jeder von ihnen trug das Universum in sich. Es war unmöglich, all das auf einmal zu erfassen. Alles war neu für mich. Langsam führten sie mich an ihr universales

Wissen heran und ich sog das in mich auf, was sie mir nach und nach anboten.

Seit wann sie die Höhlen für ihre Zusammenkünfte nutzten, erfuhr ich nicht. Denn neugierige Fragen waren unerwünscht. Zudem sollte außerhalb des gemeinsamen Singens, zu dem tagsüber und auch nachts die Glocken riefen, und der schlichten gemeinsamen Mahlzeit sowie der umso lebhafter geführten Unterrichts- und Gesprächsstunden geschwiegen werden. Auch mir wurde nahegelegt, möglichst wenig zu reden. Doch verloren sie schließlich viel mehr Worte, als ich nach ihrer Einführung erwartet hatte. Wohl hing das an ihrem Leben in den Höhlen. Denn hier, in der Abgeschiedenheit, wo außer ihnen und mir nur Tiere und Pflanzen lebten, versammelten sie sich offensichtlich, um wichtige Dinge zu erörtern. Was mir auch auffiel, waren die Gesten, die zahlreichen Handzeichen, mit denen sie kommunizierten, die ich aber nicht immer zu deuten vermochte. Manchmal, so schien es, taten sie es heimlich, sodass die anderen es nicht sahen.

Die Räume hatten unterschiedliche Funktionen. In der größten Höhle versammelten wir uns zum regelmäßigen Singen. Auch nachts. Die Musik, die voller magischer Klänge war, wurde stets von Instrumenten begleitet. Es wurde getanzt und geklatscht. Ich liebte es, Faras und Virgils Stimmen zu hören. Sie waren voller Harmonie und taten meiner Seele gut. Meddyg zupfte, klopfte und streichelte das Instrument mit den Saiten wie einen Körper, den er innig liebkoste. Entsprechend lieblich, erregt oder wild klangen die erzeugten Töne.

Es gab Höhlenräume für die Frauen, solche für die Männer und für die heiligen Nächte, in welchen die Fruchtbarkeit zelebriert wurde und in denen Mann und Frau, die Gefährte und Gefährtin waren, wie Agrestius und Fara, beieinanderlagen. In einem anderen Höhlenraum trafen wir uns zu den Disputationen, wie sie es nannten. Es gab diese für Männer, für Frauen und für gemeinsame Gespräche. Meistens brachten die Meister und Meisterinnen Bücher mit und daraus wurden Sätze besprochen.

Begierig war ich danach, die Buchstaben, die nur wenig mit den magischen Zeichen der Norne zu tun hatten, lesen und schreiben zu lernen.

Die Höhlen, in denen wir lebten, waren nur mithilfe von Leitern zugänglich, die jederzeit eingezogen werden konnten. Dann waren für Fremde auch die unwegsamen Stufen nicht zu erreichen, die unsere Räumlichkeiten miteinander verbanden. Außerdem gab es in der gigantischen Felswand einen Teil, der nur für Auserwählte zugänglich war. Gall, Meddyg, Agrestius und Fara gehörte zu denen, die ihn betreten durften. Sie nannten den Bereich Septa secreta. Für Virgil und mich war der Zutritt strengstens verboten.

Auch die tägliche gemeinsame Mahlzeit in der Höhle leiteten wir mit Gesängen und mit dem Zeichen X über den Löffeln ein. Eigentlich war es ein +, das sie Kreuz nannten. Die vier gleichlangen Arme standen für die Himmelsrichtungen, die Jahreszeiten, für das Universum, da es im Sonnenrad enthalten war. Auch ich sah darin das Sonnenrad. Aber ich drehte es im Geiste zum X, dem Chi, dem Zeichen der Energie, wie mir Virgil einst beigebracht hatte, und ergänzte es im Stillen zu Gebo, dem Zeichen meiner Ahnen für das Gute und die Dankbarkeit, etwas zu Essen zu haben und es gemeinsam mit meinen Gefährten verspeisen zu dürfen.

Die Tage waren in die geistigen Tätigkeiten, zu denen der Unterricht zählte, und die körperlichen Arbeiten unterteilt. Über den Höhlen gab es eine Wiese und dort hüteten sie die Esel, die Pferde, die Ziegen und Schafe. Zwischen den Höhlen gab es eine Einbuchtung, in der sie einen kleinen Garten angelegt hatten. Hier sprossen Gemüse, Getreide und Kräuter. Meddyg kümmerte sich vor allem um die Kräuter.

Fara, Agrestius und ich waren an jenem Tag mit dem Gießen und Pflegen des Gartens beschäftigt. Agrestius fühlte sich angeblich noch zu schwach für die Holzarbeiten. So half er uns. Die intensiven Blicke, die Fara und Agrestius austauschten, verrieten, dass Botschaften auf ihren Zungen lagen. Ich war mir nicht darüber im Klaren, ob meine Anwesenheit oder die Schweigezeit der Grund für ihre verschlossenen Münder war. Doch bald entwichen ihnen einzelne Worte, schließlich ganze Sätze, und ich hörte Dinge, die mich verwirrten.

»Du hast Atala einen Brief geschrieben. Bist du noch bei Sinnen? – Einen ganzen Brief?«

»Der Brief wurde von einem zuverlässigen Boten aus den Diensten Theodelindas überbracht. Die langobardische Königin ist auf unserer Seite. Sie ist unser aller Vorbild und war Meister Columbas wichtigste Vertraute aus königlichen Kreisen. – Außerdem«, fügte er beschwichtigend hinzu, »war es nur die Mitteilung, dass ich nach Ebovium kommen wolle, um mit Atala zu sprechen.« Er stützte sich, von der Anstrengung geschwächt, auf die Harke, sah Fara an und sagte eindringlich: »Es ist *unser* Kampf. Wir haben Columba den Schwur geleistet, unser aller Mission fortzusetzen. Vergiss nicht, wir kämpfen für euch Frauen, Fara. Du weißt es. – Wir kämpfen für euer Ansehen, eure Freiheit, eure Würde und gegen das Verbot, dass Frauen lernen und lehren dürfen. Wir kämpfen für das Gleichgewicht von Mann und Frau ...«, zählte er auf. »Die Bedrohungen nehmen zu ...«

»Wer hat dir die Verletzungen zugefügt? Wer wollte dich ermorden?«, fragte Fara. Agrestius antwortete nicht.

»Hast du Antwort von Atala erhalten?«, blieb sie hartnäckig.

»Nein.«

»Weiß Gall von dem Brief? Du musst es ihm sagen. Keine Antwort ist kein gutes Zeichen. Vielleicht wurde der Brief abgefangen ...«

Sie verfielen zurück in ihr Schweigen und ließen mich im Ungewissen. Nach dem Gespräch verschwand Fara für einige Zeit mit ein paar ihrer Getreuen.

Zwei Fragen sollten mich nun beschäftigen:

Wer war Atala? Was war Ebovium?

»Lass es aus dir raussprudeln, und du wirst dich erleichtert fühlen«, zwinkerte Virgil mir während der Unterrichtsstunde zu. Warum erheiterte er mich selbst in einem solch ernsten Moment, fragte ich mich. Er machte mir Mut, denn er hatte gemerkt, dass mir Fragen auf der Zunge brannten, die ich nicht auszusprechen wagte.

»Was ist Ebovium?«

Er sah mich erstaunt an und lächelte: »Wie kommst du auf Ebovium?«

»Wer ist Atala?«, entgegnete ich anstelle einer Antwort.

Er wurde ernst und zeigte auf die Höhlenwand, in die sie den Weltkörper eingemeißelt hatten. Mit Farbe waren kreisförmige Punkte aufgetragen. Sie waren hell und dunkel und über den Weltkörper verteilt.

»Das ist der Lacus Brigantiae«, erklärte er mir und zeigte auf einen hellen Punkt in der Mitte des Gebildes, »mit Ibur oder Iburinga am Ufer des Sees, wie ihr es nennt. Weißt du, dass es mehrere Iburs auf dem Weltkörper gibt?«

Meine Augen wurden groß: »Wo?«

Er zeigte auf einen hellen Punkt in einiger Entfernung vom See, dorthin wo die Sonne ihren späten Lauf nahm. »Es heißt Iburiacum oder Eboriacum. Stets bezeichnet nach dem heiligen Baum Ibur, nach der Eibe. Und weißt du, wer die Coenobie dort leitet?«

Ich sah ihn fragend an.

»Fara. Faras Vater ist ein einflussreicher Mann. Er besitzt zahlreiche Ländereien. Er hat einige davon Fara vermacht, und sie hat dort eine Coenobie gegründet. Manche nennen es Monasterium, aber das trifft nicht den Sinn. Denn es leben dort Männer, Frauen und Kinder – Familien. Sie leben dort zusammen nach den Regeln unseres großen Meisters Columba. Fara ist die Vorsteherin und vor einigen Tagen ist sie dorthin gereist ...«

Nachdem er dies gesagt hatte, hielt er kurz inne und jetzt verschluckte er die Worte, die ihm auf der Zunge lagen. Er sagte schlicht: »... da es Probleme gibt. – Und dann gibt es einen weiteren Ort, der nach dem heiligen Baum benannt ist. Er liegt hier oben, auf einer der Britannischen Inseln. Eine davon heißt Éire oder Irland. Von dort stammen Gall und ich«, sagte er, hob stolz den Kopf und verwies auf eine kleine eingekreiste Fläche. Sie war, besonders auffallend, mit einem + und einem Kreis darum markiert. Das Sonnenrad, dachte ich.

»Und daneben, auf Britannia Major, liegt Iburacum …«, er beobachtete meine Reaktion. Denn da war nur ein minimaler Unterschied zu dem Namen von Faras Coenobie, und das, obwohl die Orte auf verschiedenen Teilen des Weltkörpers lagen.

»… oder Eboracum, manche sagen York dazu. Es liegt in Bernicia. Von dort kamen vor langer Zeit die Briganten, die einst dem See den Namen ihrer Göttin verliehen haben ...« Er zeigte hinaus auf den blaugrün schimmernden Lacus Brigantiae, der sich zu Füßen der Höhlen erstreckte.

»… und Igwja als Ibur bezeichneten und daraus wurde Iburinga«, schloss ich, um ihn zu beeindrucken.

Er nickte zustimmend.

»Und dann gibt es Ebovium. Es liegt dort.« Virgils Finger wanderte vorbei an Iburinga in Richtung des unteren Endes des Weltkörpers.

»Zwischen Ebovium, das die Langobarden Bobbio nennen, und Iburinga liegen die gigantischen schneeweißen heiligen Berge, die Alpen, die du von hier aus siehst, wenn die Wolken sich verzogen haben. Du musst sie überwinden, wenn du nach Ebovium gelangen willst. Dorthin ist einst Columba gezogen und hat eine weitere Coenobie gegründet. Seit Columbas Tod steht Atala der Coenobie vor. – Jetzt weißt du, wo Ebovium liegt und wer Atala ist.«

Ich staunte. »Wie lange dauert die Reise von da nach da?« Mein Finger durchlief den eingemeißelten Weltkörper vom oberen Rand bis zum unteren Ende.

»Wenn du von den Britannischen Inseln zu der Zeit aufbrichst, wenn die ersten Knospen sprießen, wirst du in Ebovium ankommen, wenn die Blätter wieder abfallen, vielleicht früher, vielleicht später. Auf jeden Fall solltest du dort sein, bevor der große Schnee fällt und die Stürme und die Kälte die heiligen Berge beinahe unpassierbar machen.«

Ich bemühte mich um die Vorstellung, wie sich Menschen durch die Adern, Höhen und Tiefen des Weltkörpers kämpften, und staunte:

»Ihr stammt aus vielen Teilen des Weltkörpers ...«

»Die Welt ist von großer Vielfalt«, warf er schlicht ein.

»Ich kenne nur Iburinga und die Menschen, die hier einst lebten. Aber«, kam mir erneut in den Sinn, und die Vorstellung weckte in mir ein Gefühl der Vertrautheit, »überall dort wächst Igwja?«

»Ja«, antwortete Virgil.

Die Eifersucht

Obwohl es keiner laut aussprach, schienen das Universum und der See die Aufregung und die Unruhe in den Höhlen widerzuspiegeln. Die Gesichter wirkten angespannt. Immer wieder hörte ich während der Lern- und Meditationszeiten unruhige Schritte und dann wieder Flüstern, und das obwohl eigentlich die Schweigezeit herrschte. Fara war einige Tage zuvor zurückgekehrt. Sie hatte ein junges Mädchen mit dem Namen Sadalberga mitgebracht.

Jetzt wurde auch Galls Ankunft aus seiner Coenobie erwartet. Die von ihm gegründete Siedlung, so erklärte mir Virgil, lag eine Morgenwanderung vom anderen Ende des Sees entfernt.

Immer wieder verloren sich unsere suchenden Blicke von den Höhlen aus in der Weite des Gewässers. In der Ferne sahen wir die Fähren, die neben Menschen und Tieren auch Güter transportierten. Es war noch nicht lange her, da war der Himmel noch blau und die Überquerung wäre gefahrlos gewesen. Doch jetzt strebten sie, angesichts des drohenden Unwetters, dem nächstliegenden Ufer entgegen. Noch funkelten Teile der Oberfläche. Nach und nach nahmen die Schatten zu und dann endete der muntere Tanz der Alben und ihr Glitzern erlosch. Die Wolken verteilten sich wie Boote am Himmel. Sie formten sich zu immer größer werdenden Schiffen. Ihre Segel wuchsen wie gewaltige, schneeweiße Türme ins Universum. Aber das waren nur die Vorboten für die undurchdringliche finstere Wolkenwand, die folgte und schließlich mithilfe des zunehmenden Sturms auch den See vereinnahmte und aufwühlte. Die Welt um uns herum wurde düster und bedrohlicher. Die dunklen Wolkenschiffe nahmen Kurs in die Richtung, aus der wir Gall erwarteten.

Die Pferde der Töchter Odins galoppierten hinter den Schiffen her. Die Tiere schüttelten ihre glänzenden, weißen Mähnen und heraus kam der Hagel, der sich mit dem tobenden See vermengte. Donar grollte. Er fuhr auf seinem Wagen zwischen den Himmelsschiffen über das Gewölbe und warf seine steinernen Donnerkeile mithilfe der Blitzstrahlen von dort zur Erde. Es knallte so laut, als würde er gegen die Midgardschlange kämpfen und Teile von ihr gegen die Felswand schleudern. Unter den Höhlen tobte der See mehr und mehr, höher und höher, lauter und lauter. So erlebte ich das Unwetter.

Sadalberga war blass und abgemagert in den Höhlen eingetroffen. Fara sorgte sich um ihr Wohlbefinden. Hinzu kamen die Kälte und die Feuchtigkeit, die Sadalberga zittern ließen. Fara trug mir auf, den Wollmantel des Mädchens aus unserer gemeinsamen Höhle zu holen.

Die kostbare Wolle war weich und ich schmiegte für einen Augenblick meine Wange daran. Dann hüllte ich mich selbst in meine alte durchlöcherte Decke, kletterte zurück zur Höhle, in welcher der Unterricht abgehalten wurde, und übergab Sadalberga den Umhang.

Virgil brachte Felle, auf denen wir uns niederließen, und schürte das Feuer. Er begann mit dem Unterricht und zeigte uns die Adern des Weltkörpers, die als feine Linien in das Gebilde auf der Felswand eingeritzt waren. Es seien die Flüsse, die den Weltkörper nährten, wie die Brüste einer Frau die Kinder, erklärte er. Die Ströme gehörten wie das Blut des Menschen zum lebensnotwendigen Kreislauf aller Dinge. Die Natur, die Pflanzen, die Tiere und selbstverständlich auch die Menschen würden in den Kreislauf eingebunden sein, in dem das Leben in den Tod überging und dann wieder in das Leben. Er zeigte auf die Blätter der Zweige, die in die Höhlen hineinwucherten. »Sieh sie dir an ...«, sagte er zu Sadalberga, »... die Blätter sprechen vom Leben«, hörte ich ihn sagen, »sie werden im Herbst sterben und abfallen und im Frühjahr zu neuem Leben erwachen ...«

Sadalberga hatte wunderschöne Augen, mit denen sie Virgils Blick erwiderte. Und während ich sie beobachtete, tobte und zuckte nicht nur der See, sondern urplötzlich auch meine Seele. »Es ist aber nicht der Lebensbaum«, unterbrach ich ihn und meine Stimme klang schroffer, als ich beabsichtigt hatte. »Igwja ist der Baum des Lebens, der Weltenbaum«, ereiferte ich mich. »Sie ist stets grün und lebt immer. Aber sie ist gefährlich. Fasse sie nicht ohne Ehrfurcht an. Sie kann den Tod bringen, wenn wir uns ihr nähern, ohne sie zu würdigen. Sie hat magische Kräfte.« Ich holte tief Luft und ergänzte schnippisch: »Sie zieht sie aus ihren Wurzeln.«

Virgil sah mich prüfend an. Die Art, wie er mich musterte, verwirrte mich. Sadalberga hatte er mit anderen Augen betrachtet. Mit aufmerksameren Augen, mit Blicken der Bewunderung. Er sollte aber nicht dieses unscheinbare Mädchen, das beinahe noch ein Kind war, bewundern, sondern mich, dachte ich entrüstet. Also behauptete ich herausfordernd: »Ich lese in Igwja. Sie gibt mir Zeichen. Nur ich kann ihre Zeichen deuten. Sie weisen in die Zukunft.«

Virgil stutzte. »Was siehst du? Sag es uns«, forderte er mich auf.

Ich schloss die Lider, sah die Dunkelheit, hörte den Windgott toben und die Alben und Seegeister kreischen. Ich sagte: »Ich sehe schon seit einiger Zeit dunkle Wolken. Ich sehe den Sturm. Er wird immer gnadenloser und gefährlicher.« Ich atmete heftig. Es gelang mir nicht, die Bilder, die ich sah, in Worte zu fassen. Denn ich sah, wie Igwja schwer verletzt wurde und schreiend mit ihren Ästen um sich peitschte. Wie sie achtlos niedergemacht wurde, wie die Pflanzen und Tiere, die in ihr wohnten, ins Verderben geschickt, wie ihre roten Früchte misshandelt und zertreten wurden. Plötzlich wurde es um mich herum eiskalt. Mein Herz begann zu rasen. Schwindel überfiel mich. Übelkeit stieg auf. Tränen traten in meine Augen. Die grauenhafte Vision der Zerstörung kam aus dem Nichts. Sie war kein Traum. Alles war scharf umrissen. Ich riss die Augen auf. Virgil sah zur Höhlenöffnung hinaus und wendete mir den Rücken zu, während der Wind seine langen Locken durch die Luft wehte.

»Ja, du hast recht«, sagte er mit kühler Stimme, »wir stehen mitten im Sturm und er nimmt weiter zu.« Dann fuhr er fort, als hätte er die heftige Reaktion meines Körpers nicht bemerkt. So als wäre nichts gewesen, erklärte er, während er in das dunkle Wolkenmeer blickte, der Weltkörper sei den Irrungen der Menschheit ausgesetzt. Der Kreislauf des Lebens, die Verehrung des Weiblichen sowie der Pflanzen und Tiere seien in höchster Gefahr. Der kühle Wind ergriff auch seine Worte und verstreute sie über dem stürmischen See. Der Weltkörper würde viel aushalten, fuhr er fort und entfernte sich vom Höhlenabgrund, aber die Wunden, die ihm die Unwissenheit und Blindheit der Menschen zufügten, würden ihn schwer verletzen.

»Die Götter sind stärker als die Menschen«, warf ich jetzt aufgeregt ein. Seine Worte schürten meine Angst. »Sie beschützen uns. Wir müssen ihnen nur das geben, was sie von uns verlangen ...«

Ein heftiger Donner ließ uns zusammenzucken. Virgil lief erneut zur Höhlenöffnung. Als er sich uns wieder zuwandte, klang seine Stimme voller Zuversicht. »Wir«, sagte er stolz, »kommen von den Inseln am Rande der Welt. Sie sind mit Felsen, Schluchten und Höhlen durchzogen. Ringsherum ist das Meer. Unser Leben ist geprägt von den tagelangen Stürmen, den Wellen, die sich so hoch auftürmen wie Bäume. Bei uns gibt es Meerestiere, die so groß sind wie Inseln. Sie säugen ihre Kinder wie Menschen. Sie ergründen die Meere. Sie sind klug. Wir nennen sie Muc-Mhara. Ja, es sind die heiligen Schweine des Meeres.«

Ein heiliges Schwein, so groß wie eine Insel, staunte ich für mich. Auf keinen Fall würde ich jedoch zeigen, wie tief Virgils Ausführungen mich beeindruckten.

»Wir sind es gewohnt«, fuhr er erhobenen Hauptes fort, »unsere Boote durch jegliche Unwetter zu steuern. Gall wird bald hier auftauchen. Glaubt mir. Er besitzt das außergewöhnliche Wissen und die Kraft, sein Boot mit dem Sturm in Einklang zu bringen. Er kennt die Mächte der Winde und des Sees. Die einen treiben ihn voran, die anderen tragen ihn. Man muss nur das Wissen haben, mit ihnen umzugehen.« Sein Zeigefinger zeigte jetzt auf seine Stirn. »Merkt euch diesbezüglich Folgendes: Wenn ihr lernt und studiert, dann werden eurem Geist Flügel verliehen, und er fliegt durch den Sturm in die Freiheit wie eine Taube. Columba«, sagte er lächelnd. »Columba«, wiederholte er, während er meinen Augen folgte, »er war nicht nur unser Meister und Bruder, sondern auch ein großer Weiser. Er war es, der unserer Vernunft Flügel verliehen hat. – Und jetzt kommen sie und wollen sie uns stutzen ...«

»Wer kommt?«, fragte ich unerschrocken. »Wer will die Flügel beschneiden?«

Erneut legte sich ein Schatten über Virgils Gesicht. »Ihr werdet es noch früh genug erfahren.«

Im nächsten Augenblick funkelten seine Augen wieder. Offensichtlich durchströmte ihn eine neue Energie, die er wie so oft aus seinen Worten zog. Denn er richtete sich auf, schüttelte seine langen Locken zurecht und sagte mit feierlicher Stimme:

»*Ab Iove principium.* Das sagt derjenige, nach dem mich alle nennen: der unsterbliche Virgilius, ein großartiger römischer Poet. Ihr werdet es nicht glauben, aber das Wort *Iove* beinhaltet alles: Ursprung, Anfang und Ende. Allein diese vier Buchstaben umfassen ...«, er überlegte und fuhr schließlich fort: »das Universum.« Er schrieb das Wort »Iove« auf seine Wachstafel. Ich tat es ihm gleich. Mein anschließender Blick zu Sadalberga ließ mich vergessen, Iove zu hinterfragen, um das zu verstehen, was Virgil meinte. Denn Sadalbergas Anmut, ihre Zartheit, aber auch ihre Verletzlichkeit zogen mich in ihren Bann. Alles war lang und dünn an ihr. Ihr Hals, ihre Arme und ihre Beine. Auffallend war gleichermaßen die Länge ihrer Hände und Finger, die jetzt zwar den Griffel hielten, aber nicht zu führen gedachten. Ihre Augen hatten die Form von Mandeln, wie die Farbe ihres Haares. Ihre Augenbrauen glichen dünn gezogenen Linien, welche in die feine, schmale Nase übergingen. Die Form ihrer Oberlippe nahm das Grübchen darüber auf und gab ihrem kleinen Mund die Andeutung eines Herzens. Die Winkel waren nach oben gezogen und formten ein kaum merkliches Lächeln. Doch ihre Augen erzählten vom Leid ihrer Seele, die genauso zerbrechlich schien wie ihre helle, gläserne Haut. Der immer wieder durch die Höhle ziehende Windstoß spielte mit ihrem feinen Haar. Ihr Körper war hier, aber ihr Geist und ihre Seele waren abwesend. Teilnahmslos starrte sie aus der Höhlenöffnung hinaus und ihr Blick verlor sich in der Ferne, im stürmischen Grau des Sees, das sich mit dem des Himmels mischte und das gegenüberliegende Ufer verschluckte. Ihr bleiches Gesicht schien plötzlich grün.

»Was ist mit dir?«, fragten Virgil und ich gleichzeitig. Noch bevor sie etwas antworten konnte, verwandelte sich das Grün ihrer Gesichtsfarbe in Grau, und plötzlich sackte sie in sich zusammen. Ich fing sie auf, bevor sie von dem Felsvorsprung fiel, auf dem wir saßen. Natürlich war es das Mondblut, dachte ich, das heilige Blut, das soeben aus ihrem Unterleib strömte und die Schwäche hervorrief. Auch ich kannte dieses aufkeimende

Gefühl der Ohnmacht. Virgil verbeugte sich ehrfurchtsvoll vor Sadalberga, kniete sich neben sie, hielt ihre Hand, streichelte sie, darum bemüht, sie zu beruhigen. Sie wand sich, krümmte sich vor Schmerz, stöhnte, heulte laut auf. Eilig holte ich auf Virgils Geheiß eine Schale mit Wasser und eine weitere, in der er den Blutfluss auffing. Sie trank einige Schlucke von dem Wasser. Ihr feines Gesicht, ihre zarte Haut, ihr zerbrechliches Wesen erinnerten mich an eine Elfe, aus deren Schoß Virgil das magische Elixier des Lebens auffing. Ich bemühte mich, das Gefühl und die Gedanken zu verdrängen, die sich meiner Seele bei diesem Anblick bemächtigten. Schließlich zeichnete er mit der Hand das Kreuz über der Schale, in der etwas Unkenntliches schwamm. Er verlangte nach einem Tuch. Als er Sadalberga hochhob, legte sie ihre langen Arme um seinen Hals. Es kamen mir zwei Schlangen in den Sinn, die sich um Virgils Körper wanden. Das Blut klebte an ihrem Gewand, das auf Virgils Armen auflag. Doch ihn kümmerte das nicht. Im Gegenteil. Nachdem er sie auf das Lager in unserer Höhle gebettet hatte, berührte er das Blut, das an seinem Ärmel klebte, und versah es mit einem weiteren Kreuz. Dann verbeugte er sich erneut vor Sadalberga und überließ sie meiner Obhut.

Fara erschien. Sie blickte unter das Tuch in die Schale, zeichnete das Kreuz und sang. Sie reichte Sadalberga einen heißen Trank und strich ihr über den Kopf. Dicke Tränen liefen über Sadalbergas Wangen. »Geh«, sagte Fara und schickte mich aus der Höhle.

Ich war traurig, wütend und fühlte mich allein. Ich schrieb das Zeichen X in die Luft und verließ die Höhlen über die verschiedenen Leitern. Der Sturm sauste mir um die Ohren und trieb mich weg von den Felswänden. Der See war wild. Doch es störte mich nicht. Ich watete durch ihn hindurch, spürte die Kälte kaum, und ich suchte den Weg um die Felsnase herum, um Trost bei Igwja zu finden.

Immer noch schickten sie mich weg und schlossen mich aus bestimmten Ritualen aus. Die angestaute Wut über die

Geheimnistuerei war einer der Gründe für die Schwere meiner Gedanken. Noch quälender war das Bild, wie Virgil den Mondfluss von Sadalberga aufgefangen hatte. Er tat es mit einer Selbstverständlichkeit, die mir fremd war. Erst später wurde mir bewusst, warum die Wanderschaft der Menschen von den Inseln am Rande der Welt alle zu Brüdern werden ließ – Männer und Frauen. Es sollte keine Bedeutung haben, wer das Mondblut auffing, ein Mann oder eine Frau. Denn es war stets der rote Fluss des Mondes und des Lebens, des Mysteriums des Wachstums und der Schöpfung, dem alle Verehrung zukommen sollte und dem in geheimnisvollen Riten gehuldigt wurde.

Der Fluch

In jenen Stunden der Einsamkeit suchte ich nicht nur Schutz bei Igwja, sondern auch in den mir vertrauten Sitten und Gebräuchen meiner Ahnen. Ich fand den Weltenbaum, ließ mich unter seinen schützenden Ästen nieder und rauchte. Nach und nach zogen die bösen Geister, diese körperlosen Wesen, wieder in meinen Kopf ein und durchdrangen meinen Verstand wie ein kalter, unheilvoller Hauch. Sie raunten mir zu, die bleierne Fluchtafel, die ich aus dem Turm der Norne entwendet hatte, mit Unheil bringenden Zeichen zu versehen. Ich wusste, dass diese besonders wirksam waren, wenn der Mond abnahm. Die Zeit passte. Ich ritzte die Zeichen ein und verfluchte jedes einzelne mit Worten. Sie ergaben folgenden Sinn:

»Ich binde Sadalbergas Denken, ihren Geist, ihre Handlungen, auf dass sie unfähig ist, das Wachstum der Liebe zu Virgil zuzulassen.«

Während ich mit dem spitzen Schilfrohr auf der Tafel kratzte, spürte ich das Vibrieren meines Körpers, das heftige Schlagen meines Herzens, das Pulsieren in meinem Hals, das Zittern meiner Hände. Es war eindeutig, die unsichtbaren Wesen der verborgenen Welt nahmen Kontakt zu mir auf und ließen es mich spüren. Schließlich stand ich wankend auf und kämpfte mich durch den Sturm zum See. Schäumende Wellen mit weißen Kronen empfingen mich mit wilden Sprüngen. Das Raunen, Pfeifen, Blasen, Pulsieren von Wind und Wellen forderte mich auf, am Fest der Seegeister teilzunehmen. Die Alben, die darin wüteten und tobten, verstanden meine Gefühle. Sie spiegelten mein aufgewühltes Inneres wider. Sie verlangten vehement nach der Fluchtafel, um ihr Werk zu vollbringen.

»Hier«, schrie ich aus vollem Leib ihrem Tosen entgegen und warf ihnen die schmale Bleitafel zu, »nehmt dies und bringt es zu Sadalbergas Geist.«

Der Fluch ließ sich vom Wind tragen, platschte auf dem Wasser auf, ließ sich von den Wellen wiegen, drehen und umspülen, bevor der See ihn verschluckte. Er sank auf den Grund. Mein Geist war erschöpft und ausgelaugt. Ich suchte die Einsamkeit und schwankte in Richtung meiner alten Höhle. Sie war leer und dort, wo sich einst mein Lager befand, fiel ich auf dem felsigen Boden in einen tiefen Schlaf.

Die Strahlen der Abendsonne warfen Licht in meinen Unterschlupf. Mein Kopf schmerzte heftig. Der spitze Fels stach meinen Körper. Durch die Öffnung sah ich, dass der Sturm sich gelegt hatte. Agrestius und Fara entfernten sich von meiner Höhle. Die Fluchtafel kam mir wieder in den Sinn. Hatten sie nach mir gesucht? Sich um mich gesorgt? Oder, viel schlimmer, mich bei meiner Freveltat beobachtet? Ich fühlte mich erbärmlich. Gestehen, kam mir in den Sinn. Gestehen war das Einzige, was mir Erleichterung bringen würde. Ich musste um Verzeihung bitten, jede Strafe auf mich nehmen und schwören, nie wieder einen bösen Zauber auszusprechen.

Agrestius und Fara verschwanden in der Höhle mit der Heilquelle. Ich war im Begriff einzutreten, als ich ihre Stimmen hörte. Der Ton des Gesprächs war ernst. Allzu ernst. Aber es ging nicht um mich. Es fielen Namen, die mir nichts sagten, bis auf einen: Sadalberga. Ich verharrte und lauschte.

»Eustasius war bei Gundoin.« Es war Faras Stimme.

»Er war bei Sadalbergas Vater?«

»Ja! Gall hat es mir nach seiner Ankunft berichtet.«

»Was will dieser Heuchler von ihm?« Die Stimme von Agrestius vibrierte vor Wut.

»Er will Sadalberga.«

»Er will Sadalberga?« Agrestius lachte hämisch. Er schwieg eine Weile, und es klang besorgt, als er fortfuhr: »Sadalberga ist Witwe ... und keine Jungfrau mehr ...«

Ich hielt den Atem an. Sadalberga war noch jung. Sie hatte vielleicht dreizehn Jahreskreisläufe erlebt und war schon Witwe? Mein Herz raste, und die Scham über den geritzten Fluch zerfleischte mich von innen.

»Natürlich sind es die Landgüter von Gundoin, die Eustasius eigentlich reizen«, hörte ich Fara. Ihre Stimme klang verächtlich. »Sadalberga soll darauf ein Monasterium gründen und Äbtissin werden. Selbstverständlich unter der Oberaufsicht von Eustasius und nach dessen Regeln, und die würden Sadalberga als Äbtissin entwürdigen. Das Unterfangen käme einer bösen Irreführung des Mädchens gleich.«

»Dieser geltungssüchtige, machthungrige Mensch, der das geistige Erbe von Meister Columba verschleudert und sich Abt von Luxovium nennt«, zischte Agrestius, um Beherrschung ringend. »Er will sich als Retter einer blutjungen Witwe aufspielen und schmiert ihrem Vater Honig ums Maul. Gundoin verkehrt in den Kreisen um König Clothar, seine Ländereien grenzen an diejenigen von Luxovium. Kein Wunder, dass Eustasius sich die Güter einverleiben möchte. – Allerdings wäre das der Untergang für Sadalberga ...«

»... ja, sie ist noch so jung ...«, seufzte Fara.

»... und ein Sieg für Eustasius«, fuhr Agrestius fort. »Seine Macht und sein Einfluss würden weiter wachsen und unsere Mission schwächen. – Was meint Herzog Gundoin?«

»Er ist auf unserer Seite. Aber Sadalberga ist zurzeit sehr labil. Ich erkenne sie kaum wieder. Ihr Wille ist geschwächt.

Eustasius nutzt ihren Zustand hemmungslos aus und umgarnt sie.«

»Was ist Gundoin für ein Mensch? Erlaubt er seiner Tochter überhaupt, ihren Willen zu äußern?«

»Er liebt seine Tochter. Er hat ihr geraten, sich nicht auf die Machenschaften von Eustasius einzulassen und wieder zu heiraten. – Und jetzt«, Fara unterbrach sich, und plötzlich klang ihre Stimme heiser, »verliert sie auch noch die Frucht ihrer Liebe.«

Mein Herz blieb stehen. Ich konnte kaum noch atmen. Die folgenden Worte von Agrestius drangen aus weiter Ferne an mein Ohr: »Wir müssen Sadalberga vor Eustasius schützen. – Ich kann mich nicht länger verstecken. Wir müssen weiterkämpfen. Solange wir hier versammelt sind, können wir Pläne schmieden, aber um etwas auszurichten, müssen wir aufbrechen ...«

Mir wurde heiß und kalt. Ich drehte mich um und rannte und rannte, um nichts mehr zu hören. Ich benötigte Abstand von den Menschen, die mir von Neuem so fremd erschienen. Sadalberga hatte ihre Leibesfrucht verloren? Was hatte ich nur getan? Verflucht seien die Riten der Norne, dachte ich verwirrt. Ich wusste nicht mehr, wer ich war und wo ich hingehörte. Ich schwebte zwischen der Welt meines Stammes und der Welt, in die sie mich hineinzogen. Doch auch ihre Welt war bedroht. Was für eine Macht hatte derjenige, den sie Eustasius nannten?

Der verirrte Minuskel

»Du rennst wie ein Zeichen voller Geheimnisse. Warum und wohin?«, rief mir Virgil aus der Ferne zu. Ich wollte weder ihn noch sonst irgendjemand von ihnen sehen. Sie hatten mich aus meinem Leben in Frieden und Freiheit gerissen und in ihre Welt der Ängste und Bedrohungen versetzt. Ich wollte weglaufen, weit weg.

Aber ich kam nicht weit. Ich blieb stehen und wendete mich ihm zu. Er saß am Ufer und reparierte Netze. Er rief: »Komm her, ich möchte herausbekommen, welches Zeichen du gerade bist und ob ich es in den Buchstaben der Lateiner wiederfinden kann.«

Ich war ein Mensch und kein Zeichen. Aber wenn ich doch eines sein sollte, wollte ich ihm jetzt nicht offenbaren, welches. Womöglich entdeckte er in mir das Böse. Ich wollte ihm nicht von dem Fluch erzählen, meinen geheimen Gedanken und meiner Eifersucht, die schließlich ihn betraf. Er war ja unschuldig und stets offen, ehrlich und freundlich zu mir. Eigentlich hatte ich gedacht, ich könnte nicht tiefer fallen. Doch beim Anblick von Virgil nahm der Abgrund kein Ende.

»Ich glaube, du bist ein verirrter Minuskel«, rief er jetzt munter.

Ich hatte keine Vorstellung von einem verirrten Minuskel. Doch die Art, wie er es sagte, klang schalkhaft, und obwohl mir nicht danach zumute war, stellte er wieder das Vertrauen her, dem ich eigentlich entfliehen wollte. Seine Worte zwangen mich zu einem Lächeln.

»Komm her und ich erkläre dir, warum ich in dir den kleinen verirrten Minuskel sehe.«

Ich zögerte, doch er winkte mich entschlossen zu sich heran und gegen meinen Willen liefen meine Beine in seine Richtung.

Ich setzte mich neben ihn, nahm einen Teil des zerrissenen Netzes und half beim Knüpfen.

»Dürfen wir jetzt reden?«, erinnerte ich ihn an die Schweigeregeln, in der Hoffnung, mein schlechtes Gewissen könnte Vorwürfen entfliehen.

»Manchmal ist es nötig zu reden«, erwiderte er mit einem Augenzwinkern, »und jetzt ist es so weit. Denn es geschehen wichtige Dinge um uns herum.« Er wurde ernst und ich hellhörig.

»Auch ein Buchstabe ist wie wir Menschen dreigeteilt«, kam er zu meinem Erstaunen wieder auf die Schriftzeichen zu sprechen und fuhr fort: »Er hat einen Namen, eine Figur und einen Klang.«

Ich sah Virgil fragend an.

»Was ich eigentlich sagen möchte, ist ...«, während er sein Netz ordnete, knüpfte er den Vergleich zwischen Menschen und Buchstaben weiter, »... dass sich sowohl im Menschen als auch in den Zeichen und Buchstaben Mysterien verbergen. Zuweilen gleichen sie einer unscheinbaren Glut. Doch ein Funke kann ein loderndes Feuer entfachen. Und weißt du, was dann passiert, Friede?«

Virgil hielt beim Knüpfen inne und sah mich mit ernstem Blick an. Ich meinte darin tatsächlich das Feuer zu sehen, von dem er sprach.

»Die Flammen bringen Licht in das Innere und versetzen sowohl den Mensch als auch den Buchstaben in die Lage, viel Wissen, höheres Wissen und heiliges Wissen in sich zu tragen. – Verstehst du?«

Er sah mich fragend an. Ich verstand überhaupt nichts. Er seufzte.

»Du hast Ohren, Friede«, mahnte er eindringlich, »also höre mir genau zu.« Er warf seine langen dunklen Locken zurück und jetzt waren nicht nur seine Augen, sondern auch seine Lippen und jede ihrer Bewegungen deutlich sichtbar. Die Worte, die sie formten, waren folgende: »Ich will dir aufzeigen, Friede, dass Sprachen, und so auch Latein, so vielschichtig sind wie die Menschen selbst. Die Wörter, die Grammatik und die Formen lassen eine Vielzahl von Bedeutungen und Auslegungen zu. – Weißt du, dass mir immer wieder vorgeworfen wird, ich würde mir wiedersprechen?« Er schüttelte verständnislos den Kopf. »Als ob in jedem Wort nur eine Bedeutung eingesperrt wäre. Wie einfallslos manche Menschen sind.«

Für einen Augenblick schwieg er. Dann lächelte er, und mein Blick versank erneut in seinen Grübchen, während er erläuterte: »Hingegen gibt es auch die klugen Köpfe, sie haben den Himmel, die Erde und das Leben studiert und ihre

Erkenntnisse in Schriften festgehalten. Sie suchen nach allen möglichen Bedeutungen, die uns auf den ersten Blick verschlossen bleiben, auch nach denjenigen, die unsere Ahnen den Buchstaben und Worten verliehen haben. – Und wir dürfen nie vergessen, dass deren Vorstellungen von einer anderen Welt geprägt waren, als es die unsere ist. Weißt du, Friede«, sprach er, während sein Blick über den ruhenden See glitt, »unsere Welt ist so vielfältig. Aber ihre Botschaften sind verschlüsselt. Unsere Aufgabe ist das Entschlüsseln ...« Für einen Moment öffnete er mir das Tor zu den Rätseln und Geheimnissen dieser Welt. Dann schloss er es wieder und fuhr nüchtern fort: »Da draußen gibt es Menschen, die uns verurteilen, weil wir die Schriften der heidnischen Römer und Griechen lesen, auch wenn sie viele Weisheiten enthalten.«

»Wer verbietet das?«, fragte ich.

»Das wirst du noch früh genug erfahren.«

Wir knüpften schweigend weiter.

»Selbstverständlich missbilligen auch wir die Irrtümer der Heiden ...«, bekannte Virgil schließlich und mein Kopf wurde heiß. Mein Gesicht glühte vor Scham. Er hatte mich beobachtet, war ich mir plötzlich sicher, und spielte auf den Fluch gegen Sadalberga an, der jetzt wie ein Felsbrocken auf meiner Seele lastete. Ich hielt den Atem an und wartete voller Reue darauf, dass er mich verurteilen und verbannen würde.

Entweder er ließ mich mit Absicht zappeln wie einen Fisch im Netz, oder er suchte nach einer eindeutigen Aussage. Schließlich sagte er nur: »... auch das, was noch in dir steckt. Aber wir zwingen niemanden zum Guten. Schon Meister Columba – und er übernahm es von seinem Lehrer Columcille von Iona – sagte einst: ›Geht und überzeugt die Heiden, aber niemals mit Zwang.‹ Er verglich dies mit der Keuschheit. Wer im Geist nicht dazu bereit sei, dem folgt der Körper nicht. – Ich schweife ab. Was ich dir eigentlich mitteilen wollte, ist ...« Er senkte seine Stimme: »... um unsere Mission und unser Leben zu schützen, bedienen wir uns gleichermaßen der Verschlüsselung wichtiger Botschaften und verstecken sie in schlichten Zeichen, Worten, Sätzen, Zeichnungen und Bildern. Wir formulieren Gleichnisse. Wenn wir sprechen, achten wir auf die Betonung und den Klang unserer Worte und Sätze. Verstehst du jetzt den Unterschied zwischen der Oberfläche und der Essenz, genauer gesagt dem tiefen Sinn von Buchstaben, Worten, Texten und Reden?«

Ich bemühte mich, all das zu begreifen, was er mir mitteilen wollte, und schwieg.

Dann sagte er: »Weißt du, warum ich dir all das anvertraue?«

Ich fand seine Augen, die auch die meinen suchten, und sie trafen sich. Unsere Blicke hafteten aneinander. War die stumme Sprache seiner Augen nicht noch einmal um ein Vielfaches mehrdeutiger als die Bedeutungsvielfalt der ausgesprochenen Worte?

»Warum?«

»Wir haben uns in letzter Zeit mit vielen Dingen auseinandergesetzt. Viele unserer Brüder und Schwestern pilgern ohne Unterlass über den Weltkörper und predigen. Der Weltkörper ist unser aller Heimat. Manche von ihnen werden jedoch zu Verrätern. Einige von ihnen werden gezwungen, zu Verrätern zu werden. Es ist gefährlich, einer von uns zu sein. Dennoch benötigen wir weiterhin Schüler und Schülerinnen, die bereit sind, ihr Leben unserer Mission zu widmen und ... gegebenenfalls zu opfern. Unsere Waffe ist unser Wissen. Zu unserer Mission gehört, dieses Wissen zu hüten und weiterzutragen. Meistens suchen wir Schüler und Schülerinnen aus den Kreisen der Adligen, der Landbesitzer, der Reichen und Mächtigen. Nur mit ihnen können wir den Kampf zur Rettung der Menschheit, der Armen, Witwen und Waisen und gegen die Irrtümer, die sich ausbreiten, gewinnen. Es gibt unter den Mächtigen viele, die nach der Wahrheit suchen. Faras und Sadalbergas Väter sind einflussreiche Männer am Hof König Clothars. Sie haben Ländereien und stellen sie unserer Mission zur Verfügung. Noch unterstützen sie unseren Kampf. Genauso wie Theodelinda, die Königin der Langobarden. Sie residiert mit ihrem Sohn in Mailand. – Willst du mit uns für die Wahrheit kämpfen?«, fragte er unvermittelt.

Ich war ein Waisenkind ohne Hab und Gut. Der Vater meines Vaters hatte einst ein Königreich, das jetzt bedeutungslos war. Ich kannte kaum den Namen des Königs des Frankenreichs. All mein Wissen hatte ich von der Norne ... bis die Gefährten in mein Leben traten ...

»Was ist mit meinen Erinnerungen? Meddyg hat mir einst erklärt, sie sind feste Bestandteile unserer Person. Es sind andere als die euren.«

»Ja, du hast recht. Unsere Erinnerungen und Erfahrungen prägen unser Wissen und unser Verhalten. Die Erinnerung ist der Anfang allen Seins. Wir können sie nicht auslöschen. Wir müssen sie mit der Vernunft und dem Verstand paaren. Unsere Helferinnen sind Sophia, die Weisheit, und Prudentia, die Klugheit. Sie füttern unseren Geist. Mit ihnen sind wir in der Lage, gerechte Urteile zu fällen. Wir lernen, das Gute vom Bösen zu unterscheiden. – Und jetzt höre noch einmal genau zu, Friede!«

Er fasste mich bei den Schultern und suchte erneut meine Augen. Ich öffnete sie weit, denn er sollte meine Seele sehen und all das Gute und Schlechte, was sich darin verbarg.

»Der Verstand«, erläuterte er mir ihre Mission noch einmal mit anderen Worten, »wir geben ihm die Zeichen XP – öffnet die Tore zu den feinen Sinnen unserer Seele. Wir Menschen können sprechen und schreiben und haben damit die Möglichkeit, unseren Vorstellungen in Form von Zeichen, Buchstaben und Worten Ausdruck zu verleihen. Dabei gibt es einen oberflächlichen Sinn oder aber einen tieferen Sinn, den nur die Wissenden verstehen. Die Fähigkeit, den tieferen Sinn zu entschlüsseln, müssen wir erwerben und entwickeln. Stufe für Stufe, Grad für Grad. Auf diese Weise eignen wir uns das umfassende Wissen an, welches uns selbst, die Welt und den

Kosmos umspannt. Und schließlich geben wir es an diejenigen weiter, die sich dessen würdig erweisen. – Das gehört zu unserer Mission. Wir haben gesehen, dass du den Verstand dazu hast, und haben beschlossen, dich in die höheren Geheimnisse der Seele, der Erde und des Universums einzuweihen. Wir sind uns einig. Aber auch du musst es mit aller Kraft wollen.«

»Ja«, erwiderte ich, und das Wort kam mit voller Überzeugung aus den Tiefen meines Inneren.

Doch eine Frage drängte sich mir auf: »Wenn ich ein verirrter Minuskel, ein kleiner ziellos umherschweifender Buchstabe bin, wie sieht dann der Mensch aus, der sich hinter den Majuskeln XP verbirgt?«

Er sah mich an und erwiderte ausweichend: »Weißt du, was XP, also Chi Rho, über seine Worte, die er Gleichnisse nannte, einst sagte? Es steht bei Matthäus 13, Vers 13 geschrieben: *Darum rede ich zu ihnen in Gleichnissen. Denn mit sehenden Augen sehen sie nicht und mit hörenden Ohren hören sie nicht; und sie verstehen es nicht.*«

Dann fuhr er mit beschwingter, ja geradezu feierlicher Stimme fort: »Du bist der Einweihung würdig und wirst den Weisheiten mit den Namen Sophia oder Isis oder Minerva oder Brig oder ... Maria begegnen. Das heilige Wissen überschreitet die irdische Existenz, Friede.«

Ich dachte darüber nach, wie er *Friede* aussprach, über den Klang seiner Stimme, wie er die Silben betonte, die tiefere Bedeutung, die er meinem Namen verlieh. Ich wünschte, ich könnte selbst zu dem Wesen vordringen, das er darin erahnte.

Die Glocke ertönte. Diesmal rief sie uns beide. Zusammen wateten wir durch den See um die Felsnase herum, um gemeinsam mit den Gefährten zu singen und um die reine Seele der kleinen Frucht von Sadalberga ins Paradies zu begleiten.

Ich lebte nun schon mehrere Monde mit ihnen in den Höhlen. Ich erfuhr, dass es unter den Gefährten Abstufungen der Weihegrade gab. Mit jeder Prüfung konnte ein höherer Grad erreicht werden. Gall war der oberste Priester. Fara, Meddyg, Agrestius und Donatus gehörten gleichfalls zu denjenigen, die die Septa secreta betreten durften und den höheren Weihekreisen angehörten. Immer wieder verließen einige von ihnen die Gemeinschaft für einen unbestimmten Zeitraum, um mit neuen Nachrichten und Botschaften zurückzukehren. Die Gefährten außerhalb des erlauchten Kreises erfuhren nur selten, wann oder wohin sie gingen, und nach ihrer Rückkehr zogen sie sich in die Septa secreta zurück. Die Mysterien und die Rituale, die dort abgehalten wurden, umhüllten sie genauso mit Schweigen wie die Inhalte der dort geführten Gespräche. Wo genau in den Tiefen der Höhlen der allerheiligste Bezirk lag, wusste ich ebenfalls nicht. Ich hatte Zugang zu den vorderen Höhlenräumen, die zum See hin geöffnet waren. Doch alle Gänge, Wege und Hohlräume, die sich dahinter, darunter und darüber verbargen, glichen in meinen Vorstellungen dem verzweigten Adergeflecht des menschlichen Körpers. Die Angst vor dem Verborgenen und davor, mich darin zu verirren, überwog meine Wissbegierde.

Es war einer der Tage, an denen die Sonne nach den kalten Wintermonaten ihre neue Kraft zeigte und wir der Wiederauferstehung des Lebens huldigten, die sich in den Pflanzen und Jungtieren offenbarte. Wir feierten den ewigen Kreislauf der wiedererwachenden Fruchtbarkeit des Weltkörpers. Wir nannten diese Zeit Pascha oder Ostern.

Galls Vorderkopf war in einer feierlichen Zeremonie von Fara frisch geschoren worden. Auch hatte er seinen Baculum, den heiligen stabförmigen Knochen, den er von seinem Meister Columba verliehen bekommen hatte, in den See gleiten lassen und mit rhythmischen Bewegungen fein säuberlich und mit viel Liebe gereinigt.

Der Abend begann mit einem großen Feuer. Wir feierten dort, wo ein kleiner golden schimmernder Bach den See der Göttin Brigantia speiste. Gall trug weiße, Fara, Agrestius, Meddyg und Donatus helle Kleidung. Virgils Gewand war etwas dunkler als das von Fara und Meddyg. Sadalberga hatte eines ihrer schönen, hellen Kleider angelegt, aus einem Stoff, der so weich war, dass er zu einer Berührung aufforderte. Und ich hatte mein Alltagsgewand frisch gewaschen, in der Sonne getrocknet und übergeworfen.

Die Huldigungen galten der Fruchtbarkeit und der Wiederauferstehung des Lebens, sei es in den Pflanzen, deren Knospen sprossen, oder den vielen Tieren, die sich jetzt wieder zeigten. Die Göttin Brigantia, sie nannten sie auch die Dame des Sees, war allgegenwärtig. Sie saß in den Gewässern und versorgte alles Leben um sie herum. Wir huldigten ihren magischen Kräften und ihrer lebensspendenden Fruchtbarkeit mit Handlungen, die meinem Schweigegelübde unterliegen.

Doch zudem gab es noch weitere Wunderwerke des Lebens, so hatte ich von Meddyg gelernt, und das waren wir Menschen. Diese würden durch das ausgezeichnet, was sie von anderen Lebewesen unterschied: den Verstand, die Sprache und das Lachen.

In jener Nacht lernte ich, dass es nicht nur Wunderwerke gab, sondern auch Meisterwerke. Das Besondere an den Meisterwerken sei, dass sie ohne Unterlass ihren Verstand aus verschiedenen Blickrichtungen begutachten und immer wieder überarbeiten würden. Sie würden Misslungenes wegnehmen und Vollkommeneres herausarbeiten. Auch würden sie an ihrer Sprache feilen. Denn jedes Wort diente dazu, ihrem Verstand Ausdruck zu verleihen. Und das Lachen schließlich würde das Meisterwerk mit dem Wunderwerk verbinden. Jeder Mensch hatte alle Voraussetzungen dazu, aus sich, als Wunderwerk, ein Meisterwerk zu erschaffen. Diese waren es, die von der Verehrung des Weltkörpers sprachen und zur Rettung und Heilung des bedrohten Lebens aufriefen und gegebenenfalls ihr Leben dafür geben würden. Der Menschensohn sei unter den Meisterwerken ein ganz besonderes, erzählte Gall in jener Nacht, aber auch Maria oder Brig würden dazugehören. Er, Gall, wisse, wovon er sprechen würde, denn er stamme aus dem Geblüt von Brig. Nicht ohne Stolz strich er sich über den kahlen Kopf und fuhr fort, er sei als Königssohn in Brigids Coenobie aufgewachsen, die sie damals zusammen mit Conleth, ihrem Gefährten, leitete. Voller Bewunderung erzählte Gall von der klugen, hochgebildeten Lehrmeisterin, die sich aufopfernd um die hilfsbedürftigen Mitmenschen kümmerte und mit ihren Töchtern das ewige Feuer hütete. Sie sei wie eine zweite Maria, die Gefährtin von Chi Rho, die weibliche Hälfte des Menschensohns, die Menschentochter. Ich wusste, dass sie Namen keinen großen Wert beimaßen. Seit jener Nacht nannte ich meine Göttin nicht mehr Frija, sondern Brig oder Maria.

In jener Nacht erfuhr ich auch, dass wir die Höhlen verlassen würden.

Sie hatten mich umgarnt und unmerklich in ihr Netzwerk eingesponnen. Virgil, der wie Gall von der Insel Éire stammte, lebte weit weg von seiner Heimat, und so würde es auch mir gelingen. Fara hatte entschieden, mich mit nach Eboriacum in ihre Coenobie zu nehmen. Es würden dort geweihte und nicht geweihte Menschen zusammenleben. Alle seien wie ich getauft, und jeder hätte die Regeln zu befolgen. Durch meine Weihen und den Unterricht in den Höhlen würde ich einem der inneren Kreise angehören und nach den Regeln der Geweihten leben.

Vielleicht, so überlegte ich stolz und hoffnungsvoll, würde ich dann auch Virgil heiraten und mit ihm in Eboriacum leben und unsere Früchte großziehen.

Der Abschied von meiner Heimat, von Iburinga, dem heiligen See, den magischen Felsen, der Heilquelle, dem zerstörten herzoglichen Gehöft und dem Turm der Seherin, war tränenreich. Und es kamen die Zweifel. War es die richtige Entscheidung, all das zurückzulassen? War es Verrat an meinen Ahnen, an der Seherin, an meiner Familie? Würden die Prophezeiungen der Norne eintreten und ihre Mysterien, Mythen und Riten endgültig ausgelöscht werden? Ich suchte in dem Königreich, das sich in mir verbarg, nach helfenden und beruhigenden Vorstellungen und Schätzen, die mir den Abschied erleichtern sollten. Ich hatte viel Reichtum angesammelt, sagte ich mir immer wieder. Die neue Sprache, das Wissen über die Verknüpfungen des Weltkörpers, über die verirrten Gedanken meiner Vorfahren, über das Gute, den Verstand, das Feuer, das in mir loderte, mein Königreich erhellen und meine Seele befreien sollte. Ich suchte die Gräber meiner Ahnen ein letztes Mal auf und nahm Abschied von Igwja. Die Tränen, die aus mir herausliefen, nahmen kein Ende. Eine Hand legte sich von hinten auf meine Schulter und Virgils Stimme sagte: »Nimm die Gedanken an Igwja mit auf die Reise. Du wirst ihren Schutz auf dem Weg, aber auch in Eboriacum finden. Vergiss nicht, der Ort ist genauso nach Igwja benannt wie Iburinga. Wenn man es genau nimmt«, ergänzte er, »verlässt du deine Heimat nie. Denn auch die Göttin des Sees und der Gewässer wird dich überallhin begleiten. Deine Heimat ist der Weltkörper. Er ist unser aller Heimat.«

Ich kniff die Augen zusammen, so als würde es mir auf diese Weise gelingen, den Tränenstrom zurückzuhalten, doch vergebens – es schien, als würde mein ganzer Körper allein aus Wasser bestehen. Virgil nahm mich tröstend in den Arm. Ich fühlte sein langes Haar an meiner Wange. Ich spürte seinen warmen Körper. Er war weich und fest zugleich. Als ob etwas hell und gleichzeitig dunkel war. Oder hoch und tief. Er drückte mich an sich. Er wollte mich trösten. Nur trösten?, überlegte ich. Oder fühlte er auch das Begehren? So wie ich. Ich wollte es unterdrücken. Aber es gelang mir nicht. Sein Körper war zu nah an meinem. Die Erregung und das Verlangen nach ihm war überwältigend. Es ließ mich all den Schmerz des Abschieds vergessen. Plötzlich fühlte ich mich zu Hause. Ich empfand so etwas wie Vollkommenheit und spürte Unendlichkeit, keinen Anfang und kein Ende. Die Dunkelheit, durch die geschlossenen Augen erzeugt, hatte nichts Düsteres, nichts Erschreckendes, nichts Beängstigendes. Im Gegenteil. Im Dunkeln lag das Licht, die Wärme, die Verbundenheit, jetzt nicht nur mit seinem Geist und seiner Seele, sondern auch mit seinem Körper. Seine Umarmung gab mir den Halt und seine Seele ergänzte den fehlenden Flügel meiner Seele. Einer benötigte den anderen, um in die Unendlichkeit aufzusteigen. Ich ließ es geschehen, und meine Seele flog. Sie fühlte sich frei. Dann löste sich Virgil vorsichtig von mir, der Flug endete und ich erwachte, sah seine Augen und erblickte dahinter Igwja.

»Es ist nicht an der Zeit«, sagte er. Er drückte mir etwas in die Hand, sah mich an, strich mir durchs Haar, verfing sich darin und zeigte mir noch einmal sein schelmisches Lachen: »Das ist es, was du benötigst.« Er wendete den Blick ab und ließ mich zurück. Er ging nicht zu den Höhlen. Er nahm einen anderen Weg, als Fara, Sadalberga, Donatus, Meddyg und ich ihn gehen sollten. Wohin ihn der seine führte, wusste ich nicht und wagte auch nicht, die anderen danach zu fragen. Keiner erkundigte sich bei jemandem, wo er wann hinging. Entweder sie sagten es offen oder zogen ihrer Wege. Ich aber war mir in jenem Augenblick sicher, die Zeit würde uns wieder zusammenführen. Das hatte der oberste Gott so für uns vorgesehen. Virgil hatte sich wie ein heiliges Zeichen in mein Herz und in meine Seele eingeritzt, sogar in meinen Verstand, so schien es mir, denn die Gedanken an ihn ließen mich nicht mehr los. Ich öffnete meine Hand und fand darin einen Kamm – fein gearbeitet aus dem Horn der Ziege. Ich kämpfte mich so lange mit ihm durch den Wildwuchs meines Haares, bis er schließlich sanft hindurchglitt. Auf das schmerzhafte Zwicken auf meinem Kopf folgte ein wunderschönes Gefühl.

Auf der Reise

Es knarrte und knatterte, holperte und stolperte. Die Räder drehten sich ohne Unterlass im Kreis. Fara lenkte mit geübten Händen und Voraussicht die beiden Pferde, die den Wagen über die schlammigen Wege zur Coenobie nach Eboriacum ziehen sollten. Wir trugen für die Reise schlichte Alltagsgewänder. Niemand würde erkennen, dass Fara die Meisterin, ja die hochgebildete Äbtissin von Eboriacum und Tochter des in königlichen Kreisen verkehrenden Herzogs Chagnerich war.

Fara lehrte uns, das Gespann zu lenken. Aber nicht nur das. Auch bei der Reparatur des Achsenbruchs halfen wir eifrig mit. Wir suchten nach entsprechenden Hölzern, um daraus Ersatzteile anzufertigen. Fara war darin genauso geschickt wie die uns begleitenden Männer, die auf Pferden ritten. Donatus schimpfte über die Bäume, als eine Latte des Wagenbodens herausbrach, und ich erschrak über die Heftigkeit, mit der er den Wald verfluchte. Ich verstand ihn nicht. Schließlich beschützte uns der Wald und sicherte uns mit all seinen Früchten und Hölzern das Überleben. Wir trafen auf einen Aussätzigen, verpflegten ihn, Fara wusch ihm die Füße. Er erzählte, dass er Frau und Kinder verlassen hatte, um diese nicht anzustecken und vor dem Ausschluss aus ihrem Dorf zu bewahren. Die Kinder seien noch klein, die Mutter müsse sich allein um sie kümmern, niemand würde ihm mehr Arbeit geben, und sein einst mühsam verdientes Geld würde hinten und vorne fehlen. Er berichtete, dass er seiner Frau nachts all das, was er zu essen fand, an einem geheimen Ort hinterlegte. Fara spannte kurzerhand eines der Pferde aus und überließ es dem Mann. Donatus protestierte heftig gegen diese »falsche Freigiebigkeit«, wie er es nannte. Wie könne sie nur, rief er. Mindestens zehn Milchkühe sei das Pferd wert. Wir fuhren mit einem Pferd weiter. Irgendwann lahmte es.

Wir spannten es aus. Fara und Meddyg kümmerten sich um den verletzten Huf. Ich streichelte den Kopf des Pferdes und sprach mit ihm, und sie staunten, wie gut es mir gelang, das von den Schmerzen aufgewühlte Tier zu beruhigen. Wir gönnten der Stute Ruhe. Schließlich nahmen wir die Fahrt wieder auf und durchquerten eine Furt. Das Pferd scheute und stoppte abrupt. Sadalberga und ich konnten uns rechtzeitig am Wagen halten, doch Fara wurde hinausgeschleudert und prallte mit dem Kopf auf einen Stein. Sie rappelte sich auf, blutete jedoch heftig. Ein junges Mädchen watete von der anderen Seite des Ufers zu Hilfe. Es stellte sich heraus, dass sie eine Sklavin war. Ihr Herr hatte sie geschwängert und dessen Eheweib sie verbannt. Fara lud sie ein, sich uns anzuschließen, doch sie weigerte sich. Daraufhin riet Fara ihr, uns zumindest ein Stück des Weges zu begleiten, um dann das Gras unter unserem Wagen zu pflücken. Der tiefe Sinn dieses Ratschlags blieb mir verborgen. In jedem Fall zog das junge Mädchen schließlich voller Dankbarkeit ihrer Wege. Faras Verletzung war glimpflich abgelaufen und wir setzten die Reise fort.

Nachts betteten wir uns auf den Wagen. Zu meiner Verwunderung missbilligte Donatus, dass wir zu dritt unter einem Fell lagen. Schließlich war es nachts kalt und die gegenseitige Nähe bot uns Wärme und gab uns das Gefühl von Sicherheit.

Es verstand sich von selbst, dass Donatus uns als Beschützer begleitete. Doch betonte er dies stets, wenn er immer dann auftauchte, sobald wir uns im Fluss wuschen oder uns hinter den Büschen erleichterten. Auch verhielt er sich seltsam, wenn Fara die feierlichen Rituale des gemeinsamen Singens und Essens am Feuer einleitete. Er unterbrach sie und behauptete, es gezieme einer Frau nicht, Männern vorzuschreiben, wann sie mit dem Gesang einsetzen sollten. Das wäre seine Aufgabe und er würde sie wahrnehmen. Fara ließ sich nicht von Donatus beeindrucken. Stattdessen bot sie ihm den Schlauch mit dem Wein an und sagte: »Trink von dem Gewächs des Weinstocks, Bruder. Es wird dich versöhnlich mit mir stimmen.« Meddyg überging die Einwände, gab Donatus freundschaftlich den Bruderkuss und folgte den Ritualen, die Fara vorgab.

In einer jener Nächte lagen wir wach unter dem Fell und das funkelnde Himmelszelt breitete sich über uns aus. Obwohl wir von dem anstrengenden Tag auf der Reise in eine gemeinsame Zukunft müde waren, löste die Stimmung unsere Zungen, und Vergangenes wurde offenbar.

Wir erfuhren die Geschichte von Fara. Sie erinnerte sich an den Augenblick, als sie Meister Columba zum ersten Mal auf dem Landgut ihres Vaters begegnet war. Sie war noch ein Kind gewesen. Sein Vorderschädel, der wie bei Gall rasiert war, fiel ihr damals genauso auf wie seine stechenden blauen Augen. Ebenso seltsam mutete der Baculum an, der lange Knochen, der Stab, den jetzt Gall führte. Auch wenn Columba in ein schlichtes helles Gewand gekleidet war, beeindruckte seine Erscheinung durch Anmut und Würde. Es war eine lange Unterredung zwischen ihm und dem Vater. Keines der Kinder durfte stören oder sie unterbrechen. Überhaupt durfte niemand sie auf ihrem anschließenden Gang über die Ländereien begleiten, bis auf Waldelenus, der Vater von Donatus. Alles, was Columba betraf, schien sagenumwoben. Auch seine Herkunft von den Inseln am Rande des Weltkörpers war geheimnisumwittert. Man hörte einiges über seltsame Riten und Gebräuche, die dort vollzogen wurden.

Schließlich wollte der Meister Fara und ihre Geschwister kennenlernen.

»Er sagte mir Dinge, die mir immer wieder in den Sinn kommen. Er sagte, das Leben sei ein Weg, fein und verführerisch, aber flüchtig. Ich solle stets aufmerksam vorwärts gehen und es vernachlässigen, Rache zu üben, vorsichtig bei der Wortwahl sein und begierig bei der Arbeit und beim Lernen.«

Fara verstummte. Dann erzählte sie weiter, dass Columba einige Zeit auf dem Landgut des Vaters verbracht habe. Er nahm sie und ihren Bruder Chagnoald mit in den Wald, entführte sie mit seinen Worten weit fort vom elterlichen Besitz und offenbarte ihnen Geheimnisse des Weltkörpers und Geschichten von einer ägyptischen Königin namens Kleopatra. Er erklärte ihnen, dass Ägypten ein Teil des Weltkörpers sei und die Menschen dort schon seit Urzeiten Wissen gesammelt hätten. Auch die Königin Kleopatra hätte durch ihr Wissen die höchsten Grade der Priesterschaft erreicht. Sie sei sogar wie eine Göttin verehrt worden. Er berichtete, er wolle mit seinen Gefährten und Gefährtinnen eine Schule gründen, eine Coenobie, in der er nicht nur Chagnoald, sondern auch sie selbst, Fara, zu unterrichten wünsche. Sie alle sollten dort leben, arbeiten, lehren, lernen sowie armen und kranken Menschen helfen.

Faras Vater war beeindruckt von Columbas Vision und stimmte schließlich zu, Chagnoald in Columbas Obhut zu geben. Doch sah er nicht ein, wozu Fara als Frau eine Bildung erhalten sollte. Ohnehin sei sie bereits einem Mann versprochen. Liebe, Vertrauen und Zuneigung, die Gefährte und Gefährtin miteinander verbanden, interessierten ihn nicht. Ich dachte an Pilo. Auch ich wurde nicht gefragt, ob ich seine Nebenfrau werden wollte.

Doch dann war alles ganz anders gekommen.

Als das Mondblut einsetzte, sollte Fara den für sie vorgesehenen Mann, den sie nicht kannte, heiraten. Doch sie weigerte sich entschieden und bettelte darum, zu Meister Columba und ihrem Bruder Chagnoald in die Coenobie ziehen zu dürfen, um dort unterrichtet zu werden. Beim nächsten Zusammentreffen mit dem Vater überredete Columba ihn schließlich, und Fara trat in die neu gegründete Coenobie von Luxovium ein. Sie lernte dort lesen und schreiben und wurde in den freien Künsten, der Astronomie, der Rhetorik, der Geometrie und vielem mehr unterrichtet. Das Lernen sei hart und die Sitten seien dort streng. Gehorsamkeit stehe über allem.

Bis zu diesem Punkt hatte Fara ihre Geschichte flüssig erzählt. Doch jetzt geriet sie immer wieder ins Stocken. Sie lag nun etwas unruhig zwischen Sadalberga und mir und schien sich die folgenden Worte in ihrem Kopf genau zurechtzulegen. Schließlich brachte sie heraus: »Columba war und ist das große Vorbild von Agrestius.«

Wir fühlten einander. Wir spürten die Wärme und die Nähe des Körpers neben uns. Fara redete jetzt leise und dann schwärmte sie nur noch von Agrestius, von seiner Klugheit, seinem Gedächtnis, seinem unerschütterlichen Kampfgeist ihre Mission betreffend, seinem Mut, seinen Augen und vielem mehr. In ihren Liebesbezeugungen versunken, schien sie unsere Anwesenheit zu vergessen. »Er übt sich in Demut und kennt alle Weisheiten. Er war König Theuderichs Notar. Er hat am Hof all die Erfahrungen gesammelt, aus denen er jetzt schöpft ...«

»... und wie steht es mit den Frauen?«, fragte Sadalberga frei heraus.

Ich sah es in der Dunkelheit nicht, doch ich ahnte, dass Fara errötete.

»Mit den Frauen?«, wiederholte sie ruhig. »Frauen hängen an seinen Lippen, nicht nur weil er gut aussieht und sich äußerst wortgewandt ausdrückt, sondern auch weil er diese geheimnisvolle Ausstrahlung besitzt. Es ist dieser Hauch von Schwermut, die ihn umgibt, aber auch von Ernsthaftigkeit und Gewissenhaftigkeit. Frauen finden das anziehend.«

Fara war einige Jahre älter als wir. In jener Nacht jedoch war sie nicht die Meisterin, sondern sie war wie wir. Eine Frau mit Gefühlen, mit Schmerz und Leid. Freude und Liebe. Wut und Sehnsüchten. Leidenschaften.

Ein lautes Schnarchen unterbrach unsere angeregte Unterhaltung. Wir waren uns einig, es war Donatus, und wir kicherten wie kleine Mädchen.

»Wie hast du Agrestius kennengelernt?«, flüsterte ich neugierig weiter, als das Schnarchen leiser und durch ein röchelndes Atemgeräusch ersetzt wurde.

»Er war damals, wie gesagt, königlicher Notar und kam immer wieder nach Luxovium, um mit Columba zu sprechen. Columba schätzte ihn sehr. Irgendwann fiel mir die Ehre zu, ihm zur Begrüßung die Füße zu waschen. Auch Meister Columba wusch die Füße von Gästen, mochten sie arm oder reich sein, gesund oder krank sein. Zu seinen Lebensweisheiten zählte, selbst dann hilfsbereit zu sein, wenn man ganz unten an der Leiter stand, und mit den Untersten zu fühlen, wenn man Verantwortung trug. An jenem Tag war er mit den Füßen der Armen beschäftigt und überließ mir die Füße von Agrestius. Dieser zögerte, als widerstrebte es ihm, dass ich ihm die Füße wusch. Doch es entfuhr mir der Satz: *Wenn ich dich nicht wasche, hast du keinen Anteil an mir.* Kaum hatte ich die Worte ausgesprochen, die einst Chi Rho zu Petrus sagte, wie Johannes 13, Vers 8 berichtet, spürte ich deren tiefe Bedeutung. Ich fühlte, wie mein Herz heftig zu trommeln begann. So als wollte es nicht nur von Agrestius gehört, sondern auch von ihm beruhigt werden.«

Fara hielt inne und wir hörten das Knistern des Feuers, das Atmen der Männer und das Rauschen der Bäume.

»Es regte sich in mir das innige Verlangen, jede einzelne Zehe von ihm zu reinigen, zu schrubben, zu polieren ... zu ... liebkosen ...« Das letzte Wort war kaum zu hören. Fara hauchte die ersten Buchstaben und verschluckte die letzten. Zu meinem Erstaunen nahm sie die Worte wieder auf.

»... ja, liebkosen ...«, flüsterte sie, als würde sie etwas Verbotenes aussprechen. »Es war ein schmerzliches Verlangen ...«

Auch in meinem Inneren pulsierte es heftig, als sie weitererzählte.

»... denn ich wusste, zwischen reinigen und liebkosen liegen Welten. Die Berührungen der nackten Füße ... Sie waren am Ende des Körpers, weit weg von seinem Gesicht, seinem Mund, seinen Augen, der Mitte seines Körpers ... Das Verlangen forderte mich dazu auf, zu den anderen Teilen seines Leibes vorzudringen, sie zu erforschen, so wie wir jetzt den Weltkörper durchqueren. Ich habe seither viele Füße gewaschen«, fuhr sie fort, »aber diese Gefühle hatte ich nie wieder.«

Über uns schrieben die Sterne und Planeten unermüdlich Zeichen, Bilder und Geschichten der Götter in die Unendlichkeit des Universums. Um uns herum verschmolzen die Wälder, Bäume und Felder miteinander. Ihre fließenden Bewegungen waren kaum auszumachen. Hin und wieder nahmen wir das wundersame Leuchten von katzenhaften Augen oder ein Rascheln wahr, das vom schattenhaften Leben der Nacht zeugte. Auch wir drei unter dem Fell schienen in der Dunkelheit zu einer Einheit zusammengewachsen zu sein. War es die Dunkelheit, die Fara das Vertrauen gab, uns tief in ihre Seele blicken zu lassen? Irgendwann verstand ich, warum die Nacht sie befreite und nicht in Angst versetzte. Weil sie das Feuer, das Licht in ihrem Inneren trug. Das unterschied sie von denen, die von der Finsternis, von finsteren Gedanken erfüllt waren.

»Pflegt Agrestius die Keuschheit?«, fragte Sadalberga neugierig. Als Fara schwieg, erklärte sie munter: »Nun, es steht uns frei, lustvoll oder keusch zu sein. Uns nur zu berühren oder uns zu vereinigen. Oder beides. Ohne Lust kann man sich nicht vereinigen und zum Kinderzeugen gehören Lust dazu und Liebe.« Es klang so überzeugt, als hätte sie schon ein ganzes Leben hinter sich. Das Knistern des Feuers, das Rauschen der Blätter, das Atmen der Männer waren wieder zu hören. Meine Gedanken verfingen sich in der Vorstellung vom Zeugen neuen Lebens. Etwas Ungeheuerliches, ja Großartiges musste geschehen, wenn Mann und Frau sich vereinigten, damit das Leben im Bauch der Frau heranwuchs. Aber was geschah tatsächlich mit den Körpern und den Seelen? Die Neugier packte mich, und die Vertrautheit, die uns unter dem Fell in der Dunkelheit verband, gab mir den Mut, nach den geheimnisvollen Riten und dem Unterschied zwischen der Berührung und der Vereinigung zu fragen.

»Zu den Riten und den Zeremonien sage ich nichts. Sie sind zu vielseitig und unterscheiden sich, je nach Einweihungsgrad«, wusste Sadalberga und ich fühlte, wie Fara tief durchatmete. Sie war vermutlich froh, dass Sadalberga ihre Zunge zu hüten wusste.

»Ich kann dir aber sagen, was mit den Körpern geschieht, wenn sich Mann und Frau vereinigen.« Sadalberga holte aus: »Weißt du, es ist so, schon ein Bild oder eine Vorstellung kann den Samen des Menschen erregen. Wird der aus seinem Ursprungssitz vertrieben, läuft er von überall her durch sämtliche Glieder des Leibes und sammelt sich in bestimmten Gefäßen der Samenstränge ... dort erregt er die Zeugungsglieder des Mannes. Diese schwellen vom Samen gereizt an, es entsteht das Verlangen, ihn dort auszuspritzen, wohin ein gewaltiger Trieb strebt, und *der* Leib ist sein Ziel, der die Herzenswunde geschlagen.«

Es trat Stille ein. Ich versuchte mir das Bild vom Inneren des Körpers, das Sadalberga mit ihren Worten gezeichnet hatte, vorzustellen und spürte gleichzeitig, wie Faras Körper sich erneut anspannte.

»Sadalberga«, brach sie schließlich ihr Schweigen. Ihre Stimme klang nicht nur streng, sondern auch erschrocken. »Wer hat dir die Schrift gegeben?«

»Niemand.«

»Niemand?«, fragte Fara, richtete sich wütend auf und ein kalter Luftzug strömte unter unsere Decke. »Wie kommst du dazu, so etwas zu sagen?«

»Ich habe noch ganz andere Dinge darin gelesen«, behauptete Sadalberga, ohne sich beirren zu lassen. »... und du hast sie auch gelesen«, gab sie verwegen zurück. »Es sind wunderbare Worte, die darin stehen.«

»Es ist besser, wenn du jetzt schweigst, Sadalberga«, entschied Fara streng.

»Warum?«, widersetzte sich diese und blieb beharrlich. »Das Geschehen im menschlichen Körper ist natürlich, es ist göttlich. Und du sagst, wir sollen über das Göttliche schweigen?«

»Es ist gefährlich, diese Schriften zu lesen. Sie sind verboten. Wenn sie uns damit erwischen, sind wir verloren. Dann verurteilen sie uns ...«

»Du hast die Schrift in die Höhlen gebracht, nicht ich«, rechtfertigte sich Sadalberga. »Woher hast du sie?«

»Ich würde euch nichts davon erzählen, wenn ...«, Fara stockte. Sie atmete tief durch, besann sich und sprach frei heraus:

»Eine solche Nacht kommt nie wieder. Und solange wir noch die Möglichkeit dazu haben, unseren freien Willen zu äußern und zu lesen, was unser aller Leben betrifft, sollten wir die Zeit dazu nutzen. Wir, das heißt, wir als Schüler von Columba dürfen solche Schriften lesen, denn wir lernen daraus. Ja«, betonte sie erneut, »wir lernen daraus, was zu unserer Natur als Menschen gehört. Wir schweigen es nicht tot und verurteilen es auch nicht. Agrestius hat die Schrift aus Italien mitgebracht. Er hat sie mir gegeben, da sie bei ihm niemals gefunden werden darf. Bei mir vermutet sie keiner.« Sie wand sich aus dem Fell, kletterte durch den Wagen zu ihrem großen Beutel, griff tief hinein, und ihre Hände kamen mit zusammengehefteten Pergamentseiten wieder zum Vorschein. Sie kroch zu uns zurück und blätterte darin.

»Ich weiß, wo das steht, was uns interessiert«, flüsterte Sadalberga munter und nahm Fara das Manuskript aus der Hand. Schnell hatte sie den gesuchten Abschnitt gefunden und las leise vor:

»*Denn selbst bei dem Akt der Umarmung wird das Verlangen zur taumelnden Irrnis. Die Liebenden wissen kaum, ob sie zuerst ihren Blick sättigen sollen oder die Hände. Was sie ergreifen, erdrücken sie fast; sie pressen Küsse so heftig auf die Lippen, dass sie sich beinahe beißen.*«

Sadalberga hielt inne und wir sahen uns kichernd an.

»Ließ weiter«, forderte ich sie auf, gespannt darauf, was noch kommen sollte.

Sie las:

»*Es ist nicht reiner Genusstrieb, der die Liebenden treibt, sondern ein heimlicher Stachel, den Gegenstand zu verletzen, der die rasende Wut in dem Herzen entfacht hat. Freilich im Liebesgenuss weiß Venus die Qualen zu lindern. Und die schmeichelnde Lust hemmt leicht die gefährlichen Bisse, denn es betört sie die Hoffnung, die Flamme des Verlangens zu löschen ... Auch ist es wichtig, auf welche Arten man den kosenden Liebesgenuss übt ...*«

»Genug gelesen«, entschied Fara und nahm Sadalberga die Schrift aus der Hand. »Das führt nun doch zu weit.«

»Du hast schon bei einem Mann gelegen, Sadalberga, du weißt, wie es ist, wenn man den Liebesakt vollzieht. Ist es üblich, dass man sich beißt? Das klingt so, als würde man zum Tier werden«, fragte ich verwundert.

»Ja«, bestätigte Sadalberga. »Das kann schon vorkommen. Wir haben uns sehr geliebt ... und wenn man frisch verliebt ist, verliert man schnell den Verstand ... und dann wird man zur Bestie ...« Ihre Augen wurden groß und sie fletschte die Zähne wie ein Wolf. Zuerst lachte sie und dann ging ihr Lachen in Weinen über und sie schluchzte: »Wir haben uns so sehr geliebt ...«

Fara nahm Sadalberga tröstend in den Arm, bis sich das junge Mädchen beruhigt hatte. Um von Sadalbergas Trauer abzulenken, brachte Fara die Sprache erneut auf Lukrez, den römischen Dichter, der die Schrift verfasst hatte, und die Gemeinsamkeiten, die ihn mit unserer Mission verbanden.

»Lukrez ist ein freier Denker, wie wir. Die Würde des Menschen, von Frau und Mann, ist ihm wichtig. Auch setzt er sich für die Freiheit des Glaubens ein, genauso wie wir. Ich teile seine Meinung nicht immer, doch es gibt viele faszinierende Überlegungen in seinem Werk. Auch er hat sich ein tiefgründiges Wissen über den Kosmos, die Natur, den Menschen und die Seele angeeignet. Die Worte, in die er sein Weltbild hüllt, sind so überwältigend, dass die römischen Kirchenväter behaupten, er sei wahnsinnig gewesen. – Aber«, jetzt gähnte sie herzhaft,

»bekanntlich liegt ja zwischen Genius und Insania ein schmaler Grat.«

Was Lukrez über die Liebe und die Erregung schrieb, erfasste, was ich fühlte und auch begehrte. Allein die Gedanken an Virgil lösten in mir das Verlangen nach ihm aus. Ja, mein Körper regte sich. Es war ein unglaubliches Gefühl, eine Sehnsucht, ein Bedürfnis, eine Lust und Qual zugleich ... Würde meine Sehnsucht jemals gestillt werden? Schier unerträglich war die Vorstellung, nie wirklich bei Virgil zu liegen, ihn niemals überall berühren zu dürfen, nie neues Leben mit ihm zu zeugen.

Fara griff nach dem mit Bier gefüllten Beutel, der nicht weit von unserer Lagerstatt entfernt stand, und nahm einen kräftigen Schluck daraus. Dann reichte sie ihn mir, ich trank ebenfalls und reichte ihn weiter an Sadalberga. Dann begann Sadalberga leise zu singen. Wir stimmten in das Lied ein, das wir noch am Lacus Brigantiae von Gall gelernt hatten:

»Ich würde Gott gern einen See voll mit Bier gereichen.
Gern würde ich den himmlischen Gast für alle Ewigkeit damit berauschen.
Ich würde den Himmel in einen fröhlichen Ort verwandeln, weil nur ein glückliches Herz die Wahrheit ist.
Ich würde die Frauen und vor allem die berühmten drei Marien willkommen heißen.
Ich würde mit Männern, Frauen und Gott
an dem See voller Bier sitzen.
Wir würden auf die ewige Gesundheit trinken
und jeder Tropfen wäre ein Gebet.«

»Ich habe in der Schrift von Lukrez gelesen«, plauderte Sadalberga weiter, als wir geendet und mehr Bier getrunken hatten, »dass unsere Welt, die Sterne und auch wir Menschen aus kleinsten Teilen bestehen. Diese seien unsterblich. Aber sterblich seien die Dinge, die aus den Teilchen geformt werden, also auch wir Menschen und auch unsere Seelen ...«

»Ja«, pflichtete Fara ihr bei und gähnte erneut. »Doch wir könnten die ganze Nacht Weisheiten über die Entstehung der Welt und der Menschen kundtun und kommen zu keiner Lösung. Wir haben morgen einen anstrengenden Tag und sollten jetzt schlafen.«

Wir lagen wieder gemeinsam unter dem Fell und ich hatte schon die Augen geschlossen. Da flüsterte Sadalberga: »Wisst ihr, worüber ich immer wieder nachdenke? – Lukrez schreibt, wir Menschen seien für die Götter unwichtig – und daher müssen auch wir uns nicht um sie kümmern ... um keinen Gott. Er sagt, es gibt nur dieses eine Leben und wir sollten es genießen und allen Schmerz und alles Leid vermeiden ...«

»Außerdem«, ergänzte Fara, schon im Halbschlaf, »sah auch er die Sinnlosigkeit des Opferns. Er glaubte nicht an den Einfluss von Göttern auf Menschen ...«

Eine Welt ohne den Einfluss der Götter? Eine faszinierende Vorstellung, dachte ich und schlief über den Gedanken ein. Ich träumte von dem Gefühl der Vollkommenheit, dem ich in den Armen von Virgil erlegen war, und fühlte die Feuchtigkeit zwischen den Beinen.

Das Bier weckte ein Bedürfnis und ich erwachte. Ich kletterte in der Dunkelheit vom Wagen und erleichterte mich hinter einem Busch. Ich erstarrte vor Schreck, als eine Hand von hinten an meinen Mund griff und ihn zupresste.

»Schweig, Weib. Ich habe alles gehört, was ihr gesagt habt!«, keuchte Donatus. Sein Gesicht klebte unvermittelt an meiner Wange. Sein heftiger Atem stank nach Bier, und er hauchte all das Schlechte in mein Ohr, das in seinem Körper und seinem Geist wohnte: »Ich warne dich. Sie ziehen dich in ihren Irrglauben. Weißt du, was die Wahrheit ist?« Immer noch hielt er mir den Mund zu und ich fürchtete beinahe zu ersticken. Doch er redete unablässig weiter: »Woher sollst du das wissen? Ich will dich erretten. Höre genau zu, was ich zu sagen habe: Concupiscentia, die Sünde, gipfelt, so sagt der heilige Augustinus, in der sexuellen Lust, der Libido. Es ist die Lust, in der die unanständigen Körperteile erregt werden. Auf dem Weg des Koitus wird die Sünde vererbt. Wenn im Koitus ein Sinn liegt, dann allein der zur Erzeugung von Kindern. Und das muss schnell und lustlos vonstattengehen. Alles andere steht unter Kirchenstrafe. Außerhalb dessen ist der Koitus eine der größten Sünden. Das Konzil von Ephesus hat schon im Jahre 431 das Dogma der immerwährenden Jungfrau verabschiedet. Sie ist das Gegenbild zur sündigen Eva. Allein sie ist rein. Und so müssen es diejenigen sein, die ihr Leben Gott weihen. Das haben unsere hochverehrten Kirchenmänner beschlossen, und die Frauen und die Geweihten haben sich danach zu richten. Lass dich niemals sündhaft berühren.« Er drehte seinen Hals und seinen Kopf so, dass ich seine hervorquellenden Augen ansehen musste, während er voller Inbrunst versicherte: »Die größte Sünde ist es, dich selbst zu berühren. Jetzt, Weib, hast du die Möglichkeit, mir all deine Sünden zu beichten. Glaub mir, ich kenne die quälenden Ängste und wünschte, ich hätte jemanden, dem ich sie beichten könnte. Du hast mein offenes Ohr, dich deiner Schuldgefühle zu entledigen. Beichte mir, und ich werde dir deine Sünden vergeben und dich vor dem Fegefeuer und der Hölle bewahren ... Lass dich nicht auf die Coenobie der Fornicatores, der Hurenböcke, von Fara ein. Ich werde Regeln für ein Monasterium schreiben. Meine Mutter und meine Schwester werden dort leben. Nach meinen Regeln. Und auch du ...«

Ich hämmerte meine Zähne in seinen Arm. Er unterdrückte einen Aufschrei und ich riss mich los, kletterte zurück auf den Wagen, schmiegte mich an die in einen tiefen Schlaf versunkene Fara und zitterte, bis ich endlich einschlief.

Auch mir war das Bier zu Kopf gestiegen, und am nächsten Tag – Donatus trug das langärmlige Gewand und tat so, als wäre nichts gewesen – war ich mir nicht mehr sicher, ob ich die nächtliche Begegnung mit ihm geträumt oder ob sie tatsächlich stattgefunden hatte. Nach unserer Ankunft in Eboriacum ging Donatus seiner Wege und ich schob die Erinnerung an diese Begebenheit beiseite.

Eboriacum/Faremoutiers

Die Coenobie

Ich lebte nun schon einige Monde in der Coenobie von Eboriacum und vermisste den See, die Alben, die Felsen, meine Höhle. Doch es gab auch einiges, was mir vertraut war. Es waren die Namen der Ländereien um uns herum.

Brie nannten sie die umliegende Gegend mit den Feldern, Wäldern und Flüssen. Ich hörte das Rauschen der Göttin Brigantia in dem Fluss, den sie Alba, die Helle nannten. Mit Alba vereinigte sich Morin oder Maurus, der dunkle Fluss. Brigantia, wie ich Frija inzwischen nannte, würde mir auch hier Schutz gewähren, war ich mir sicher. Der helle und der dunkle Fluss zogen durch das flache Land und trafen sich bei der Coenobie. Ihre Namen spiegelten genau das wider, was ich in Eboriacum erleben sollte: Licht und Finsternis.

Ich fand auch Igwja hier, wie Virgil versprochen hatte. Denn der Ort hatte ja wie Iburinga seinen Namen von dem heiligen Baum, den die Ahnen Ebor oder Ibur nannten. Aber Igwja war lange nicht so schön, so groß, so alt, so ehrwürdig und mächtig wie meine Igwja am See.

Die Coenobie bestand aus Rundhütten, Langhäusern, Ställen, Werkstätten und Lagerhäusern. Sie glich einer Siedlung wie Iburinga. Doch die Regeln Columbas, nach denen wir lebten, waren festgeschrieben. Es gab Vorschriften für die nicht geweihten Bewohner und für die Eingeweihten, zu denen ich zählte.

Zur Coenobie gehörten auch das Oratorium, die Scola und die Bibliothek mit der Schreibstube, die nur Auserwählten zugänglich war. Dort wurde das universale Wissen in Form von kostbaren Schriften gesammelt und kopiert.

Bis zum Eintreten der Mondblutung wurden wissbegierige Mädchen und Jungen, seien es Töchter und Söhne von Adligen, Knechten, Mägden oder Bauern, zusammen unterrichtet. Danach gab es zusätzlich den Unterricht, der für Mädchen und Jungen getrennt stattfand. Wir studierten beim Licht der Öllampen bis spät in die Nacht. Auch nachts wurden wir mit den Handglocken zum gemeinsamen Singen geweckt, das einem meditierenden Singsang glich.

Auch wurden wir alle für die Arbeiten auf dem Feld oder bei den Tieren eingeteilt. Schweine, Schafe, Ziegen, Hunde, Katzen, Pferde, alles lebte beieinander. Viele Schüler und Schülerinnen wanderten, wenn sie alt genug waren, zu den anderen Coenobien, die von Schülern und Schülerinnen von Meister Columba oder von Brüdern und Schwestern von Gall und Fara gegründet worden waren. Auch Sadalberga war inzwischen, ihrem Wunsch gemäß, in die Villa Habendum zu Abt Amatus umgezogen.

Die Landbesitzer und Bauern waren den wandernden Studenten freundlich gesonnen und versorgten sie großzügig mit Brot, Honig, mit dem feinen Käse, den sie nach der Region Brie nannten, mit Obst und Getreidebrei. Im Gegenzug erzählten die Studenten ihnen von den Botschaften Chi Rhos, denn sie sollten von der Unsinnigkeit der grausamen Tier- und – ich wage es kaum auszusprechen – Menschenopfer überzeugt werden.

Das Böse

Ein wichtiger Teil des Lebens der in die höheren Grade Eingeweihten beinhaltete das Fasten. Es bedeutete Hungern und Meditieren. Da wir sowieso nur wenig aßen, fiel mir der Verzicht nicht schwer. Ich spürte aber, wie sich durch das Fasten in der Einsamkeit des Waldes die Wahrnehmung meiner Umwelt veränderte. Ich hörte und fühlte das Leben um mich herum mit einer größeren Intensität. Meine Willenskraft, den Hunger, die Müdigkeit und die Schwäche zu überwinden und die Kraft allein aus den Gedanken und Vorstellungen zu schöpfen, wuchs. Ich hatte gelernt, mich um mein Inneres, meinen Geist und meine Seele zu kümmern. Sie durften nie vernachlässigt werden. Sie wurden dann rein und gut und gerieten in einen Zustand der Bedürfnislosigkeit. Qual und Freude lagen nahe beieinander. Doch ohne die Qual würde ich die Freude nicht empfinden, zu der das Hungern und Meditieren meinen Körper und meine Seele führten.

Es war ein Tag, an dem mich das Heimweh nach dem See und nach meiner Höhle unerwartet heftig überfiel. Ich suchte Trost in den Erinnerungen an Virgil, die zu den vollkommensten meines Lebens gehörten, und die Konzentration für die aufgetragene Schreibübung ließ mich im Stich.

Fara war ins Kopieren vertieft. Ich durfte sie dabei nicht stören. Doch als die Glocke ertönte und alle in der Coenobie zum gemeinsamen Singen zusammenrief, bat ich sie um Erlaubnis, mich zum Fasten in den Wald zurückzuziehen, um meinen Geist, meinen Verstand und meinen Körper zu reinigen und zu ordnen.

Dem tiefen Trübsal verfallen, wollte ich niemanden sehen und zog umgehend allein los. Beim Verlassen der Coenobie malte ich mit dem Finger Gebo in die Luft. Das Zeichen sollte mir die Kraft für die kommenden Tage geben.

Es gab verschiedene Bereiche in den weiten Wäldern um Eboriacum, die je nach Weihegrad mit Erlaubnis der Äbtissin zum Fasten und Meditieren aufgesucht werden durften. Es waren geheime und heilige Orte, in welchen sich das Göttliche auf eine besondere Weise offenbarte. Ich trug die Zweifel mit in den Wald, ob es die richtige Entscheidung gewesen war, den See und meine Heimat zu verlassen. Zuweilen machte mir das Leben in der Coenobie Angst. Zwar erfüllten mich die Pflege der Bedürftigen und das Studieren der Schriften, doch der Tagesablauf, der an den strengen Regeln ausgerichtet war, das viele

Singen und die Versammlungen, stets umgeben von Gesichtern, die mir noch wenig vertraut waren, ließ immer wieder die Sehnsucht nach meinem Leben in der Höhle aufkeimen.

Aus meinen Erinnerungen an die Alben und den See aufgeschreckt, wurde ich gewahr, dass ich den Weg verloren hatte. Ich sah mich um, suchte die Sonne, auf dass sie mir den Weg wies. Doch sie war nicht nur hinter den Bäumen, sondern auch hinter einer dicken Wolkendecke verschwunden. Ich war allein, um mich herum die Bäume, Sträucher, Gräser, hin und wieder ein Bach. Ich geriet tiefer und tiefer in den Wald und immer dichter schlangen sich die Pflanzen um mich herum und versperrten meinen Weg. Die Gegend war unwirtlich. Die Natur bedrohlich. Ich blickte in tiefe Abgründe. Steil, kantig, spitz. Der Regen setzte ein. In meiner Verzweiflung nahm ich meine alten Gewohnheiten an, rief nach Odin, nach den Alben, nach den Feen, nach Frija. Sie allein konnten mir jetzt noch helfen. Irgendwann setzte ich meine letzte Hoffnung auf den Christengott. Mein Umhang saugte die Tropfen auf, mein Haar tat das Gleiche und meine Haut fühlte sich an wie die Schuppen eines Fisches. Ich fror und zitterte und hoffte darauf, eine Höhle zu finden. Ich trank an einem Bach, pflückte Beeren und alle essbaren Pflanzen, die sich mir in den Weg stellten. Das Fasten war ich gewohnt, dennoch benötigte ich jetzt die Kräfte der Wurzeln, Kräuter und Blätter zum Überleben. Ich vernahm das Geheul der Wölfe und wusste, Odin war in meiner Nähe, da sie ihn stets begleiteten. All das war mir vertraut und dennoch fürchtete ich mich davor, den Weg zurück nach Eboriacum nicht mehr zu finden. Nach und nach vergaß ich all die wirren Ereignisse, die ich seit dem Zusammentreffen mit den Christen, wie sie sich und auch mich inzwischen nannten, erlebt hatte. Die Feen, die Alben, die Elfen, die Götter, der Christengott, der Menschensohn, sie alle verbündeten sich jetzt miteinander. Sie saßen in den Bächen, Bäumen, im Himmel und in meinem Geist. Gemeinsam begleiteten sie mich und in wachsender Verzweiflung rief ich sie alle als meine Beschützer an. Mehrere Tage und

Nächte irrte ich, wie mir erst später bewusst wurde, im Kreis umher. Dann jedoch verschworen sie sich alle gegen mich. Es war der Moment, in dem ich die Schritte hinter mir vernahm. Sie waren schwer, zu schwer für meine asketisch lebenden Brüder. Das laute Keuchen ließ mein Herz heftig klopfen. Die Furcht packte mich, als ich das lüsterne Lachen hinter mir vernahm. Schließlich wurde es von einer atemlosen Stimme durchbrochen: »Sie haben recht mit dem, was sie in der Stadt sagen. – Es wird gehurt innerhalb der Büsche und Zäune und drum herum auch.«

Ich fuhr herum, denn ich erkannte die Stimme. Sie gehörte dem Schmied der Coenobie.

Er war bettelarm, krank, hungrig und um Hilfe flehend mit seiner Familie aus der Stadt gekommen. Viele kamen und baten um Hilfe und wollten in der Coenobie aufgenommen werden. Es sprach sich herum, dass es genug zu essen gab und Kranke wie durch einen Zauber geheilt wurden. Doch die meisten, die kamen, wollten nach ihrer Heilung nichts von Chi Rho, der Pflege und der gegenseitigen Hilfe wissen. Das Befolgen von Regeln kannten sie nicht und sie weigerten sich, an den täglich mehrfach abgehaltenen gemeinsamen Gesängen teilzunehmen. Andere wollten nicht die Arbeiten ausführen, die ihnen aufgetragen wurden. Und sie wollten sich schon gar nicht von ihren Nebenfrauen trennen. Auch das häufige Schweigen fiel ihnen schwer. Die wenigen, die blieben, waren zunächst verwildert, kannten keine Sitten und keine Gehorsamkeit. Die Würde des Menschenlebens war ihnen unbekannt. Vom Verstand, von Chi Rho, XP, von der Energie des Guten hatten sie nie etwas gehört. Doch wenn sie dennoch willig waren, nach unseren Regeln zu leben, hatten sie einen Jahreskreislauf Zeit, um Gehorsamkeit und Menschlichkeit zu lernen, um an den einen Gott zu glauben und so zu einem Teil unserer Gemeinschaft zu werden.

Der Schmied hatte vor nicht allzu langer Zeit all das auf sich genommen, gelobt nach den Regeln zu leben, und mit seiner Familie die Taufe, das reinigende Bad in der Morin, vollzogen. Zuvor offenbarte er all die schändlichen Vergehen, die seine

Seele zerrüttet hatten. Er verteidigte sich jedoch damit, dass er sich wehren musste, gegen all das Unheil, das ihm selbst zugefügt worden war. Da waren all die Morde, die er mitansehen musste, die zuckenden und kreischenden Leiber, die plötzlich verstummten, wenn alles Leben entwichen war. Auch würden all die Schändungen seiner Mutter und Schwestern, die er mitansehen und ertragen musste, seine Seele belasten. Er hätte selbst immer um sein eigenes Überleben und das seiner Familie gekämpft.

Und jetzt glich er einer Bestie, als er mich mit gefletschten Zähnen packte. Er war stark wie ein Bulle, und ich schrie aus den verbliebenen Leibeskräften, biss und kratzte ihn. Doch er schleuderte mich zu Boden, saß schwergewichtig auf meinem Unterleib und drückte mich in die Erde. Die Wurzeln, Stämme, Zweige, Äste und die darin lebenden Alben und Götter sahen zu. Ein spitzer Zweig peitschte ihn. Erregt und wütend brach er ihn ab und schleuderte ihn ins Dickicht. Ich nutzte die Gelegenheit und suchte seine Kehle. So hatte ich das Töten bei den Tieren gesehen. Doch der Zweig ließ mir nur einen kurzen Moment zur Gegenwehr. Der Schmied ergriff meine Arme mit einer Hand und drückte sie mit derselben Leichtigkeit zu Boden, mit der er dem Zweig das Leben genommen hatte. Ich sah voraus, was nun kommen sollte. Die Erinnerung an die Geschehnisse stieg in mir auf, die ich als Kind mitangesehen und verdrängt hatte, all der Ekel, der Schmerz, die Verachtung, ja der Hass bemächtigten sich meiner Seele. Hätte ich die Kraft dazu gehabt, ihn zu töten, ich hätte es getan.

Fara, Sadalberga und ich hatten über die körperliche Vereinigung von Mann und Frau gesprochen, über das Begehren, über das Gefühl, mit dem Gefährten zur Vollkommenheit zu verschmelzen. Jetzt wurde daraus ein bestialischer Gewaltakt, der nichts mit der heiligen Handlung zu tun hatte. Meine Seele verließ meinen Körper. Die Schmerzen sollte ich erst hinterher spüren. Ich wehrte mich mit aller Kraft, aber gegen die Übermacht seiner Männlichkeit war ich ein schwaches Weib.

Plötzlich ließ er von mir ab.

An jenem nebligen Tag im Spätsommer näherte sich eine Reiterschar Eboriacum. Vorneweg ritt eine vom Dunst umhüllte Gestalt in einem dunklen, langen Gewand und mit einer Kapuze über dem Kopf auf einem prächtigen schwarzen Hengst. Sie hatten meine Schreie gehört und ihr Anführer hatte einen Teil seines Gefolges losgeschickt, den Hilferufen nachzugehen. Das war meine Rettung für jenen Tag. Zwei der Männer zerrten den Schmied von meinem Körper weg und setzten ihn außer Gefecht. Währenddessen kümmerte sich Bruder Waldebert, seinen Namen erfuhr ich später, fürsorglich um mich. Umstandslos reichte er mir seinen Mantel zur Bedeckung meiner Blöße. Er wollte mir aufhelfen. Doch das Gefühl der Erniedrigung und Demütigung saß noch zu tief, als dass ich eine Berührung hätte ertragen können, und so stieß ich ihn weg.

Sie führten mich zu dem Mann, dessen Gesicht unter der großen dunklen Kapuze kaum auszumachen war. Er empfing mich so, als wäre er der Samariter, der mich vor weiteren Grausamkeiten bewahrt hatte, und in jenem Moment empfand ich tatsächlich ein Gefühl der Dankbarkeit. Gleichzeitig erschien mir die Dunkelheit seiner Gestalt unheimlich. Auch ängstigte mich das herabfallende Lid eines seiner Augen. Bevor wir Eboriacum erreichten, befahl er mir, mit seinem Pferd Schritt zu halten. Ich stolperte immer wieder, doch unerbittlich trieb er mich weiter wie ein Stück Vieh. Endlich erreichten wir das Tor der Coenobie. Es war Fara, die es öffnete. Offensichtlich hatte sie Abt Eustasius von Luxovium und Bruder Waldebert erwartet, nicht aber mich. Sie starrte mich an, als käme ich aus einer anderen Welt. Sie schien mich nicht zu erkennen. Abt Eustasius lachte und riss mir von oben herab den Mantel vom Leib.

»Sieh sie dir an«, krächzte er, »läuft rum wie eine Hure. Das weckt die Fleischeslust.« Während er sprach, starrte er auf meine Brüste, die aus dem zerrissenen Kleid hervorlugten. »Eine Wilde, eine Bestie.« Er präsentierte mich wie ein bösartiges Tier, das er erlegte hatte, wie eine Trophäe.

Fara wurde bleich, als sie erfasste, dass ich es war, die von Schmerz und Scham gepeinigt, misshandelt und gedemütigt vor ihr stand. Ihre Züge nahmen einen Ausdruck an, der mir in ihrem Gesicht bislang noch nicht begegnet war. Hass sprach daraus und tiefe Verachtung. Es kostete sie ihre ganze Willenskraft, die folgenden Worte ruhig auszusprechen. Sie holte Luft und presste zwischen den Lippen hervor: »Was hast du ihr angetan, Eustasius?«

»Nein ...« Schuld, Scham, Schwäche, alles stieg in mir hoch und mit meinen verbliebenen Kräften verteidigte ich ihn: »Er hat mir nichts angetan, Fara. Er hat mir geholfen. Er hat mich gerettet.«

Sie sah mich ungläubig an.

Ich verwies auf den Schmied, den sie mit einem blauen Auge und in Handfesseln vorführten.

Eustasius stieg vom Pferd, gab Fara den Bruderkuss und sagte mit Genugtuung: »Siehst du, was passiert, wenn man immer noch so haust wie ihr?« Er warf mir einen verächtlichen Blick zu.

Fara kostete es sichtlich Überwindung, den Kuss entgegenzunehmen. Prüfend sah sie abwechselnd vom Schmied zu Eustasius. Schließlich kam sie zu mir, legte den Arm um meine Schultern, zog mich an sich und sagte mit verhaltener Stimme: »Es tut mir leid, Eustasius, dass ich zu urteilten wagte, bevor ich die Geschehnisse hinterfragt habe. Lass mich zur Begrüßung in aller Demut deine Füße waschen.«

»Nein«, entgegnete Eustasius, »so einfach geht das nicht. Du wirst dein falsches Urteil auf andere Weise büßen müssen. Ich wünsche, dass Sadalberga mir die Füße wäscht. Sie und ich haben einiges zu bereden.«

»Nein«, entgegnete Fara nun ihrerseits, »ich lasse mir nicht die Ehre nehmen, dir die Füße zu waschen, Abt Eustasius.« Sie erwähnte mit keinem Wort, dass Sadalberga schon seit einiger Zeit nicht mehr in Eboriacum weilte.

Auch Bruder Waldebert war inzwischen vom Pferd gestiegen und trat vor. Fara löste sich von mir und gab ihm den Bruderkuss.

»Du wagst es, dich meinem Wunsch zu widersetzen, Weib?« Eustasius schüttelte den Kopf. »Das steht dir nicht zu. Das weißt du.«

Nie zuvor hatte ich einen Mann in einem derart herablassenden Ton mit unserer ehrwürdigen Meisterin reden hören.

Fara blieb ruhig und sah mich an. Mein erbärmlicher Anblick gemahnte sie offensichtlich an ihre Verantwortung und ihre Pflicht, nun das Richtige zu tun. Ich wich ihrem Blick aus und sagte, ich würde den Wassertrog für die Zeremonie des Waschens vorbereiten, und war froh über die Gelegenheit, zuvor selbst eine Reinigung meines Körpers im Fluss vornehmen zu können. Ich sehnte mich danach, allein zu sein.

»Schick sie weg«, sagte Eustasius über meinen Kopf hinweg, kaum hatte ich ihm den Trog vor die Füße gestellt.

Ein frisches Gewand, das Brot und die lebensspendenden Kräuter hatten meine Erschöpfung sowie die seelischen und körperlichen Schmerzen ein wenig gelindert. Niemals, zu dem Entschluss war ich am Fluss gekommen, wollte ich vor diesem Mann Schwäche zeigen. Außerdem war es mein großes Bedürfnis, Fara zur Seite zu stehen.

Eustasius saß auf einem Schemel vor der Hütte, in der die Gäste empfangen wurden. Er stöhnte laut auf, während er die beiden Gliedmaßen in dem kalten Wasser versenkte.

»Nein, sie bleibt hier«, entgegnete Fara. Sie hatte meinen entschlossenen Blick verstanden. Sie schrubbte mit gnadenloser Härte die Füße des Abtes, der verkrampft die Zähne zusammenbiss, und begann aus vollem Hals laut und kräftig zu singen. Ja, es war mehr als ein Singen. Ihre wunderbare Stimme steigerte sich zu einem Aufschrei, um dann wieder in einen Gesang überzugehen. Die Zeremonie war kurz und sie trocknete ihm die Füße.

Eustasius sah sie verärgert an und sagte schließlich: »Ich habe mit dir zu reden, Fara. Sie stört!«

»Sie bleibt hier. Sie hat Ohren, aber einen verschlossenen Mund, wenn es sein muss. Sprich so, als wäre sie nicht da, wenn das zu deinem Wohlbefinden beiträgt.«

»Nun«, begann Eustasius. »Ich kenne dich und deinen Bruder Chagnoald schon viele Jahre, Fara. Ihr lebt immer noch nach den Regeln Columbas. Doch wir alle wissen, dass Columba einem Irrglauben verfallen war. Er legte die Botschaften falsch aus. Die Regeln, nach denen ihr hier lebt, sind unhaltbar. Sie sind unerträglich. Ich sage es dir im Guten. In Luxovium sind wir dabei, den Weg der römischen Kirche zu gehen. Inzwischen trennen wir die Männer von den Frauen. Wir ziehen eine Mauer quer durch das Monasterium. Dann ist es keine Coenobie mehr«, fasste er das Gesagte zusammen und fügte stolz hinzu: »Dann wird daraus ein richtiges Monasterium.«

Ich konnte kaum glauben, was ich hörte. Columba sollte einen falschen Weg eingeschlagen, die Botschaften missdeutet haben? Der große Meister und Gründer von Luxovium, der Coenobie, welche meine Gefährten als außergewöhnliche Stätte und als ein Zentrum der Weisheit bezeichneten? Columba, der von meinen Gefährten wie ein Gott verehrt wurde, ihr großes Vorbild war? Von ihm behauptete Eustasius, sein Nachfolger als Abt von Luxovium, er hätte sich mit seinen Lehren verrannt? Ich verstand überhaupt nichts mehr.

Eustasius sah mich an, als wäre ich die Verkörperung allen Übels. Dann beugte er sich vor und strich Fara wohlwollend über den Kopf. Er säuselte: »Es darf nicht so weitergehen. Ihr versündigt euch. Diese Fremdlinge, nach deren Regeln ihr mit Männern zusammen haust, sind Fornicatores, es sind Hurenböcke.«

Ich schluckte mehrmals, um das Gesagte zu verarbeiten.

Fara schwieg. Doch inzwischen kannte ich sie so gut, dass ich die von außen kaum wahrnehmbaren Veränderungen ihres Inneren sah. Während er ihr über den Kopf fuhr, verkrampfte sich ihre Haltung. Ich sah das Heben und Senken ihrer Brust und das Anspannen und Entspannen ihres Bauches. Sie kontrollierte ihren Atem. Auch sah ich, wie sich ihre Gesichtsfarbe veränderte. Sie wechselte hin und her zwischen dem Rot des Zorns und der Blässe des Entsetzens. Ihre Augen kündeten von Angst und Feindseligkeit, ja gar von Hass. Doch die Bewegungen, mit denen ihre Hände seine Füße trockneten, waren sanft. Vorsichtig, ja liebevoll berührte sie seine Ferse, glitt über die Sohlen bis zu den Zehen. Trocknete mit ihren langen, zarten Fingern jede einzelne von ihnen. Wie gelang es ihr, ihr Inneres und ihr Äußeres so streng voneinander zu trennen? Ich erinnerte mich an die Worte von Virgil. Wir Menschen seien wie Buchstaben und dahinter würden sich Rätsel verbergen. Manche Rätsel seien schnell zu lösen. Andere hingegen bedurften zur Entschlüsselung weitreichender Erkenntnisse, gar Studien.

Die ritualisierten Bewegungen, mit denen Fara die Füße von Eustasius trocknete, gaben der Äbtissin die Möglichkeit, ihr vielschichtiges Inneres zu verbergen. Nach außen aber verkörperte sie das Wesen, welches Eustasius in jeder Frau sehen wollte. Das Weib hatte für ihn nur eine einzige Bedeutung: Es war die Verführerin. Die Sünderin. Von den tiefgründigen seelischen Belangen dieses Neutrums wollte er nichts wissen.

Ich beobachtete, wie Eustasius für einige Herzschläge beide Augen genussvoll – so schien es mir – schloss, um sich dann an seinem Gewand auf der Höhe seines Herzens festzukrallen. Er wollte beide Augen öffnen. Doch nur ein Lid klappte nach oben. Vergeblich rang er um Fassung. Dann sprang er auf, stieß Fara mit dem Fuß, den sie soeben noch getrocknet hatte, heftig zu Boden und schrie sie mit sich überschlagender Stimme an:

»Was tust du da! Du bist es ... Du bist die Schlange. Wegen Weibern wie dir leben wir alle in Sünde, werden wir als

Sünder geboren. Hier in eurem Sündenpfuhl«, keuchte er schwer atmend, »möge der Herr Schwefel und Feuer vom Himmel herab auf eure Hütten der Laster regnen lassen, denn eure Behausungen gleichen denen von Sodom und Gomorra.«

Schon kniete ich neben Fara, um ihr aufzuhelfen. Doch sie wehrte am Kopf blutend ab. Sie sah ihn an und lächelte. Dieses Lächeln schien nicht nur sanft, sondern auch verständnisvoll. Nicht anklagend. Ich sah Mitleid darin. Diese Frau war, obwohl sie mit einer blutenden Stirn zu seinen Füßen am Boden kauerte, voller Erhabenheit, Größe, Wissen, Weisheit. All das sprach aus ihrem Gesichtsausdruck. Es war die Sprache des Verstandes. Die Sprache ihrer Seele und ihres Geistes.

Eustasius' Gesicht hingegen glühte vor unbeherrschtem Zorn. Während er »Irrgläubige!« schrie, überschlug sich seine Stimme. Er versuchte sich zu beherrschen und vermittelte uns schließlich, dass die Briefe des Paulus dem Weib die Stellung zuordnen würden, die ihm als Sünderin zustünde. Er schwieg für einen Augenblick, legte die Hände ineinander, rieb sie, faltete sie, sprach ein Stoßgebet und schickte es zum Himmel. Es half ihm offensichtlich, sich zu sammeln. Jetzt legte er Ruhe und Autorität in seine Stimme, während er Paulus zitierte:

»*1. Korinther 14,34 ... sollen die Frauen in der Versammlung schweigen; es ist ihnen nicht gestattet zu reden. Sie sollen sich unterordnen, wie auch das Gesetz es fordert.*

1. Korinther 14,35 ... Wenn sie etwas wissen wollen, dann sollen sie zu Hause ihre Männer fragen; denn es gehört sich nicht für eine Frau, vor der Gemeinde zu reden. –
Das sind die Gebote.«, sagte er hochmütig. »Das sind die Regeln, denen Weiber folgen sollen.« Jetzt klang seine Stimme auffallend beherrscht und ruhig. »Es ist sehr löblich, dass ihr euch für das geistige Leben in einem Monasterium entschieden habt, sehr löblich«, wiederholte er und da war wieder dieser süßlich-sanfte Ton, der Missklang, der das muntere Zwitschern der Vögel in den Bäumen übertönte. »Das gottgeweihte Leben, das der Liebe zu Gott geweihte Leben«, erneut wiederholte er

sich, »das der Jungfräulichkeit geweihte Leben ist ein Leben in höchster Vollendung. Es steht über der Ehe. Keuschheit, Jungfräulichkeit, Reinheit, Unbefleckheit werden euch erretten ...« Er holte tief Luft, und sprach versöhnlich weiter: »Ich kenne dich schon lange, Fara. Du bist ein verlorenes Lamm. Beichte mir all deine Verderblichkeiten und deine Vergehen, und ich werde dich freisprechen von all deinen Sünden. Dies geschehe, damit du und deine Nachfolger nicht in der Hölle enden. Ich werde mich zu euren Gunsten dafür einsetzen, dass auch bei euch heilige Mauern errichtet werden. Wenn die Mauern mit Schlössern versehen sind und dahinter Zucht und Ordnung herrschen, geschehen solche Übergriffe nicht mehr.« Sein mitleidiger Blick fiel auf mich. »Dann wird den höllischen Genüssen und der Verderbnis des Fleisches ein Ende gesetzt.«

»Mag sein, dass du recht hast, Eustasius«, erwiderte Fara, die sich wieder erhoben hatte, mit blitzenden Augen. »Auch wir verurteilen Angriffe und schändliche Vergehen mit strengen Strafen. Wir verurteilen Gewaltanwendung, Vergewaltigung, den Missbrauch von Körper und Geist aufs Schärfste. Aber trotz aller Schlechtheit setzen wir uns für das Gute ein, für die Klugheit und den Verstand, der allein uns Menschen mitgegeben wurde. Wir zwingen niemanden zur Keuschheit. Denn, so lehrte uns Meister Columba, wer mit dem Geist nicht keusch ist, kann seinen Körper nicht kontrollieren. Und du, Eustasius«, sie machte einen Schritt auf ihn zu, »gehörst zu seinen Schülern und auch du weißt, dass das die Wahrheit ist! Allein der geistige Wille ist es, der zum Guten führt. Wir glauben an das kosmische Prinzip der gleichwertigen Gegensätze, an das Gleichgewicht von Mann und Frau. Wir glauben an das Prinzip der Liebe. Der Vollzug der Liebe ist ein heiliger Akt.«

Jede einzelne noch so kleine Falte, welche die Lebensjahre ihrem Gesicht verliehen hatten, bewegte sich. Die auf der Stirn vertieften sich und diejenigen zwischen den Augen wuchsen zu länglichen Furchen. Sie verzog ihren Mund auf die Seite, auf der ihr Herz lag, und schenkte so der anderen Gesichtshälfte etwas Glätte. Es bildete sich eine Asymmetrie, welche das drohende Ungleichgewicht, das sich auf dem Weltkörper ausbreitete, widerzuspiegeln schien. Da war zugleich ein junges und ein altes Gesicht:

»*... Und Gott schuf den Menschen zu seinem Bilde, zum Bilde Gottes schuf er ihn; und schuf sie als Mann und Frau. Und Gott segnete sie und sprach zu ihnen: Seid fruchtbar und mehret euch und füllet die Erde ...* So steht es im ersten Buch Mose. Alles andere führt zum Untergang der Menschheit.«

Eustasius rieb sich unbeeindruckt die Hände, und seine folgenden Sätze sollten Fara wie ein glühendes Schwert durchdringen: »Und noch etwas: Halte dich von Agrestius fern. Wenn er seine Worte weiterhin so unbedacht wählt, führt ihn sein Weg bald an sein Ende, denn dann wird er zu den Verdammten gezählt. Du weißt, sie leben in der Hölle.« Er verlieh seiner Stimme einen tiefen, rauchigen Klang und damit dem Gesagten eine eindeutige Botschaft. Dann holte er erneut aus und drohte: »Sollte Agrestius sich nicht eines Besseren belehren lassen, wird ihn bald die Strafe Gottes ereilen. Du weißt, was das heißt, Fara ... Wo steckt er? Er hätte schon längst wieder in Luxovium sein müssen. Ich gehe zu deinem eigenen Besten und als dein Beschützer davon aus, dass du nicht weißt, wo er sich aufhält. Wenn du ihn versteckst, begibst auch du dich in Gefahr, von Gottes Strafe heimgesucht zu werden. Du weißt, ich kenne die Geheimnisse und Einflüsse der Iren, denen du dich auslieferst. Ihre Riten und Gebräuche verführen das Volk. Sie fördern die Hurerei. Sie hetzen die Bauern auf, die Armen, Waisen und Witwen. Und auch Agrestius folgt ihren irrgläubigen Predigten, obwohl römisches Blut in ihm fließt, genauso wie in dir, deinen Brüdern und deinem Vater. Vergiss das nicht, Fara.«

»Heuchler«, ließ Fara lauthals ihrer Wut freien Lauf, als er endlich weg war. »Merke dir eines, Friede«, sagte sie, während ich ihr das Blut mit frischem Wasser von der Stirn wischte, »was für den einen das Böse ist, ist für den anderen das Gute. Wer für den einen der Verräter ist, ist für den anderen der wahre Fürsprecher. Für die einen ist Eustasius der wahre Fürsprecher. Für uns ist er der Verräter. Er verrät Columba und unsere Mission. Er bedroht uns. Er will uns alle vernichten. All das, wofür Columba und unsere Gefährten, Brüder und Schwestern kämpfen, will er vernichten, und das, obwohl er in Luxovium, der heiligen Stätte der Weisheiten, der Bildung, der Menschlichkeit, ausgebildet wurde. – Manchen Menschen ist nicht zu helfen«, seufzte sie.

Es war so viel geschehen an jenem Tag, dass wir einander brauchten. Nicht nur unsere Seelen, auch unsere Körper suchten beieinander Halt. Wir hielten und umklammerten uns fester und fester. Die Umarmung gab uns die gemeinsame Kraft. Wir waren wie zwei miteinander verwachsene Bäume. Unsere gemeinsamen Wurzeln speisten unsere Mission, und mit den daraus wachsenden Zweigen und Ästen würden wir das Feuer des Verstands in den Menschen entzünden. Es war unsere Aufgabe, die Früchte und den Samen unter die Menschen zu bringen, um sie zu nähren und vor dem Untergang zu schützen. Um all die Knospen der Vernunft zur Entfaltung zu bringen.

Endlich verstand ich, worum es ging. »Ich lerne weiter, Fara. Auch ich will, wie alle, die aus Luxovium kommen, Sprachen lernen und die Schriften der Philosophen und der gelehrten Menschen studieren und weiterreichen, und zwar so, dass es jeder versteht. Auch die Menschen, die eines Tages wieder in Iburinga leben werden.«

»Weißt du, Friede«, sagte sie, »es gab schon vor Chi Rho Männer, die sich für uns Frauen eingesetzt haben. Lukrez ist einer von ihnen und Plato ein weiterer. Viele von denjenigen, denen sich Eustasius anschließt, wollen und können Lukrez und Plato nicht lesen – und noch schlimmer, sie wollen es gar anderen verbieten.

»Was schreibt Plato?«, fragte ich sie.

»Das werden wir gemeinsam nachlesen. Virgil hat auf Iona eine Abschrift angefertigt und sie uns mitgebracht.«

»Virgil ...« Ich schnappte nach Luft. »Virgil ... ist er hier?«

»Weißt du das nicht? Er ist eingetroffen. Er hat die Reise von der heiligen Insel am Rande der Welt zusammen mit Oswald, dem Sohn des Königs von Bernicia, zurückgelegt. Oswald lebt in der Coenobie von Iona in Verbannung aus seines Vaters Reich. Er studiert dort.«

Und wenn er der König von Iburinga gewesen wäre. Es interessierte mich nicht. Ich hatte jetzt nur noch Ohren für das, was Virgil betraf. Mein erster Gedanke war: Wer hatte ihm die Füße gewaschen? Warum nicht ich?

Die Drohungen von Eustasius sorgten für große Verunsicherung. Als Äbtissin lag Fara daran, dass die Unruhe sich nicht bei den Bewohnern der Coenobie ausbreitete. Der Alltag sollte normal weiterlaufen und sie sah es als ihre Pflicht an, die Gefährten zu schützen. Der Alltag, die Pflege der Kranken, der Felder und Tiere und die regelmäßigen gemeinsamen Zeremonien dürften auf keinen Fall gestört werden.

Immer wieder traf ich auf Virgil. Jedoch meist im Vorbeigehen. Er war nicht nur mit dem Unterrichten und mit dem Kopieren von Abschriften beschäftigt, sondern irgendetwas anderes nahm seine Gedanken in Beschlag. Er hatte für etwas Feuer gefangen, das er mir nicht mitteilen wollte. Ich war enttäuscht. Denn stets zog er sich zurück in die Bibliothek. Manchmal während der Redezeit, nach dem gemeinsamen Singen, suchte ich wie zufällig seine Nähe. Endlich ergab sich die Gelegenheit eines Austausches. Wie damals am heiligen See fing er meine Seele mit einem kleinen Rätsel ein, das er mir stellte.

»Was sagst du dazu?«, fragte er mich auf dem Weg zur Bibliothek.

»*Rinder bereitete er,*
Weiße Felder pflügte er,
Weißen Pflug hielt er,

Schwarzen Samen säte er.«

Ich überlegte, wiederholte es Wort für Wort und sagte dann: »Es erinnert mich an Eustasius. Er hat die Voraussetzungen, sprich die Rinder zum Pflügen. Sie verkörpern das Wissen, das er in Luxovium erhalten hat. Der weiße Pflug entspricht den weisen Worten, den reinen Botschaften des Chi Rho, aber auch der Philosophen und Wissenden. Aber er sät schwarzen Samen. Der schwarze Samen ist das Unglück, das Gift, das er mit seinen Worten sät.«

Als ich zu Ende gesprochen hatte, wartete ich gebannt auf Virgils Reaktion. Er sagte schlicht: »Ouh, es war anscheinend zu einfach.« Und dabei blieb es. Ob es des Rätsels Lösung war, verriet Virgil mir nicht. Stattdessen verabschiedete er sich kurzerhand mit den Worten, dass die Zeiten sehr kompliziert seien. Agrestius stecke in großen Schwierigkeiten. Eustasius würde den Bruder verfolgen und niemand traute sich mehr, Agrestius aufzunehmen, da seine Anwesenheit die Coenobien und ihre Einwohner großen Gefahren aussetzen würde.

Er hatte sich schon abgewendet, da rief ich ihm wütend hinterher:

»Was ist los mit dir, Virgil? Sag mir die Wahrheit. Warum steckt Agrestius in Schwierigkeiten? Warum verkriechst du dich ständig in der Bibliothek? Warum lässt du mich hier stehen? Ihr wart es, die mich hierhergeschleppt habt. Du, Virgil, hast gesagt, ich werde frei sein, wenn ich meine Erinnerungen und die Sitten meines Stammes zurücklasse. Ich bin nicht frei. Ich bin gefangener denn je. Sowohl mein Körper als auch meine Seele«, schrie ich laut. »Ihr habt mich eingekerkert. Ihr spinnt eure Heimlichkeiten um mich herum, aber daran teilhaben lasst ihr mich nicht. Du vernachlässigst mich, Virgil. Du lässt mich im Stich ...«, schluchzte ich, rannte weg, durch die Coenobie hindurch, in der die Männer und Frauen schweigend ihre Arbeiten verrichteten und jetzt erschrocken aufblickten. Es kümmerte mich nicht. Igwja, dachte ich, wo ist meine Igwja ...

Virgil holte mich ein und hielt mich fest. Er legte den Zeigefinger auf seine Lippen und deutete mir an zu schweigen. Er zog mich hinter die Eiche mit dem dicken Stamm, nahm mich bei den Schultern und sah mir in die Augen. Ich meinte ein Flehen darin zu sehen. Dann gab er mir zu verstehen, dass die Coenobie ein Ort der Zuflucht sei und man sich ruhig verhalten solle. Für derartige Gefühlsausbrüche sei hier kein Platz. Aber er würde mir jetzt etwas erklären, und ich solle ihm genau zuhören. Es ginge um ihre Mission und um die Botschaften und Gleichnisse, die zur Rettung der Menschen und des Weltkörpers beitragen sollten und entsprechend ausgelegt werden müssten. Sie sollten Frieden und Hoffnung bringen und den Willen der Menschen stärken, Gutes zu tun und dem Nächsten zu helfen. Hier in Faras Coenobie müsse jeder seinen Beitrag dazu leisten. Die einen würden die körperliche Arbeit vorziehen, die anderen die geistige. Ich würde wissen, dass alle an allem Anteil haben sollten. Die Auslegung der heiligen, aber auch der heidnischen Schriften erfordere jedoch besonders intensive Studien. Und es ginge dabei darum, sich Wissen, Wissen und nochmal Wissen anzueignen.

Es gäbe nun aber Mächte, die würden den Menschen mit der Strafe Gottes und der Hölle drohen. Das Volk könnte weder lesen noch schreiben. Also glaubten sie meist an das, was ihnen die Mächtigen vorbeteten. Die Unwissenheit der Bevölkerung sei die beste Voraussetzung, das Denken und Handeln der Menschen zu beeinflussen. Die Mächtigen würden das ausnützen und nicht daran denken, Abhilfe zu schaffen. Außerdem würden sie die Frauen demütigen und entrechten und zur Rechtfertigung diejenigen zitieren, die sie Apostelfürsten nannten. »Weißt du, Friede«, seufzte er, »der Kampf gegen die Mächtigen erfordert viel Kraft, Zeit, Verstand und Wissen über die Vergangenheit, die Gegenwart und die Zukunft.«

»Was genau studierst du?«, wollte ich wissen.

»Das kann ich dir jetzt nicht sagen«, entgegnete er und wieder glaubte ich ein Flehen in seinen Augen zu sehen.

»Weißt du, Virgil«, rief ich, immer noch nicht besänftigt, »ich bin mit der Angst vor der Strafe Odins aufgewachsen. Eigentlich hatte ich euch so verstanden, dass uns der Gott ohne Namen unsere Ängste nehmen sollte. Dass er uns in Notlagen beistehen und einen Ausweg aufzeigen würde, und die Botschaften des Menschensohns oder Chi Rho, wie auch immer ihr ihn nennt, sollten uns unterstützen. All das hilft mir aber nicht. Kennst du Lukrez?«, fragte ich ihn. »Er glaubt nicht an den Einfluss der Götter. Er rät uns dazu, das Leben zu genießen.« Ich befreite mich aus seinen Händen und lief zu den Ställen, um die Schweine zu versorgen.

Das Gute

Wir trugen schlichte Leinenkittel und Hosen, darüber eine Weste aus Otterfell, einen Wollmantel und Tücher über den Köpfen sowie Lederstiefel, die jedoch das Wandern schwer machten, da sie das Wasser der schlammigen Wege und Pfade aufgesogen hatten. Unsere wenigen Habseligkeiten bündelten wir in Beuteln, die über unseren Schultern hingen. Virgil hatte außerdem einen Ledergürtel mit einer Schnalle angelegt, die er sich aus einem Hirschgeweih geschnitzt hatte. Da wir beide unser Haar lang trugen, waren wir als Mann und Frau kaum zu unterscheiden. Mit dem Kamm, den er mir geschenkt hatte, kämpfte ich eine Zeit lang leidenschaftlich mit seinen langen Locken. Es war eine Herausforderung, da er stets jammerte, es würde zwicken, und das, obwohl ich mir alle Mühe gab, sein Haar möglichst sanft zu entwirren. Tatsächlich waren seine Locken widerspenstig und unbezwingbar und irgendwann kapitulierte ich vor ihrem Wildwuchs. Zur Ordnung seiner Haare gehörte nun einmal das Verschlungene. Sie waren ein Spiegel seiner vielfältigen Gedanken. Die Ordnung meiner Haare war mit einem Blick zu erfassen. Sie waren glatt. Solange Virgil regelmäßig mit dem Kamm durch sie hindurchstreifte, waren sie einfach zu bändigen.

Immer wieder regnete und stürmte es, und wir trafen nur auf wenige Menschen. Wir reisten, soweit möglich, entlang der Flüsse. Wir lebten von dem, was der Wald und die Gewässer uns boten. Wir fingen unterwegs Fische, mit denen wir die Treidler bezahlten, um Teile der Strecke auf den Flößen mitzufahren.

Was hatte zu unserem Aufbruch geführt?

In Eboriacum spitzte sich die Lage zu. Was dabei genau geschah, blieb mir verborgen. Doch ich spürte die Aufregung, die Fara mehr und mehr aufwühlte. Die Treffen in der Septa secreta wurden häufiger und schließlich hieß es, sie müsse eine wichtige Reise antreten. Ich dürfe sie jedoch nicht begleiten. Es schmerzte mich. Hatte ich etwas getan, weshalb sie mir ihr Vertrauen entzog? Meine Gedanken waren allzu oft bei Virgil, und sie ertappte mich immer wieder dabei, wie ich in den Träumereien Zuflucht suchte.

Zu meinem Erstaunen musste auch ein anderer zurückbleiben. Und er war genauso verstimmt und zürnte noch mehr als ich. Es war Virgil. Er war zum gemeinsamen nächtlichen Singen nicht erschienen – Fara war mit Meddyg und Oswald bereits aufgebrochen –, ich sah jedoch das Flackern der Öllampe in der Bibliothek. Neugier packte mich und ich schlich mich, am Pförtner vorbei, hinein.

»Du bist noch da?«, staunte ich. Er brütete über einer Schrift und hatte Majuskel, große Buchstaben, auf seiner Wachstafel notiert.

Er sah mich entgeistert an. »Was tust du hier?«

Vor Verlegenheit stieg mir das Blut in den Kopf. Ausweichend antwortete ich, dass ich Licht gesehen hätte, und da Fara und die anderen schon fort seien, würde ich nach dem Rechten sehen.

»Ich habe jetzt keine Zeit für dich«, sagte er brüsk. »Ich muss studieren.«

Doch ich ließ mich nicht so leicht abweisen. »Was studierst du?«

»Das ist meine Angelegenheit«, antwortete er.

Ich las laut einen Buchstaben nach dem anderen, die auf seiner Wachstafel standen: » M A U R I C I U S.«

»Sei jetzt still«, unterbrach er mich sichtlich verärgert und gab mir erneut zu verstehen, dass ich mich nicht in seine Studien einmischen sollte. – Doch plötzlich veränderte sich seine Miene. Erregt strich er seine Locken zurück und fasste sich an die Stirn. Seine Augen funkelten. Er drehte und wendete die Buchstaben:

»URICIUS, URICINUS, URSINUS, URSUS ...«

»Bär«, übersetzte ich und lächelte vorsichtig.

»Du treibst mich zum Wahnsinn«, fuhr er mich an. Ich wusste nicht, ob er es ernst meinte. Immerhin schickte er mich nicht wieder weg.

»Es ist zu gefährlich«, murmelte er und schüttelte heftig den Kopf, so als wollte er sich selbst bestätigen.

»Ist es der Bär?«, fragte ich. »Ist er die Gefahr? Ich weiß, wie man sich verhält, wenn man einem Bären begegnet.«

Schließlich vertraute er mir an, dass er reisen müsse, um seine Studien woanders fortsetzen zu können. Er verlangte mir das Schweigegelübde ab, keinem Menschen davon zu erzählen.

»Wo gehst du hin?«, brach es aus mir heraus. Selbstverständlich packte mich die Neugier jetzt nur umso mehr.

»Ich muss etwas in Erfahrung bringen«, antwortete er kurz angebunden.

Ich vermisste das Flunkern und den Schalk in seinen Augen, die ich so sehr liebte. Beides war völlig verschwunden. Stattdessen las ich Ernsthaftigkeit und Entschlossenheit. Ich überlegte, wie ich sein Vertrauen gewinnen könnte, und plötzlich kam mir ein Gedanke, und der ließ sich nicht mehr verdrängen. Er war begleitet von diesem wunderbaren Gefühl, das meinen ganzen Körper erfasste. Es war ein Kribbeln, das vom Kopf ausging und sich bis in die Fingerspitzen und Fußzehen ausbreitete.

»Ich komme mit.«

»Nein«, wehrte er entschieden ab.

»Warum nicht?«

»Zu gefährlich«, entschied er und seine Gedanken wanderten wieder in seine mir unbekannte Welt.

»Nein«, erwiderte ich nun meinerseits.

Er überging mein Nein und widmete sich wieder dem Pergament, das neben der Tafel auf dem Pult lag. Ich sagte, ich würde ihn begleiten, ob er es wolle oder nicht. Ohne Fara würde ich mich in der Coenobie unwohl fühlen. Ich hätte Angst davor, dass der Schmied wiederkäme, und ich wollte zurück zu meiner Höhle nach Iburinga. Wenn er den Weg Richtung Morgensonne einschlagen würde, könne ich ihn begleiten, ansonsten würde ich mich allein auf den Weg in meine Heimat machen. Schließlich stünde es mir frei, jeder Zeit meinem Willen zu folgen und stillschweigend zu gehen. Außerdem hätte ich ihm etwas verschwiegen: Ich sei Pilo von Pilolfhinga versprochen und müsse ihn heiraten. Mein Gewissen würde jetzt von mir verlangen, das Versprechen einzulösen. Kaum hatte ich die letzten Worte ausgesprochen, hätte ich mir am liebsten die Zunge abgebissen.

Doch völlig unerwartet schenkte mir Virgil seine gesamte Aufmerksamkeit. Er sah mich an. Keine Ahnung, was in seinem Kopf vorging. Ich versuchte es zu entschlüsseln. Doch auch er hatte die Gabe, sein Gesicht zu wahren. Zu meinem Erstaunen sagte er:

»In Ordnung. Ich nehme dich mit.«

Er müsse, um Weiteres in Erfahrung zu bringen, nach Luxovium reisen. Auch wenn er den Abt nicht leiden könne, würde er dort sicherlich mehr über den Verbleib von Eustasius erfahren. Denn es sei das Gerücht im Umlauf, dass ein Treffen der Gefährten mit dem Abt geplant sei. Luxovium läge auf dem Weg nach Iburinga und von dort aus würden wir sicher eine Möglichkeit zur sicheren Weiterreise für mich nach Pilolfhinga oder Iburinga oder, wo immer ich hinwollte, finden. Hörte ich Wut, Enttäuschung oder Unglaube in seiner Stimme? Es käme jedoch, so sagte er weiter, einer Wanderung durch die Wüste gleich. Wir würden fasten und asketisch leben. Wir seien Gefährten, aber nicht Gefährte und Gefährtin, erklärte er, ohne mich anzusehen.

All das war mir gleichgültig. Ich wollte nur in seiner Nähe sein, denn bei ihm fühlte ich mich sicher und geborgen. Außerdem ... Ich sollte Luxovium kennenlernen? Die Coenobie des großen Meisters Columba, den sie alle wie einen Gott verehrten? Dieses Zentrum des Wissens? Die Aufregung und Spannung wuchsen.

Schon am nächsten Tag brachen wir auf, setzten die Füße unentwegt voreinander, sangen, sprachen wenig, aßen nur das Nötigste, tranken genug, schliefen wenig, jedoch, um uns vor der Kälte zu schützen, unter einer gemeinsamen Decke, stets keusch und Rücken an Rücken. Erschöpft und durchnässt erreichten wir Luxovium nach ungefähr zehn Tagen.

Wir wurden gastfreundlich empfangen, aber auch sofort getrennt. Die Mauer, von der Eustasius gesprochen hatte, welche Frauen von Männern fernhielt, war beinahe fertig. Meine Füße wurden von einer der geweihten Bewohnerinnen gewaschen. Sie gab mir zu verstehen, dass das Leben im Monasterium, wie sie es nannte, überaus angespannt sei. Das Monasterium sei gespalten und der Zwiespalt beträfe vor allem die Frauen. »Es ist abzusehen«, sagte sie, »dass nur noch Geweihte hier leben sollen, und es heißt, wir sollen hinter den Mauern eingesperrt werden. Ja, eingesperrt, sagen sie. Es sei zu unserem eigenen Schutz. Und wenn man einmal hinter den Mauern lebt, darf man sie nie mehr verlassen. Es geht das Gerücht um«, erzählte sie aufgeregt, aber mit gedämpfter Stimme, »dass die neuen Regeln die Geweihten dazu zwingen sollen, keusch zu leben. Der heilige Akt der Vereinigung wird strengstens verboten. Wir sollten uns Maria zum Vorbild nehmen. Aber nicht Maria als Gefährtin von Chi Rho, sondern Maria als Jungfrau. Denn schon auf dem Konzil von Konstantinopel im Jahr 553 hätten die Männer der römischen Kirche beschlossen, dass Maria eine Jungfrau war. Das Mondblut sei unrein und würde beflecken. Maria jedoch wäre unbefleckt. Und das sei beschlossene Sache, gehöre zur Lehre der römischen Kirche, und wir Frauen hätten uns der Lehre zu beugen.« Sie wusch meinen Fuß weiter, blickte auf, um sich zu vergewissern, dass niemand sie hörte.

»... und es ist kaum zu glauben, aber die Gerüchte sagen, nicht nur Väter, sondern auch Mütter zwingen ihre Töchter, ein solches Leben zu führen. Die Mädchen werden eingesperrt, zuweilen sogar zu Hause, um eine heilige Jungfrau zu sein.«

»Was ist eine Jungfrau?«, wollte ich wissen.

»Ein Mädchen, das noch nie bei einem Mann gelegen hat. Und viele sagen, nur Jungfrauen dürfen geweiht werden. Und sie sagen noch viel Schlimmeres über alle Frauen ...«, deutete sie an.

»Was meinst du damit?«, fragte ich erschrocken. »Es widerspricht den Botschaften Chi Rhos und den Botschaften Marias«, entrüstete ich mich. »Weißt du, dass Chi Rho allein Maria, seiner Gefährtin, all seine Geheimnisse anvertraut hat?«

»Natürlich weiß ich das, und Petrus, den sie hier mehr und mehr verehren, hat Chi Rho dafür gescholten. Verstehst du jetzt die Lügen, die hier verbreitet werden? – Ich weiß nicht, was sie noch alles mit uns vorhaben. Ich habe Angst«, vertraute sie mir an.

Immer wieder stimmte die junge Frau den Gesang an, um zwischendurch möglichst unauffällig ihre Befürchtungen loszuwerden. Schließlich fragte sie mich: »Weißt du, was das für Geheimnisse waren?«

»Nein«, antwortete ich leise, »alles, was ich erlebe, seit ich sie kenne, ist geheimnisumwittert. Aber das gehört zu den Botschaften. Sie nennen sie Gleichnisse oder Geheimnisse. In Matthäus 13, Vers 13 steht, dass nur Eingeweihte sie verstehen.«

»Ich versteh sie nicht. Aber eines weiß ich sicher. Auch wir, die Geweihten, sind fruchtbar und können wie Maria Kinder bekommen. Wir können Mütter sein. Maria, die Mutter des Menschensohns, war fruchtbar, sie hat ein Kind bekommen, und dazu benötigte sie einen Mann. Unsere Fruchtbarkeit wird verteufelt. – Weißt du, was sie sagen?«, flüsterte sie mit großen Augen. »Wir Frauen seien das Böse. Verstand besitzen wir nicht und benötigen ihn schon gar nicht. So sagen sie. Wir sollen gehorchen und die Frauen draußen, die nicht geweiht sind, sollen den Männern demütig dienen und unterwürfig sein. Und weißt du, was sie noch verlangen?« Und jetzt sah ich die Tränen in ihren Augen. »Ich solle von meinem Gefährten für immer getrennt leben. Findest du das richtig? – Ohne uns dreht sich die Welt nicht weiter. Ohne uns geht die Menschheit zugrunde. Ich bin getaufte Christin und will kranken Menschen helfen. Aber hier verweigern sie es mir, die Heilkunst zu studieren.«

Sie verstand die Welt genauso wenig wie ich. Wieder kam mir Virgil in den Sinne und ich sagte:

»Die Männer lieben auch uns Frauen. Aber genau das ist es ja, was sie als gefährlich ansehen ...«

Sie dürfe jetzt nicht weitersprechen, beendete sie die Fußwaschung.

»Hilf uns«, bat sie zum Abschied.

Der Ort gefiel mir nicht, nicht nur, weil es hier kalt, rau und neblig war, sondern das, was ich erfahren hatte, stimmte mich wütend und traurig. Auch verhielten sich die meisten Frauen mir gegenüber kühl, abweisend und verbittert. Die Bibliothek blieb mir völlig verschlossen, und die warmen Quellen blieben mir verborgen. All meine Erwartungen waren getrübt. Ich verließ das Monasterium am nächsten Tag, indem ich mich heimlich davonschlich, da ich befürchtete, dass sie mich zurückhalten und einsperren würden. Außerhalb der Mauern versteckte ich mich im Wald und wartete auf Virgil. Irgendwann glaubte ich nicht mehr an ein Wiedersehen. Doch dann endlich erschien er. Tränen der Erleichterung flossen, die ich vor ihm zu verbergen suchte. Er sollte meine Schwäche nicht sehen. Ich wollte bei ihm bleiben. Ich wollte nicht zurück nach Iburinga.

Er hätte mehr Zeit gebraucht als erwartet. Eustasius sei nicht da gewesen. Auch er hätte erfahren, dass die Stimmung im Monasterium äußerst gespannt sei. Es gäbe zwei Lager. Die einen würden weiterhin hinter Columbas Regeln stehen, die anderen würden Eustasius unterstützen. Als Abt würde er sich mehr und mehr Rom zuwenden. Insgesamt sei er ein Wendehals, der auch König Clothar um den Bart streichen würde. Es sei entsetzlich, was aus Columbas Coenobie geworden war.

Aber, so sagte Virgil und hob den Zeigefinger, es gäbe Hinweise darauf, dass der Abt auf dem Weg zu einer wichtigen Zusammenkunft sei. Er hätte sogar den Ort in Erfahrung gebracht, triumphierte er und fügte flachsend hinzu, dass es zuweilen von Vorteil sei, wenn die Verschwiegenheit vernachlässigt würde.

»Acaunum«, sagte er.

»Acaunum? Was meinst du mit Acaunum?«

»Acaunum heißt der Ort, wo wir jetzt hinreisen. Acaunum ist ein gallisches Wort und heißt Stein oder Fels. Auf Griechisch heißt Stein πέτρα, petra. Der Fels kann aber auch männlich sein, dann heißt er πέτρος, petros ... Petrus«, lächelte er und freute sich über die Verwirrung, die er mit seinen Worten in meinem Kopf anrichtete. Dann fügte er ernst hinzu: »Das Rätsel, das sich hinter Acaunum, MAURICIUS und den Ägyptern verbirgt, ist mein Rätsel ...«

Was meinte er damit?, überlegte ich kurz. Verdrängte den Gedanken dann aber. Denn was für mich viel wichtiger war: Er hatte *wir* gesagt. *Wir.* Er würde mich mitnehmen. Er wollte mich mitnehmen. Ich würde überall mit ihm hinreisen. Selbst wenn es das Ende der Welt war. Pilo hatte er offensichtlich völlig vergessen.

Acaunum/Saint Maurice

Die Pyramide

»Wenn du dich schwach fühlst«, sagte Virgil und lächelte mich erschöpft an, »dann denke an Rhodanus. Er hat unermessliche Kräfte. Es sind göttliche Kräfte. Er hat so viel Kraft, dass es ihm sogar gelungen ist, die mächtigen Berge zu spalten.« Mein Blick wanderte die bedrohlich aufragenden Felswände entlang. Mit ihren schroffen Kanten und Spitzen flankierten sie den tosenden Fluss.

Rhodanus floss uns wild und ungestüm entgegen, seit wir den Lacus Lemanus hinter uns gelassen hatten. Fähren und Flößer nahmen uns gegen Fische, Heilkräuter, Behandlungen von Kranken und Verletzten mit. Immer wieder staunten sie über unsere Fähigkeiten, mit unseren Gesängen, Tränken, Salben und Berührungen Fieber zu senken und Schmerzen zu lindern. Wir verwiesen auf die göttlichen Kräfte der Natur. Sie würden heilen, nicht wir. Wir seien nur ihre Handlanger.

Den letzten Teil des Weges folgten wir einem kaum erkennbaren, schmalen Pfad. Wir schlängelten uns entlang der Felswände und kämpften uns durch wild wachsende Pflanzen und Sträucher. Wir kletterten über glatte, rutschige Felsen, vorbei an steil abfallenden Böschungen. Schließlich öffnete sich vor uns eine weite Ebene und ich erstarrte. Denn was ich erblickte, jagte mir mehr Angst ein als die bedrohlich wirkenden Felswände. Es war ein Bauwerk in einer Größe, wie ich es zuvor noch nicht gesehen hatte. Es war mächtig und dunkel und glich einem Ungeheuer.

Virgil erklärte mir, dass es ein königliches Monasterium sei. Ich hatte Luxovium gesehen. Vieles war dort noch im Bau. Doch hier umschlang eine gigantische Mauer Gebäude, deren Höhe und Breite ich mit einem Blick nicht zu erfassen vermochte. Hinter der Mauer lugten mehrere steile Dächer hervor. »Sie bauen um die Wette«, stellte Virgil nüchtern fest. »Der König sucht den Wettstreit mit den Kirchen in Rom. Mit der Baukunst demonstrieren sie ihre Macht.« Er rieb sich mit dem Finger die Nase und mutmaßte: »Ich denke, die Baukunst des Königs wird in diesem Fall unterliegen. Die Kirchen Roms sind um ein Vielfaches größer. Die Römer haben geniale Baumeister und ihre Werke zeugen noch immer davon, dass die römischen Kaiser einst die Welt erobert und beherrscht haben.«

Wir beobachteten zahlreiche Menschen, Männer, Frauen und Kinder, wie sie zu dem großen Tor in der Mauer liefen und in einem Gang dahinter verschwanden.

»Wo strömen all die Menschen hin? Wo kommen sie her?«, fragte ich Virgil, erstaunt über den Andrang hier in der Einöde. »Was tun sie hier?«

»Sie gehen zum Grab von Mauricius.«

»Zum Grab von Mauricius?«

»Ja, MAURICIUS. Du erinnerst dich?« Er lächelte nicht. Im Gegenteil, sein Blick war so kalt, dass ich erschrak.

»Der Bär«, sagte ich genauso ernst.

»Sie sagen, Mauricius sei hier begraben. Es hätte hier ein Massaker gegeben und die Thebäische Legion, deren Anführer Mauricius war, sei hier in Acaunum hingerichtet worden.«

»Die Thebäische Legion ... hingerichtet?«, wiederholte ich, ohne zu verstehen.

»Thebäer sind Ägypter ...«, erklärte er nachdenklich, »... aber ... das Seltsame ist ... Mauricius hat nie wirklich gelebt. Dahinter steckt etwas anderes. Ein Rätsel ... ein Gleichnis ... eine geheime Botschaft ... ein Weltgeheimnis ...«

»Wie kommst du darauf?«, fragte ich ihn mit großen Augen.

»In der Bibliothek von Luxovium hab ich eine Chronik gefunden, eine Geschichte, die über alle bedeutenden Ereignisse dieser Welt berichtet. Der Autor ist Suplicius Severus. Er und andere Chronisten erwähnen kein Massaker in Acaunum. Etwas Derartiges hat es dort niemals gegeben«, bekräftigte er.

»Und wieso bist du dir so sicher, dass Mauricius nie gelebt hat?«

»Das erkläre ich dir später«, wehrte er meine Frage ab.

»Warum gehen sie alle zum Grab von Mauricius, wenn er gar nicht gelebt hat?«, ließ ich nicht locker.

»Sie glauben, was man ihnen sagt. Sie glauben daran, dass er gelebt hat. Es wird ihnen gesagt, dass es seine Knochen seien, die dort in einer Kammer aufbewahrt werden, und die Knochen würden Wunder bewirken, und dass jeder, der die Knochen berührt, geheilt wird. Sie sagen, Mauricius und seine Legion sind für Chi Rho gestorben. Das blutige Martyrium. Sie sagen, Mauricius und seine Anhänger wurden bei dem Massaker vom heidnischen römischen Kaiser geköpft. Aber dahinter steckt etwas anderes. Ich werde es herausfinden. Denn glaub mir ...«, flüsterte er leise und geheimnisvoll, »... das, was dahintersteckt, ist weltbewegend ...« Er ließ seinen Blick entlang des Tales schweifen, an dessen Ende sich ein mächtiger, spitz zulaufender Berg erhob. Er seufzte, holte tief Luft und blies sie geräuschvoll aus. Langsam – und während er den Berg fixierte, funkelten seine Augen wie selten zuvor – fragte er: »Siehst du die Pyramide?«

»Die Pyramide?« Ich zog fragend die Stirn in Falten.

»Du musst wissen, dass das heilige Wissen seine Wurzeln in Ägypten hat«, erklärte Virgil jetzt ungeduldig. »Die Pyramide ist ein Symbol für das göttliche Licht, für das alles sehende Auge, genauso wie das Dreieck. Das wussten schon die Geheimnisträger unserer Ahnen. Der Ort ist heilig ... ohne Zweifel. Glaub mir, Friede, hier verbirgt sich oder verbarg sich einst ein Zentrum des heiligen Wissens. Doch die Menschen, die durch das Tor gehen«, er wies in Richtung des Monasteriums, »wissen nichts davon. Sie gehen nicht zu der Stätte, die wirklich heilig ist.« Er sah mich eindringlich an, dann strebte sein Blick erneut flussaufwärts zu dem pyramidenförmigen Berg.

»Pyramide ... Ägypten ... Thebäer ... Mauricius ... Urisinus, Ursus, Bär«, sagte ich, ohne das Geheimnis zu erfassen, das sich dahinter verbarg und das Virgil zu entschlüsseln suchte.

»Es heißt, Mauricius hatte ein Lanze ... – Gall, Fara, Meddyg, Oswald, sie sind sicher nicht hinter diesen Mauern. Es muss hier noch einen anderen Ort geben ...«

Die Dämmerung brach herein, als wir uns durch den Wald wie durch ein Labyrinth kämpften. Es war Neumond. Der Dunkelmond. Der Beginn des neuen Mondzyklus und die Zeit der tiefen Weisheit. Immer wieder hüllte uns dichter Nebel ein. Die Luft war feucht und unsere Kleidung nass. Virgil fühlte nach den Zeichen in den Felsen und Stämmen, an denen ich in der Dunkelheit achtlos vorbeigeklettert wäre. Er hörte auf die nächtlichen Laute, die ich kaum wahrnahm, und folgte ihnen. Es ging stets bergauf.

Wir sprachen nur das Nötigste. So ahnte ich nicht, ob Virgil vorhersah, was uns erwarten würde. Das Kratzen der Sträucher und Äste, das Kitzeln der nassen Gräser, das Piksen und Stoßen der Felskanten, die wir immer wieder überkletterten, hielten uns nicht davon ab, dem Geheimnisvollen entgegenzugehen, was auch immer sich dahinter verbarg. Die schwindelnden Abgründe waren in der Dunkelheit nur zu erahnen. Auch wenn die Kletterei alles übertraf, was ich mir vorgestellt hatte, verbot ich mir jeden Anflug von Schwäche. Jedes Mal schloss ich den Mund, bevor ein Wort der Erschöpfung daraus entfloh. Immer wieder ergriff ich dankbar die Hand, die mir Virgil anbot. Und die Wärme, die mich in jenen Augenblicken mit seinem Körper verband, verdrängten die Schauer der Angst und der Kälte. Der Dunst, unser Gesang, die Unfassbarkeit unserer Mission, Virgils Nähe und all das, was uns umgab, ließen mich angesichts dessen, was wir erlebten und noch erleben würden, in eine tiefe Ehrfurcht verfallen.

Irgendwann, ich hatte kaum noch damit gerechnet, erreichten wir einen großen Höhleneingang. Wie ein Schlund zog er uns ins Innere des Bergmassivs. Mit dem Licht unserer kleinen Öllampe schlängelten wir uns durch ein wirres Geflecht aus Gängen. Virgil folgte weiter den Zeichen, die ich nicht sah und wieder überkletterten wir vorspringende Felsen oder zwängten uns durch schmale Öffnungen hindurch. Die dunklen Gänge führten uns zurück zu einer kaum zu fassenden Vergangenheit. Eine Vergangenheit, die im Verborgenen ruhte, die im Dunkeln überlebte und hier in der Tiefe des Berges Einfluss auf die Gegenwart nahm. Denn wer auch immer jene Vergangenheit ans Licht bringen wollte, wurde verurteilt.

Ich stieß mir mehrfach den Kopf, schlitzte mir das Gewand auf, zerkratzte mir Arme und Beine und stolperte immer wieder. Wenn Virgil mich auffing, hielt er mich kurz fest in seinen Armen und jedes Mal spürte ich nach, ob er mich fester, länger, liebevoller als nötig halten würde. In jedem Fall nahm er mir die Furcht vor dem, was vor uns lag.

Es war feucht, aber nicht kalt. Immer wieder plätscherte ein kleiner Bach neben uns, der durch den Bergkörper floss wie das Blut durch den Menschen. Wir folgten seinen Adern, überquerten die kleinen Flüsse, die mit klarstem Wasser gefüllt waren. Überall wähnte ich die Augen der Alben und Feen, die uns aus den Durchbrüchen, Überhängen und Abbrüchen der spitzen Felswände beobachteten. Schließlich erreichte uns aus der Ferne ein wohlvertrauter Singsang, der mit einem gleichsam zunehmenden Rauschen in harmonischem Zusammenspiel stand. Wie das Rohr einer Flöte trug der Höhlengang die Klänge zu unseren Ohren. Wir stimmten ein und folgten ihnen in Ehrfurcht tiefer und tiefer in die Finsternis des Berges hinein.

Schließlich öffnete sich vor uns ein Heiligtum, in welchem die universalen Geheimnisse im Rhythmus des Fackellichts pulsierten. So stellte ich mir den Raum in unserem Körper vor, in dem unser Herz trommelte. Nie zuvor – und ich dachte an die Höhlen meiner Heimat in Iburinga – hatte ich so etwas Atemberaubendes gesehen. Es war so, als würde sich das Universum öffnen. Die Felswände traten weit zurück, strebten hoch hinauf, öffneten sich als allumfassende Arme und umschlossen einen stillen See. Von weit oben stürzte sich vor unseren Augen ein gigantischer Wasserfall in die Tiefe. Er regnete mit einem lauten Tosen aus dem Kosmos herab. Der See fing den senkrechten Fall auf, und das herabrauschende Wasser kam zur Ruhe. Es bildete eine kostbare grünlich schimmernde Oberfläche. Der Raum war höher und erhabener als alle heiligen Stätten, die ich mir vorzustellen vermochte. Ich hörte Virgils Hauchen: »Ecclesia, Cath, Tempel ... Es ist die eigentliche Wüste, die Einöde, das Secretum, dorthin hat sich auch Chi Rho zurückgezogen. Hier üben sie Standhaftigkeit, Mut, kluge Worte und den Versuchungen des Bösen zu widerstehen. Schon der beschwerliche Weg hierher, das Fasten, Singen, die Askese, gehört zum Pfad der Befreiung ... aus dem Land der Unterdrückung. Es ist der Weg zu ...«, er verstummte.

»Wohin ... führt der Weg?«, fragte ich ihn flüsternd, darum bemüht, meine Aufregung zu verbergen, gleichwohl ahnend, dass Virgil nicht antworten würde.

Verborgenheit und Abgeschiedenheit gingen hier Hand in Hand. Jetzt erst nahm ich das Boot wahr, in dem sie saßen. Es war zu dunkel, um Gesichter oder Körper zu erkennen. Doch ihre Gewänder leuchteten hell. Virgil erläuterte mir, dass sie die geheimsten Mysterien vollziehen würden.

Es war mehr als ein heiliger Ort der Ahnen. Es war, so schien es mir, der allerheiligste Ort, den es auf dieser Welt gab. Virgil nahm meine Hand und zog mich in einen Nebengang, um mir das Schweigegelübde darüber abzunehmen, was und auch wo ich es gesehen hatte. Denn es war ein Ort, an welchem schon seit langer, langer Zeit die Vorfahren und deren Vorfahren und wiederum deren Vorfahren mit geheimen Mysterien und Ritualen den göttlichen Geheimnissen huldigten. Hätte Virgil gewusst, wo er mich hinführte, er hätte es nie getan. Der Eid verbot mir, mit irgendeinem Nichteingeweihten über das Erlebte zu sprechen. Es wurde mir klar, warum die Verschwiegenheit zu unseren obersten Geboten gehörte.

Wir verließen die Cath, wie Virgil die heilige Höhle nannte, versteckten uns in der Nähe des Eingangs und warteten, bis die Gefährten im Morgengrauen erschienen. Aus unserem Versteck erkannte ich Fara, Gall, Meddyg, Oswald und weitere, mir unbekannte Gesichter.

Heimlich folgten wir ihnen durch die Wälder und über die Abhänge, die zum tosenden Rhodanus hin abfielen. Bei fortgeschrittenem Tagesanbruch erreichten wir ein Felsplateau. Von unserem Versteck aus zelebrierten wir, unentdeckt von den Gefährten, das morgendliche Singen. Es brach abrupt ab, als aus den Tiefen des Waldes Eustasius erschien, gefolgt von Donatus und weiteren Getreuen. Auch sie sangen. Doch in meinen Ohren klang es verstimmt.

Der Austausch der Bruderküsse war unterkühlt. Galls frische Rasur des Vorderkopfes missfiel Eustasius sichtlich. Zornig legte er die Stirn in Falten und presste *»Druide«* durch die verbliebenen Zähne.

Die Begrüßungsrituale, wie die gegenseitigen Fußwaschungen in dem kleinen Bach, die Räucherungen, das Teilen der Brote und das gemeinsame Singen, wurden vollzogen. Es kam zu dem absehbaren hitzigen Wortgefecht. Obwohl sie alle getaufte Christen und in derselben Coenobie ausgebildet worden waren, hatten sich die unerbittlichen Feindseligkeiten entwickelt.

»Veritas, non fama – Sprich die Wahrheit und nicht hohle Worte«, warf Meddyg ein, nachdem Eustasius von der Sündhaftigkeit aller Menschen und der Absage an uns Frauen gepredigt hatte. Nicht nur die Kirchenväter wie Augustinus würden das lehren, sondern auch die Konzilien hätten den Zölibat und ein Leben in Keuschheit für die Geistlichkeit beschlossen, und wer dem nicht folgen würde, sei verdammt. Den freien Willen gäbe es nicht, der Mensch hätte seit der Erbsünde die Neigung zur Sünde und sei auf die Gnade Gottes angewiesen.

»Namenchristen, Pseudoasketen, Heiligkeitssimulanten«, kommentierte Virgil neben mir und fügte hinzu: »Matthäus 19, Vers 12. Danach leben wir.«

Jetzt mischte sich Donatus ein und bekräftigte die Aussagen von Eustasius: »Der Pontifex Maximus und die Kirchenväter sind unsere Leitbilder. Der Pontifex ist der Vertreter des Apostels Petrus. Er ist das Oberhaupt der Kirche, der Vermittler zwischen den Menschen und Gott.«

Virgil schüttelte den Kopf und flüsterte: »Wie kann man sich in einem Gefährten derart irren? Er war stets einer von uns. Zugegeben, er hatte zuweilen eine andere Meinung. Aber wir tolerieren so etwas, solange die Worte und die Taten zusammenpassen. Aber er folgt blind denen, die nicht danach leben, wovon sie reden. – Außerdem frage ich mich, warum nennt sich der christliche Pontifex Maximus nach dem heidnischen Kaiser, wenn er und seine Anhänger das Heidentum verurteilen?« Virgil überlegte nicht lange, sondern gab sich sogleich selbst die Antwort: »Offensichtlich gibt ihm der Titel des römischen Kaisers die Befugnis dazu, sich als Oberhaupt der Kirche aufzuspielen. Er vergöttlicht sich. Und sie vergöttlichen ihn wie einen heidnischen Oberpriester. – Auch wenn sie das niemals zugeben würden.«

Ich sah, wie Gall sich über den rasierten Kopf strich. Es schien, als wolle er sein Gehirn streicheln, ja beruhigen, um seinen Verstand und Chi Rho, den Menschensohn, zu befragen, bevor er eingriff. Dann holte er aus, während er mit beiden Händen den Baculum fest umfasste: »Ihr seid bei unserem Meister Columba in die Lehre gegangen. Du, Donatus, bist wie ein Sohn für ihn gewesen. Deine Eltern haben dich als ein Geschenk angesehen. Denn Columba wusste die Unfruchtbarkeit deiner Eltern zu heilen. Deshalb nannten sie dich Donatus. – Und du, Eustasius, bist der Nachfolger, der Abt der Coenobie von Luxovium, dem Zentrum des Wissens, der Bildung, der Armen- und Krankenfürsorge für Frauen und Männer. Ihr beide erdreistet euch jetzt, Columba zu verraten? Ihr stellt seine Lehren und seine Regeln in Frage? Ihr wollt das außer Kraft setzen, für das Columba und wir stets gekämpft haben und es immer noch tun? Für den freien Willen, die Wahrheit, für die Unabhängigkeit von den korrupten Bischöfen. Ihr wollt für die Bischöfe und Kirchenmänner kämpfen, die von der Keuschheit predigen und selbst Ehebruch begehen?«

»Was redest du, Irrgläubiger?«, keuchte Eustasius wutentbrannt.

Doch Gall ließ sich nicht aufhalten: »Columba hatte den Mut, den Päpsten die erbärmlichen Verhaltensweisen der Bischöfe vor Augen zu halten. Weil er für die Wahrheit gekämpft hat, wurde er eingekerkert und verbannt. Ihr wollt denen folgen, die vom Guten sprechen, aber mit dem Körper und dem Geist sündigen? Ihr unterdrückt mit euren Zwängen und Lehren die Frauen, die Hälfte der Menschheit. Ihr beraubt sie der wahren Botschaften des Christentums. Wie wollt ihr ins Paradies einziehen?«

Wir zuckten zusammen und erstarrten, als plötzlich aus dem Wald die kräftige Stimme von Agrestius ertönte:

»Du weißt, Donatus ...« Ich sah, wie Fara errötete, als sie ihn erblickte. »Du weißt, Donatus«, setzte Agrestius erneut an und hatte inzwischen seinen Platz neben Fara gefunden, »dass in den Konzilien Menschen verurteilt, verdammt, exkommuniziert werden, nicht weil sie Verbrechen begehen, sondern weil sie die Botschaften Chi Rhos anders auslegen. Sie werden angeklagt und verurteilt, selbst wenn ihre Auslegungen im Sinne der Toleranz und der Menschlichkeit geschehen. Findest du das richtig? Als unser neuer Glaube vor mehr als 200 Jahren zur Staatsreligion erklärt wurde, sollte dennoch Religions- und Meinungsfreiheit herrschen. Warum lasst ihr uns nicht in Ruhe unseren Auslegungen folgen und wir lassen euch euren Glaubensweg beschreiten? Wir alle sind Christen und jeder sollte nach selbst gewählten christlichen Werten leben dürfen. Ist es nicht das, was zählt und was wir dem Volk vermitteln sollten?«

Kurz herrschte Stille, und ich hörte das muntere Zwitschern der Vögel. Sie hatten unterschiedliche Stimmlagen, dennoch meinte ich, einen harmonischen Einklang zu vernehmen. Das tat gut. Doch allzu schnell wurde ihr Gesang durch einen neuerlichen Wortschwall von Eustasius überstimmt.

»Ahhh, Agrestius gibt uns die Ehre«, ließ er spöttisch verlauten. »Lange habe ich dich in Luxovium nicht gesehen. Dir scheint entgangen zu sein, dass wir uns inzwischen an Rom und die Beschlüsse der Synoden von Chalcedon 451 und Konstantinopel 553 halten. Demnach bist du ein Verdammter, Agrestius. Du bekennst dich zu den Kirchenspaltern von Aquileia und glaubst nicht an die Erbsünde. Das ist häretisch. Außerdem ziehst du die immerwährende Jungfräulichkeit Marias öffentlich in Zweifel. Auch das ist häretisch. Die Beschlüsse haben ihre Gültigkeit und wir richten uns nach ihnen«, verkündete Eustasius herablassend. »Jeder, der uns darin nicht folgt, wird zurecht verdammt.«

»Die meisten Teilnehmer der Konzilien, von denen du sprichst, Eustasius, verstanden weder Griechisch noch Hebräisch, vielleicht ein bisschen Latein. Aber ihre eigentliche Triebfeder ist das Streben nach Macht. Sie gehen über Leichen«, entgegnete Agrestius voller Verachtung.

»Was sagst du da?«, schrie Eustasius, rot vor Zorn. »Abtrünniger, Irrgläubiger, Häretiker ... Ihr alle, die ihr hier versammelt seid ... ihr seid alle verdammt. Von Geburt an Sünder. Nie werdet ihr die Gnade Gottes spüren. Wisst ihr, was Bruder Hieronymus sagt? Euer hochverehrter Columba und auch der da«, er wies in Richtung Gall, »sie kommen von einer Insel, wo sie, anstelle die Fruchtbarkeit ihres Landes zu kultivieren, den Prostituierten nachrennen wie die Böcke den Ziegen. Es heißt, die Männer tragen keine Hosen, weil sie sich ständig wie Bestien paaren, ob sie ein Weib haben oder nicht. Es heißt, in dem Land haben sie barbarische Rituale, um ihre Könige einzuweihen. Solchen Fornicatores schenkt ihr euren Glauben?«

Gall ließ sich nicht aus der Ruhe bringen:

»Das Einzige, was für uns zählt, sind die heiligen Gleichnisse und Botschaften. Sie sind unsere direkten Vermittler zu dem höchsten Gott. Wenn du sie richtig lesen und verstehen würdest, Eustasius, wüsstest du, dass dort weder die Erbsünde noch die immerwährende Jungfräulichkeit erwähnt werden. Außerdem spricht Chi Rho von sich selbst als Menschensohn. Und …«, Gall wies mit dem Zeigefinger auf seine kahl rasierte Stirn, »… *er* hatte den göttlichen Logos, den Verstand für das Universale.«

»Und der fehlt dir, Eustasius«, ergänzte Agrestius laut und deutlich.

»Wagt es nicht, die Autorität des Papstes anzugreifen«, drohte Eustasius. »Auch ich folge keinem Führer außer Christus, kommuniziere aber mit niemandem außer mit seiner Seligkeit, das heißt mit dem Stuhl von Petrus. Ich weiß, dass dies der Felsen ist, auf dem die Kirche gebaut ist! Die Kirche Roms ist das Haus …«, schrie Eustasius und dann hielt ihn nichts mehr. Er stürzte sich auf Agrestius und griff nach dessen Gurgel. Agrestius röchelte und wehrte sich gegen den Abt. Der Abgrund war nah. Während Donatus regungslos das Geschehen beobachtete, warfen sich Fara, Meddyg und Gall dazwischen, darum bemüht, dem gefährlichen Gerangel ein Ende zu setzen.

»Wer war es überhaupt ...«, Agrestius befreite sich, atmete schwer und seine Stimme klang nicht nur angriffslustig, sondern auch gefährlich, »der den Bischof von Rom über alle anderen Bischöfe stellte? Wer gab ihm die Befugnis, sich als Nachfolger von Petrus zu gebärden? Warum der Nachfolger von einem, der Chi Rho verleugnet hat, drei Mal? Der Maria und die Frauen herabsetzt und ihnen die Würde als Menschen nimmt ...« Plötzlich schwieg Agrestius, schrie kurz auf und verzog schmerzerfüllt das Gesicht. Blut quoll aus seinem Mund. Es kam wie aus dem Nichts.

»Was ist passiert? Warum blutet er aus dem Mund?«, flüsterte ich Virgil zutiefst erschrocken zu, nachdem ich ihn mit aller Macht zurückgehalten hatte, in das Gerangel einzugreifen.

»Verstehst du es nicht ...?«, hörte ich ihn vor sich hinsagen. »Er, er ...«, Virgil sah mich geistesabwesend an, »... er musste sich auf die Zunge beißen.«

Dann hörte ich Galls Worte: »Achte auf deine Weihe, Eustasius.« Er fixierte Eustasius, der beide Augen schloss.

»Achte auf deine Weihe, Donatus.« Er fixierte Donatus. »Ihr seid beide in Mysterien eingeweiht, die ihr hüten sollt, und das gilt für eure Lebzeiten.«

»Warum verwarnt er Agrestius nicht?«, fragte ich Virgil.

»Agrestius hat sich selbst genug bestraft. Aber Eustasius und Donatus sind die Verräter. – Man sollte ihnen die Zungen aus den Mündern schneiden«, murmelte er wütend. »Ich werde Gall zeigen, was Wissen ist, was Treue ist, was Verschwiegenheit bedeutet. Was es bedeutet, für Columba und seine, nein, unsere Mission zu kämpfen. – Es ist kein Zufall, dass die Versammlung hier in Acaunum stattfindet.« Er hielt inne und überlegte: »Was verbirgt sich hinter MAURICIUS und den Thebäern? Was hat es mit dem Martyrium auf sich?« Plötzlich sah er mich mit großen Augen an und sagte:

»Agrestius hat die Frage gestellt, die ihn den Kopf kosten kann. Das ist die Sache, der wir nachgehen müssen. Wie wurde der Bischof von Rom zum Herrscher über die Kirchen Europas? Das ist ein weltbewegendes Rätsel ...«, erkannte Virgil mit weit aufgerissenen Augen, »aber ich habe das Entschlüsseln gelernt und mit deiner Hilfe ... Komm mit«, sagte er, nahm meine Hand und wir verließen das Versteck, aus dem wir die Versammlung beobachtet hatten.

Mein Herz sprang immer wieder hoch und runter und meine Seele erlebte ein göttliches Glück. Ich fühlte mich an Virgils Seite wie Maria an der Seite von Chi Rho, denn allein ihr hatte er zugetraut, seine Botschaften richtig zu entschlüsseln.

Wieder wanderten wir durch den Wald. Der Regen prasselte erneut ohne Unterlass vom Himmel. Die Tropfen rannen über unsere Gesichter, auf die Hände und durchtränkten unsere Kleidung. Wir waren zu sehr mit den Geschehnissen beschäftigt, als dass wir der Kälte und der Nässe Beachtung geschenkt hätten. Wir suchten in der felsigen Gegend nach einer Höhle. Virgil gab mir zu verstehen, dass die heftige Auseinandersetzung zwischen Agrestius und Eustasius äußerst gefährlich sei, und dies nicht nur für unsere Mission, sondern auch für Agrestius und die Gefährten und Gefährtinnen. Es seien Worte und Sätze gefallen, die zu Verbannung, Folter und ... Morden führen würden.

»Ihr wisst«, mahnte uns Gall – völlig unvorhergesehen waren wir ihnen direkt in die Arme gelaufen und standen jetzt wie begossene Lämmer vor ihnen –, »dass das Verlassen des Gehorsams den Menschen arm und nackt macht? Der Gehorsam entscheidet über euer Heil.« Er erklärte, wie so oft, nicht zu gehorchen sei eine Sünde. Eine Sünde gleiche dem Symptom einer Krankheit. Es entspräche also nicht einer Entscheidung für das Gute oder für das Böse. Allein Beichte und Buße seien die Heilmittel, die Therapie. »Ihr sollt«, fuhr er fort, »eure Eitelkeit und euer Streben nach Ruhm der Demut und dem Gehorsam unterordnen und eure Aufgaben zu gegebener Zeit lösen.«

Virgil strich sich die langen Locken aus dem Gesicht. Nichts sollte den Ernst und die Aufrichtigkeit seiner Worte verhüllen. Selbstbewusst richtete er sich auf und entgegnete unumwunden:

»Wie soll ich die Aufgaben lösen, die mir der Meister aller Meister von Iona gestellt hat, wenn ich eingesperrt werde und mich in Gehorsam üben soll? Es ist mein Verlangen, mit wahrer Demut gegen die Lügen zu kämpfen, die in der Welt verbreitet werden. Nie war der Zeitpunkt besser als jetzt, Meister. Du weißt das.« Seine Stimme klang beinahe flehend.

Gall wendete seinen Kopf zur Seite und sah Virgil aus den Augenwinkeln an. Sein kahl rasierter Vorderschädel stand im Gegensatz zu Virgils Lockenpracht. Sein verbliebenes weißes Haar am Hinterkopf schien der sichtbare Auswuchs der Weisheit seines Alters. Doch er war verstimmt. Dann sah er mich an und zu meinem Erstaunen entspannten sich seine Gesichtszüge. Ich meinte sogar Freude darin zu entdecken.

»Geht alle beide«, befahl er schließlich. »Du, Virgil, wirst dich zum Fasten, Schweigen und Nachdenken in den Wald zurückziehen. Und Fara wird sich um die Strafe für Friede kümmern.«

»Ich werde dir gehorchen, Meister. Und du wirst von mir hören.«

Mit diesen Worten verabschiedete sich Virgil und verschwand im Wald.

Fara ließ mich zur Strafe Fasten, Schweigen und über den Gehorsam nachdenken. Es war keine wirkliche Strafe für mich. Es half mir, meine Sinne zu ordnen.

Eboriacum

Die Enthüllung

Wir waren wie von Sinnen, was die Lösung des Mythos um Mauricius betraf. Wir drehten und wendeten Buchstaben, Worte, Sätze und suchten nach dem tieferen Sinn von Schriften, die sich auf die Begebenheiten um Mauricius oder Uricius oder Ursinus oder um einen Bären drehten. Dahinter verbargen sich tiefe Erkenntnisse, wiederholte Virgil immer wieder, ja weltbewegende Botschaften für die Eingeweihten. Er war felsenfest davon überzeugt, dass die Entschlüsselung enthüllen würde, was zur Vormachtstellung des Bischofs von Rom über die Kirchen Europas geführt hatte. Wir hofften, mit den Erkenntnissen alle Coenobien retten zu können, die Columbas Schüler gegründet hatten und künftig gründen würden. Es ging uns darum, ein friedliches Nebeneinander der unterschiedlichen Auslegungen von Chi Rhos Botschaften zu tolerieren. Unsere Vorstellung beinhaltete, dass Menschen, Frauen und Männer, die Möglichkeit erhalten sollten, sich das allgemeine Wissen anzueignen und sich zu bilden, um die Botschaften selbst zu lesen und zu deuten. Denn dann hätte jeder die Möglichkeit, nach den eigenen Auslegungen im Sinne der Menschenwürde und des Friedens zu leben.

»Ich«, war Virgil überzeugt, »sehe das Universum als die Kirche an, und der Vermittler ist Chi Rho. Er ist unser Verstand und sitzt in uns allen, und der Menschensohn hat uns darauf aufmerksam gemacht. Er hat uns auch darauf hingewiesen, allein diejenigen in die heiligen Geheimnisse einzuweihen, die deren würdig sind. Denn das heilige Wissen wird schon seit Urzeiten allein von Auserwählten gehütet.«

Wir waren in der Bibliothek. Die Dunkelheit war schon hereingebrochen. Die Flamme der Öllampe tauchte Virgils

Gesicht in ein goldenes Licht. Während er mir sein Weltbild offenbarte, legte er die linke Hand auf sein Herz und zeigte mit dem gestreckten Zeigefinger seiner Rechten zum Himmel. Jetzt hielt er den Kopf schief, lächelte und sah mich aus seinen Augenwinkeln direkt an. Dieser Mensch ist ein einziges Mysterium, dachte ich fasziniert und sehnte mich danach, ihn zu berühren, ihn zu enthüllen. Er war mir so nah. Zwar standen meine Träume und seine Gedanken zwischen ihm und mir, doch unsere gemeinsame Vision verband uns.

»Ich muss dir etwas sagen ... Es belastet mich«, gestand er unvermittelt. »Ich brauche deine Hilfe.«

Ich stutzte und dachte, es gibt doch noch eine Enthüllung, auch wenn ich sie mir anders vorgestellt hatte.

»Ich habe in Acaunum etwas Verbotenes getan ...«, begann er. Während er Luft holte und nach Worten suchte, nahm ich aus der Ferne das Rauschen des hellen und des dunklen Flusses wahr. »Wohl habe ich gefastet und habe asketisch gelebt«, fuhr er fort, »im Einklang mit der Natur ...« Er schluckte und fixierte mich weiter. »Ich bin den Weg durch das Tor gegangen. Du erinnerst dich, Friede? – Das Tor, durch das all die Menschen ins Innere des Monasteriums gelangten. Ich habe den Pförtner der Bibliothek ... nicht erstochen ...«, er lächelte, »... sondern bestochen. Niemand außer mir hielt sich darin auf. Nach längerem Suchen fand ich tatsächlich ein verfängliches Pergament. Es ist eng beschrieben und schwer zu entziffern. Hilf mir dabei, es zu lesen, Friede, bitte.« Er sah mich flehend an. Nichts lieber als das, dachte ich, erwiderte seinen Blick und beobachtete, wie seine Hand unter sein Hemd glitt. Ich seufzte, während meine Vorstellung seiner Hand folgte. Doch schlagartig wurde ich aus meinen Fantasien gerissen, als er ein Papier hervorholte und es vor uns ausbreitete. Der Text darauf war in schwer leserlicher lateinischer Schrift verfasst. Einige Buchstaben waren verblasst oder ausradiert.

»Du hast das Pergament gestohlen?« Ich schluckte.

»Ich musste es entwenden, bevor sie es vernichten«, rechtfertigte er sich entschieden.

Wir studierten es gemeinsam.

»Hier steht, Mauricius stamme aus Theben, einer berühmten Stadt in Ägypten ... Du weißt, wovon ich spreche?«, fragte er mich und in seinen Augen sah ich wieder das vertraute Funkeln. »Dort gibt es die heiligen Grabbauten, die sie Pyramiden nennen.«

»Das alles sehende Auge. Der heilige Berg von Acaunum. Das wissen wir schon«, fasste ich ungeduldig zusammen.

»Bischof Theodul von Octodurum hat das berichtet. Liest du das auch so?«, vergewisserte er sich.

Plötzlich rief ich laut: »Theodul hatte eine Glocke!«

»Was sagst du da?«

»Hier steht es geschrieben: Glocca, Glocke. Wie ihr. Er hatte sie von einem Bischof aus Rom ...«, übersetzte ich frei weiter.

Virgil sah mich mit großen Augen an. Zunächst war er sprachlos. Dann sprang er auf und umarmte mich ungestüm. Wir fanden unser Gleichgewicht und blieben ineinander verschlungen stehen. Die Vollkommenheit ... die Erregung ... das Verlangen ... forderten die umfassende Vollkommenheit. Plötzlich bekam ich Angst vor noch mehr Nähe. Ich löste mich aus Virgils Umarmung.

»Theodul, der uns von Mauricius berichtet«, sagte Virgil, als hätte es den Moment zuvor nicht gegeben, »hat uns das Zeichen der Glocke hinterlassen. Es ist unser Zeichen. Wir Brüder und Schwestern aus Éire haben die Glocken von unseren Inseln auf den Kontinent gebracht. Sie sind unsere Erfindung. Die Glocke ist ein Schlüssel zur wahren Geschichte.«

Mir stockte der Atem.

»Ich habe inzwischen vieles in Erfahrung bringen können, Friede. – Die Schriften. Zum Glück gibt es Schriften, Worte, Zeichen. Wir wissen, dass darin verschlüsselte

Botschaften enthalten sind. Seit Jahrhunderten, Jahrtausenden. Das ist der Grund, warum die auserwählten Schüler ohne Unterlass Rätsel und Aufgaben lösen und entsprechende Prüfungen bestehen müssen. So erkennen wir auch, dass Mythen, wie die um Mauricius, geheime Botschaften enthalten. Verschlüsselte Nachrichten. Du musst wissen, geheime Weisheiten waren in Ägypten heilig. Verstehst du, was ich meine?«, fragte er mich eindringlich.

»Ja, in etwa«, seufzte ich, da ich zwar verstand, aber die Zusammenhänge derart in sich verschlungen waren, dass mir das Entflechten äußerst mühsam erschien.

»Wir müssen mehr über Theodul von Octodurum in Erfahrung bringen«, beschloss Virgil.

Der freie Wille

Durch Zufall erhaschte ich in den nächsten Tagen eine Diskussion zwischen Fara und ihrem Vater, die mir den Ernst der Lage auch in Eboriacum vor Augen hielt. Es ging um Agrestius. Abt Eustasius hatte ihn nach der heftigen Auseinandersetzung in Acaunum von bischöflicher Seite exkommunizieren lassen und aus Luxovium verbannt. Mit diesem Schritt sollte Columbas Geist endgültig vernichtet werden. Fara suchte Beistand bei ihrem Vater. Er sollte sich für Agrestius einsetzen. Immer wieder hörte ich ihre erregte Stimme:

»Du hast geschworen, Columba und seine Gefährten stets zu unterstützen, Vater. Du hast Columba damals aufgenommen, als er verbannt wurde. Du hast ihm Schutz gewährt und dich bei König Clothar für ihn eingesetzt. Und jetzt willst du Columbas Mission verraten, genauso wie seinen treusten Schüler? Du willst Agrestius nicht helfen, Vater, obwohl du vom Irrglauben weißt, der sich in der Welt ausbreitet? Den Zwängen, die den Menschen auferlegt werden? Du willst so wenig wie ich, dass die Welt diesen Irrtümern erliegt, Vater! Als Äbtissin kämpfe ich nicht nur für die Unabhängigkeit unserer Gemeinschaft aus Frauen, Männern und Kindern. Ich kämpfe für deren Bildung, für unsere Zukunft, für die Zukunft der Menschheit. Wir pflegen hier Kranke, geben den Armen zu essen, nehmen Witwen auf, deren Männer grausam ermordet wurden, und Frauen, deren Männer sie misshandelt haben. Die vergewaltigt wurden. Die Menschen sind grausam zueinander. Wir wollen die Menschheit retten, mit den Botschaften Chi Rhos. Das ist unser Ziel. Nie und nimmer möchte ich, dass unsere Gemeinschaft einem Bischof der römischen Kirche unterstellt wird. Wir wollen ein Zeichen setzen, für Akzeptanz und Toleranz, auch von Andersgläubigen. Mögen es Juden sein, Arianer oder diejenigen, die sich als *Catholicos* bezeichnen. Solange sie im Sinne der Menschlichkeit diese grausame Welt verbessern wollen, müssen wir zusammen mit ihnen dafür kämpfen. Es geht um die Menschheit, Vater, um das Gute, um die Freiheit, den freien Willen, um die Menschlichkeit, die im Zeichen des Chi Rho verbreitet werden soll. Wir stehen für die Bildung und lesen mit großem Interesse die Schriften der Heiden, die von gesammeltem Wissen zeugen und unser Denken bereichern. Die Philosophen. Es gab auch vor unserer Zeitrechnung gute Menschen, die über den Sinn des Lebens nachdachten, die sich mit Krankheiten beschäftigten, die wussten, wie man heilen kann, die Seele und den Körper. Auch sie haben Weisheiten gesammelt, aus denen wir lernen können. Die Verbindung zum höchsten Gott stellen nicht die machthungrigen Bischöfe her, sondern berufene und gelehrte Frauen und Männer, die des heiligen Wissens würdig sind. Warum also wird diese Spaltung durch diese machthungrigen Fanatiker erzwungen? Sie streben danach, die einstige Macht Roms wiederherzustellen unter dem Vorwand, die christlichen Botschaften zu verbreiten. Das ist es, was sie eigentlich wollen: Macht, das Volk kleinhalten und uns Frauen die Würde und alle Rechte rauben ...«

Es entstand eine kurze Pause.

»Außerdem ... Agrestius und ich wollen heiraten, sobald die Angelegenheit mit Eustasius geregelt ist.«

»Was sagst du da, Fara?«, hörte ich die entsetzte Stimme ihres Vaters. »Das wirst du nicht. Du stürzt dich und die Coenobie ins Unglück. Agrestius ist ein Exkommunizierter, ein Verbannter, ein Abtrünniger. Wir sind getauft und gehören ...«

»... wenn Agrestius ein Abtrünniger ist, dann war es auch Columba. Vergiss nicht, wie er dich mit seinen Worten und Taten, die einander entsprachen, beeindruckt hat. Und jetzt ...«, ihre Stimme erstickte in Tränen, »... jetzt verrätst auch du ihn, Vater. Warum? ... Warum? Merkst du nicht, dass sie auch dich in die Knie zwingen wollen? Dass sie auch dich und mich unseres freien Willens berauben wollen? Dass sie den Zulauf des Volkes zu unseren Coenobien zu unterbinden suchen? Begreifst du das nicht, Vater?«

»Ich kann nicht anders. Die Umstände zwingen mich dazu. Ich darf die Gunst König Clothars nicht verlieren. Er hält große Stücke auf Abt Eustasius, der ihm fortwährend Honig ums Maul schmiert. Du weißt, auch die Arianer und die Schismatiker sind grausam und schrecken vor nichts zurück. Das ist die Realität. – Adaloald wurde ermordet!«

»Was«, schrie Fara, »Theodelindas Sohn?«

»Beruhige dich, Mädchen. – Zuerst erklärten sie König Adaloald für geisteskrank und dann haben sie ihn vergiftet ...«, berichtete der Herzog kühl.

»König Adaloald und seine Mutter Theodelinda wollten sich mit ihren ehelichen Verbindungen über die Grenzen hinwegsetzen, welche die Synoden und Konzilien im Namen der römischen Kirche festlegten. Wo ist der Verstand von denjenigen geblieben, die sich Christen nennen? Wozu die Streitereien, die Machtkämpfe, die Morde? Wie lang werden unsere Brüder und Schwestern noch die Kraft haben, weiterzukämpfen? Auch Theodelinda und ihre Anhänger werden mehr und mehr geschwächt. Die Fronten verhärten sich und auch diejenigen, die auf unserer Seite stehen, schrecken irgendwann vor dem Morden nicht mehr zurück.« Fara holte tief Luft. »Ich kenne die Angst, die mit der Verantwortung verbunden ist, Vater. Ich habe auch die Verpflichtung, unsere Coenobie zu schützen, die Männer und die Frauen, die Familien ...« Nach einer Pause fragte sie: »Wie geht es Theodelinda? Wer wird König?«

»Ihr Schwiegersohn Arioald wird jetzt König der Langobarden. Ein Arianer. Clothar schätzt ihn nicht. Arioald ist undurchsichtig und sein politisches Handeln unvorhersehbar. Auf alle Fälle verbessert es nicht unsere politischen Beziehungen zum langobardischen Hof. Im Gegenteil. Ich kann mich nicht für Agrestius einsetzen, und das ist mein letztes Wort. Und noch eines, Fara. Sieh dich vor und stelle dich mit Eustasius gut. Er ist mächtig und einflussreich. Halte dich fern von Agrestius. Er bringt dich als Äbtissin in größte Schwierigkeiten.«

Mit diesen Worten stürmte der Herzog aus Faras Hütte und verließ Eboriacum.

Die freie Liebe

Fara und Agrestius küssten sich lange und hielten sich eng umschlungen. Ich wollte sie in ihrer Verbundenheit nicht stören, doch es war meine Aufgabe, in ihrer Nähe zu bleiben und aufzupassen. Die beiden hatten nur Augen füreinander. Sie vergaßen mich und alle Gefahren um sich herum. Immer wieder wurde ihre Liebe durch die Wirren, in die wir alle verwickelt waren, auf die Probe gestellt. Doch ihre Seelen waren unerschütterlich miteinander verbunden. Die Gedanken von Fara wohnten im Kopf von Agrestius und diejenigen von Agrestius im Kopf von Fara, auch wenn ihre Beine sie in unterschiedliche Richtungen trugen. Doch dann, wenn Arme, Beine, Augen, Münder, Ohren, Hände, Finger, ja die beiden Körper sich fanden, vereinigten sie sich in einem heiligen Akt.

»Hast du Antwort vom König?« Ich horchte auf, als ich Faras Stimme vernahm.

»Du wirst es nicht glauben, Fara. Ich kann es selbst kaum fassen, was alles geschehen ist und wer alles *uns* hilft und unterstützt und sich für uns einsetzt.« Seine Worte sprühten vor Energie, er löste sich aus der Umarmung, fasste Fara fest bei den Schultern, so als wollte er sagen: ›Wach auf, alles wird gut!‹

Sie stand da wie Igwja und saugte seine Worte wie den Fruchtbarkeit bringenden Regen auf.

»König Clothar ist hin- und hergerissen. Er denkt an seine politischen Aufgaben, an sein Seelenheil, an Columba, den er verehrte. Andererseits unterstützen Eustasius und seine Anhänger den König in wichtigen Angelegenheiten. Er will Schwierigkeiten mit der Kirche Roms und ihren Bischöfen vermeiden. Sie gewinnen mit ihren Höllen-Drohungen und ihrem Geschwätz von der Erbsünde, der Gnade Gottes, der Unterdrückung des freien Willens und vor allem der Verachtung alles Weiblichen mehr und mehr an Macht.«

Ich atmete tief durch. Was würde alles auf uns und die Menschheit zukommen?

»Also, was sagt er?«, wiederholte Fara ihre Frage und löste sich aus der Umarmung. Er nahm ihre Hand und hob den Kopf. Voller Zuversicht sagte er:

»König Clothar hält sich aus der Angelegenheit heraus. Major Warnachar, der königliche Verwalter von Burgund, hat den König dazu überredet, unsere Streitigkeiten einer der Synoden zu überlassen. Die Teilnehmer werden darüber entscheiden, ob meine Exkommunikation und meine Verbannung rechtmäßig sind. Sie wird in Mâcon abgehalten. Wir haben Glück«, selten hatte ich ihn so strahlen sehen, »ich kenne Warnachar sehr gut aus meinen Zeiten als Notar am Hof Theuderichs. – Damals verstanden wir noch nicht viel von dem, was Meister Columba der Welt vermitteln wollte. Wir glaubten dem Geschwätz der Menschen, die die Iren als Hurenböcke bezeichneten, und stellten uns gegen den fremden Iren, seine Anhänger und ihre geheimnisvollen Riten.«

Agrestius nahm auch Faras andere Hand und hob sie beide Richtung Himmel. Wieder kam mir der Gedanke an Igwja, den Weltenbaum, die Verbindung von Himmel und Erde. Diesmal bestand sie aus Mann und Frau. Einem männlichen und einen weiblichen Teil.

»Wir kämpfen für die christlichen Werte und sind getauft. Wir sind keine Hurenböcke. Wir stehen für den heiligen Bund zweier Gefährten, so wie du und ich ihn besiegeln werden, wenn all das vorbei ist. Dann werden wir gemeinsam Eboriacum leiten. – Warnachar ist auf unserer Seite. Er gehört zu den angesehensten Männern des Königs und wird auf der Synode für mich und Columbas Regeln sprechen. Und jetzt der Plan, den wir gemeinsam mit Bischof Abelenus ausgearbeitet haben. Er gehört zu den ehrlichen Bischöfen, die die große Bedeutung unserer Mission erkennen und unterstützen. Wir haben uns auf folgendes Vorgehen geeinigt: Ich werde Eustasius anklagen und nicht umgekehrt. Ich werde ihn dafür anklagen, dass er Columba verraten hat, dieser falsche Hund. Seine Moral, seine Vorschriften und Methoden, die er als Abt von Luxovium vorlebt, aufstellt und anwendet, entsprechen nicht mehr denen von unserer Mission. Und es waren die Inhalte *unserer* Mission, die das Königshaus einst tatkräftig mit Schenkungen unterstützt hat.«

»Wer ist Abelenus?«, hörte ich Fara fragen.

»Abelenus ist der Bischof von Genf, mein Onkel, er wird den Vorsitz der Synode übernehmen. Auch mein Verwandter Arnulf, er ist Bischof von Metz, ist ein Anhänger unserer Mission und auf unserer Seite. Er wird sich ebenfalls für uns einsetzen.« Agrestius sah Fara liebevoll an und nahm ihr Gesicht in seine Hände. Ich hörte Fara vor Freude und Erleichterung schluchzen. Wieder lagen sie sich in den Armen und meine Gedanken wanderten zu Virgil.

Die Beeren

Alles, was nun kommen sollte, war vernichtend.

Es erreichte uns die niederschmetternde Botschaft vom Tod der weltgewandten langobardischen Königin. Die Nachricht traf nicht nur ganz Europa, sondern auch unsere Mission. Theodelinda hatte einst Columba das Land für seine Coenobie in Ebovium zur Verfügung gestellt. Sie war es, die für die wahren Werte des Wortes *catholikós*, mit der Bedeutung *allumfassend*, einstand und vorbildlich danach lebte.

Ich war im Wald beim Beerenpflücken und hörte lautes Schluchzen. Ich folgte den klagenden Lauten und erkannte Fara in der Nähe der Bienenkörbe. Sie war tief in ihren Schmerz versunken, und ich war unsicher, wie ich mich verhalten sollte. Sie hörte das Knacken der Zweige und hob den Kopf.

»Friede«, schluchzte sie und wischte sich die Tränen aus den Augen. »Friede ...« Sie schluckte und deutete mir an, mich neben sie auf den Baumstamm zu setzen. Offensichtlich war sie froh über meine Nähe.

»Schon wieder hat uns ein großes Unglück ereilt ...«, begann sie und sah in Richtung der Bienenkörbe, wo die Insekten unermüdlich ein- und ausflogen. Sie schwirrten und summten in Schwärmen oder einzeln umher und sammelten Nektar von den Blüten, um dann wieder in den Korb zurückzufinden. Fara seufzte tief und Tränen rannen ohne Unterlass über die Wangen.

»Agrestius? Ist etwas mit Agrestius?«

»Agrestius«, wiederholte sie und lächelte durch den Tränenschleier hindurch, »nein, es geht ihm gut. Er hat ...«, sie stockte, »... einen Boten geschickt«, erklärte sie schließlich langsam.

»Mit was für einer Botschaft?«, fragte ich.

»Columbas Gefährtin, unser Bruder Atala ist tot.« Wieder verschluckte sie ihre Tränen. »Sie sagen, die Umstände sind nicht geklärt. Aber wir wissen, wie schwer es Atala in letzter

Zeit hatte. Die Streitereien im langobardischen Königshaus haben ihr das Leben als Abt von Ebovium immer schwerer gemacht. Und stets war sie gezwungen, das Geheimnis zu hüten, eine Frau zu sein. Allein der irische Kreis um sie herum wusste davon und ich. Doch der Kreis war klein und die Revolte in der Coenobie gegen die Regeln von Meister Columba wuchs seit dessen Tod von Tag zu Tag. Diese unerbittlichen Aufstände fordern ihre Opfer.« Sie sah mich an und ihr Ausdruck, der alle Ungeheuerlichkeiten dieser Welt zu enthalten schien, flößte mir Angst ein. »Es sind plötzliche und ungeklärte Todesfälle unserer treuen Brüder.« Erneut stiegen ihr die Tränen in die Augen. »Wer weiß, was sie mit Atala gemacht haben ...«

Ich zuckte zusammen. Wieder einmal kamen die engen Verbindungen zum Königshaus in Mailand zur Sprache. Zu den Langobarden. Dort, wo Pilo sich aufhielt.

»Was meinst du damit?«, fragte ich.

»Atalas Tod liegt zu nah an dem von Theodelinda, als dass es Zufall sein kann. Kaum war der Schutz der Königin entfallen«, hörte ich Fara jetzt sagen, »haben Atalas Gegner die Gelegenheit genutzt und sie aus dem Weg geräumt. Ich bin mir sicher, Eustasius steckt dahinter. Atala kannte Eustasius und seinen zweifelhaften Charakter. Sie wusste von seinem Verbrechen an einer ihrer Gefährtinnen.«

Ich suchte nach Worten des Trostes und dachte an die Synode, von der wir uns alle neuen Rückhalt für Columbas Mission erhofften.

Es war Meddyg, der uns entgegenkam, als wir zurück zur Coenobie liefen. Seine gebeugte Haltung und seine zögerlichen Schritte verhießen nichts Gutes. Als er näher kam, erkannte ich, dass seine Mundwinkel herabhingen und seine Augenlider ohne Unterlass zwinkerten.

Zuerst dachte ich, der Tod von Atala sei der Grund für seine Niedergeschlagenheit. Doch es sollte nicht der einzige sein.

Er legte Fara den Arm um die Schultern und sagte, leider hätte er schlechte Nachrichten. Sie kämen von einem Boten aus Mâcon.

Wir saßen auf dem Baumstamm, dessen Zustand erkennen ließ, dass die Kraft des Windes ihn schon vor langer Zeit zu Boden gestreckt hatte. Seine Äste und Blätter waren verdorrt. Doch den liegenden Stamm umwickelte weiches Moos und wachstumsfreudiges Efeu.

Meddyg setzte sich neben Fara und reichte ihr den Trinkschlauch mit den Worten, der Inhalt würde sie beruhigen. Dann eröffnete er, Warnachar, der Majordomus von Burgund, sei tot. Er sei vergiftet worden. Wir müssten jetzt stark sein. Eine erneute Zusammenkunft mit Gall, der vom Lacus Brigantiae käme, und dem Königssohn Oswald aus Britannien sowie mit Amatus und Romarich von der Villa Habendum würde anstehen, um das weitere Vorgehen zu besprechen. Auch Bischof Abelenus käme aus Metz angereist. Es ginge nicht nur um die Synode von Mâcon und um die Coenobien, sondern nach Theodelindas Tod auch um die weitreichenden Folgen für viele Menschen in ganz Europa. Schließlich sei die langobardische Königin die einflussreichste Vermittlerin zwischen ihnen und dem römischen Stuhl gewesen.

Meddyg begleitete Fara zurück zur Coenobie. Sie packten umgehend ihre Habseligkeiten zusammen und reisten ab. Wie immer wurde der Ort der Zusammenkunft geheim gehalten.

Ich blieb zurück, um die Beeren zu sammeln. Es tat meinen schwermütigen Gedanken gut, denn nach den Hiobsbotschaften suchte ich nach Ruhe. Ich sortierte die kleinen roten Früchte nach gut und schlecht. Wie meine Gedanken. Nur die guten Gedanken würden Licht in mein Leben bringen, etwa die Vorstellung, dass ich die Beeren unter den Waisenkindern verteilen würde, die jetzt in dem neu gebauten Langhaus von Eboriacum untergebracht waren.

Virgil stand plötzlich vor mir wie ein Magier, ein Zauberer, ein Mann aus einer anderen Welt. Er war nach unserem letzten Gespräch für einige Tage verschwunden, wie üblich, ohne zu hinterlassen, wo er hinging und wann er zurückkäme. Es schien mir eine Ewigkeit her, seit ich die Augen, die Grübchen, die langen Locken, die in aller Wildheit ihre Ordnung fanden, zuletzt gesehen hatte. Doch sein Anblick allein konnte mich nicht alles vergessen lassen.

»Du bist genauso niedergeschlagen wie ich. Schon wieder haben sie uns zurückgelassen. Aber diesmal werden wir ihnen nicht nachreisen. Wir werden uns etwas anderes überlegen. Also sei nicht traurig. Sie haben eine schwere Aufgabe zu lösen und wir werden ihnen aus der Ferne dabei helfen. Sie müssen sich der jetzt drängenden Probleme annehmen. Wir hingegen suchen nach der Beantwortung der Fragen, die unser Universum und den ewigen Frieden betreffen.«

Erneut zog er mich mit seinen großartigen Plänen aus der Dunkelheit ans Licht und meine Melancholie löste sich auf wie Morgennebel in der aufgehenden Sonne. Die Energie kehrte zurück.

»Weißt du, was zu ihren großen Fehlern gehört?«, überlegte er und ich blickte ihn fragend an. »Sie klauen Meinungen und vernichten sie. Dabei ist die Vielfalt der Gewächse, die sich Meinungen nennen, wichtig. So wichtig wie die Vielfalt der Früchte, die uns die Natur zur Verfügung stellt.« Er klaute eine Beere aus meinem Beutel, und nachdem er sie in den Mund gesteckt hatte, fuhr er genüsslich kauend fort: »Manche mögen vergiftet sein. Aber wir müssen eben lernen, die vergifteten von den nahrhaften und süßen Beeren zu unterscheiden. Wenn sie dem Volk nur verdorbenes oder vergiftetes Obst reichen, lernen die Menschen nichts über heilende Früchte. Verstehst du, was ich meine? Sie verderben sich den Magen, leiden. Manche sterben ... weil das Gift sie tötet.«

Selbstverständlich verstand ich, was er meinte. Ich musste ihn nur ansehen, und meine Seele verfing sich hoffnungslos in der seinen. Das Gefühl jedoch war nicht das einer Gefangenen. Es war erhebend, es befreite, es verlieh Flügel, zumindest für den Moment. Zumindest solange er hier neben mir stand.

»Weißt du«, fragte ich ihn, während wir zurück zur Coenobie liefen, »warum es dem Menschen so schwerfällt, die Schönheit der Welt zu erfassen und die Augen auf das Gute im Leben zu richten?«

Er betrachtete mich aufmerksam. Jedes Mal, wenn es mir gelang, den vielen Bildern in seinem Kopf noch mehr Formen, Farben und Bedeutungen zu geben, bereicherte es gleichermaßen mein eigenes Königreich.

Durch seinen gespannten Blick beflügelt, beantwortete ich meine Frage selbst. »Ich glaube, es ist die Angst. Wir müssen die Angst bezwingen, die uns Menschen beherrscht. Die Angst, die den Menschen vor den heidnischen Schriften eingeflößt wird, vor den Göttern, vor dem Gericht, vor der Hölle. Die Angst vor dem Tod. Es ist ein Fehler, Ängste zu schüren. Daraus erwächst nur das Böse. Wir aber wollen das Gute fördern, mehr Licht in die Menschen hineinlassen. Wir müssen ihnen vom Kreislauf des Lebens berichten, in den wir mit dem Leben und dem Tod und dem neuerlichen Leben eintreten. Wenn wir unseren Waisenkindern die süßen Früchte und heilenden Kräuter geben, lernen sie den Reichtum unserer Erde ...«

Ich sprach den Satz nicht zu Ende, denn der Boden vibrierte und ein zunehmend lautes Getrommel war zu vernehmen. Als wir uns umsahen, erblickten wir in der Ferne eine bewegte Masse, die gleich einem bedrohlichen Ungetüm, gehüllt in eine mächtige Staubwolke, auf uns zurollte. Erschrocken und erstaunt traten wir zur Seite. Bald entpuppte sich das Ungetüm als eine galoppierende Reiterschar, die auf Eboriacum zuhielt. An der Spitze ritt ein Mann in einem auffallend roten Mantel. Der Umhang glänzte wie Blut im Sonnenlicht und blendete mich beinahe. Erhaben und aufrecht galoppierte er an uns vorbei.

Ich glaubte meinen Augen nicht zu trauen. »War das Donatus?«, fragte ich ungläubig. »Sah er uns nicht, oder wollte er uns nicht sehen?«

Virgil holte tief Luft. »Er trug einen Mantel aus Seta. Kannst du dir das vorstellen? Aus Seta«, wiederholte er ungläubig. »Weißt du, welchen Weg dieser Stoff zurückgelegt hat, durch wie viele Sklavenhände er gereicht wurde, bis er Donatus' unwürdigen Körper umhüllen konnte? Seta kommt aus einer anderen, aus einer fremden Welt. Jahreskreisläufe von uns entfernt. Du hast keine Vorstellung, wie viele Waisenkinder, Arme, Kranke und Hungernde wir von den Kosten des Mantels ernähren könnten.«

Inzwischen waren auch wir an der Pforte zu Eboriacum angekommen. Donatus ersuchte um Einlass. Der Pförtner verweigerte ihm den Zutritt. Wir hörten Donatus zürnen, als Bischof von Vesontio hätte er das Recht, eingelassen zu werden. Der Pförtner, der groß und stark wie ein Bär war, antwortete ruhig, dass die Äbtissin verboten hätte, Unbekannten die Pforten zu öffnen. Donatus forderte, Fara zu sprechen, und als er hörte, dass weder sie noch Meddyg noch sonst jemand, den er nannte, zu sprechen seien, verlangte er nach der Preisgabe von deren Aufenthaltsorten. Der Pförtner gab keine Antwort. Donatus' Wut wuchs und die Farbe seines Gesichts glich mehr und mehr der seines Mantels. Schließlich schenkte er uns seine Aufmerksamkeit:

»Virgil und Friede ...« Das Zucken seiner Mundwinkel verriet das Unstete seiner Seele und seines Geistes, wie sie unsicher zwischen Unterwürfigkeit und Aufbäumen hin- und herschwankten.

Er forderte uns auf zu bestätigen, wer er sei, und Fara zu benachrichtigen, dass er sie dringend sprechen wolle. Hoch zu Ross, in seinem roten Mantel, sah er mächtig aus und flößte mir mit der Tiefe seiner Stimme tatsächlich Ehrfurcht ein. Doch Virgil ließ sich nicht beeindrucken. Er kannte Donatus schon zu lange und blickte in dessen Inneres. Er sah die Verzweiflung. Er wusste um das Herz des Donatus, das unausgeglichen hämmerte, mit aller Macht nach Befreiung aus den selbst errichteten Mauern suchte und dabei das Heiligtum, in dem es schlug, selbst zerstörte. Virgil sprach Dinge aus, die mir nie in den Sinn gekommen wären. Er traf Donatus, den frisch ernannten Bischof von Vesontio, mit Worten, die diesen sichtlich aus der Fassung brachten. Jeder Satz ließ die Zerrüttung von Donatus' Seele hinter seinen maskenhaften Zügen offenkundig werden. Hatte er Angst? Wovor? Vor Eustasius? Vor der Hölle? Beinahe hatte ich Mitleid mit ihm.

»Donatus«, hörte ich Virgil jetzt beschwörend sagen, »was machst du mit deinen Gedanken? Wo ist ihre Freiheit? Warum lässt du sie einkerkern? Du hast an den Brustwarzen der Weisheit gesaugt. Du bist in die Schule der Wahrheit gegangen und jetzt gibst du dich all diesen Irrtümern hin?«

Virgil redete wie ein Sturzbach, der über felsige Abgründe strömte: »Wir alle und auch du wurden von Columba entflammt für eine gelehrsame Zukunft. Und jetzt ist es unsere Aufgabe, das Feuer zu schüren. Du hüllst dich in einen Mantel in einer feurigen Farbe. So wie alle, die ihre Macht durch Äußerlichkeiten demonstrieren müssen. Warum tust du das, Donatus? Wegen Eustasius? Glaubst du ihm? Glaubst du an seine Mission der Vernichtung von Jahrtausende altem Wissen und Philosophien? Befürwortest du die Unterdrückung der Frau? Willst du tatsächlich deine Mutter, die dich geboren hat, und deine Schwester hinter Mauern einsperren? – Ist deine innere Flamme völlig erloschen? Ist dein freies Denken, dein Verstand, in die Gefangenschaft von Eustasius geraten?«

Kaum hatte Virgil dessen Mutter erwähnt, erwachte das Gesicht von Donatus aus seiner Starre wie ein Toter zum Leben. Er kniff die Augen zusammen, öffnete seinen Mund zu einem Kampfschrei, hob die freie Hand gen Himmel, gab seinem Tier die spitzen Sporen, wendete es und preschte davon, gefolgt von seinen Untergebenen.

»Man sagt, er war schon immer ein schlechter Schüler. Er konnte nie umfassende Schriften so umwandeln, dass sie einfach zu verstehen waren, und umgekehrt schon gar nicht. Ein wenig begabter Mensch wie er ist des heiligen Wissens nicht würdig. Möge er von seinem Ross fallen und sich den Hals brechen.«

Es verging einige Zeit, die wir mit eingehenden Nachforschungen zu den mysteriösen Begebenheiten unter dem Decknamen Mauricius verbrachten. Außerdem kamen wir unseren täglichen und nächtlichen Aufgaben der Krankenpflege, Feldarbeit, des Wäschenähens und -waschens sowie den Ritualen des Singens und Meditierens nach. Nachrichten über die Vorgänge, welche die Synode von Mâcon betrafen und welche wir mit großer Anspannung erwarteten, erreichten uns nicht. Dann endlich sahen wir in der Ferne Fara und Meddyg auf ihren herangaloppierenden Pferden. Ich wusch Fara die Füße. Die Erschöpfung war ihr ins Gesicht geschrieben und beim gemeinsamen Singen klang ihre wunderbare Stimme müde. Regentropfen prasselten auf die Blätter der Eiche, die schützend ihre Arme über unsere Gemeinschaft hielt, und fielen von dort auf den schlammigen Boden. Nach dem Singen nahmen wir im Langhaus das gemeinsame Mahl ein und danach gab Fara mir das Zeichen, ihr zu folgen. Da alles, was Agrestius und die Synode betraf, unter dem Deckmantel größter Verschwiegenheit behandelt wurde, fühlte ich den Stolz, den ich eigentlich unterdrücken sollte, und die Ehre, von Fara ins Vertrauen gezogen zu werden.

Sie schloss die kleine Holztür und die Dunkelheit der kreisrunden Hütte mit der winzigen Lichtöffnung umschloss uns.

»Es ist hier wie in einem Bienenkorb«, begann sie gefasst und setzte sich auf einen Schemel. »Die Königin trägt die Verantwortung für den Fortbestand ihres Bienenvolkes. Die Bienen ihres Stockes, die männlich und weiblich sind, helfen ihr dabei, denn sie fliegen aus und durch die Lüfte, finden immer wieder zurück und bringen den Nektar, die gesammelte Nahrung in den Bienenkorb. Der Honig, den sie gemeinsam daraus erschaffen, beinhaltet unglaubliche Wirkstoffe, die ihnen vom Kosmos zur Verfügung gestellt werden. Der goldene Saft ist wie eine heilige Botschaft. Er dient nicht allein dem Menschen, sondern auch dem Bären und vielen anderen Wesen als Nahrungs- und Heilmittel. – Setz dich«, forderte sie mich auf und wies mir den freien Schemel zu. »Die Welt ist sehr krank«, fuhr sie fort. »Die heiligen Botschaften werden vergiftet. Vor Morden wird nicht zurückgeschreckt. – Weiß du, warum ich dir all das erzähle, Friede?«

»Vielleicht«, nickte ich.

Fara lächelte aus ihren müden Augen.

»Du hast schon viele Prüfungen bestanden. Einige haben wir dir auferlegt, ohne dass du es gemerkt hast. Andere hast du durch Studieren und Lernen hervorragend bestanden. Wir vertrauen dir, Friede. Demnächst wirst du weitere Weihen empfangen. Doch jetzt berichte ich dir von unserer Versammlung.« Sie füllte zwei Becher mit Bier und reichte mir einen davon. Wir tranken, und sie fuhr fort: »Bischof Abelenus von Genf, der den Vorsitz der Synode von Mâcon führen sollte, erschien zu unserer Versammlung nicht. – Wir haben vergeblich auf ihn gewartet. Auch er ist«, sie blickte zu Boden und schluckte mehrmals, »plötzlich und unerwartet gestorben.« Dann brachen die Tränen aus ihr heraus. Sie flüsterte mit geballten Fäusten und verengten Augen: »Wir sind uns sicher, sie haben auch ihn umgebracht.«

»Was?«, rief ich ungläubig. Mehr brachte ich nicht hervor. Ich saß da wie versteinert. Vorsichtig fasste ich nach Faras Hand. Sie überließ sie mir bereitwillig und ich drückte sie fest.

»Sie haben einen neuen Vorsitzenden für die Synode auserkoren: Treticus von Lyon. Er ist Agrestius feindlich gesinnt.«

»Und jetzt?«, wagte ich kaum zu fragen.

Durch ihren Tränenschleier sah sie mich hoffnungsvoll an und lächelte: »Agrestius ist ein Kämpfer. Aber ich habe große

Angst um ihn. – Sie scheuen vor nichts zurück.« Sie trocknete sich die Wangen. »Wir haben einen Plan ausgearbeitet. Agrestius wird unbedeutende Anklagepunkte hervorbringen. Dinge, die Eustasius nicht schaden. Das wird Eustasius besänftigen.«

An einem geheimen Ort in der Nähe der Villa Habendum

Die Bären

Wir feierten den versöhnlichen Ausgang der Synode mit einem großen Fest direkt unter dem Himmelsgewölbe an einem geheimen Ort in der Nähe der Villa Habendum. Bruder Amatus und Bruder Romarich hatten die Coenobie zusammen mit Romarichs Tochter Caecilia wenige Jahre zuvor nach den Regeln Columbas gegründet. König Clothar, der sich zwar aus den internen Streitereien von Luxovium heraushielt, unterstützte dennoch Columbas Mission und hatte ihnen die Ländereien zur Verfügung gestellt. Viele Frauen, die sich unter Abt Eustasius in Luxovium nicht mehr wohlfühlten, suchten hier Zuflucht.

Von Eboriacum aus waren wir mit dem Wagen mehrere Tage unterwegs, um zum Fuße des Berges zu gelangen. Von dort aus folgten wir den hinterlassenen Zeichen und erreichten das Plateau mitten im Wald. Die Vorbereitungen für das Fest waren bereits in vollem Gange. Zu meiner großen Freude war auch Gall zusammen mit Bischof Johannes von Constanzia angereist. Die Zeremonien begannen mit ausgiebigen Meditationen. Sie galten unseren von der langen Reise erschöpften Körpern. Auch der Geist sollte sich erholen und auf die folgenden Feierlichkeiten vorbereiten. Als die Abendsonne den Himmel rot färbte, die Erde berührte und die Dämmerung hervorrief, gedachten wir der Seelen von Columba, Atala, Theodelinda, Adaloald, außerdem von Warnachar und Abelenus. Sie alle hatten auf Erden den Kampf für die Menschlichkeit geführt und dafür gelitten. Ich erfuhr, dass ihre Seelen jetzt in der Ewigkeit und im Paradies waren. Denn je mehr man im diesseitigen Leben für das Gute und für die Verbreitung der guten Botschaften des Chi Rho und des einen Gottes litt, desto glücklicher wurde das ewige Dasein im

Paradies. Diese Vorstellung war auch mir ein Trost und ich hoffte, eines Tages dort auf die Seelen meiner Mammä und meiner Geschwister zu treffen. Die Seelen der Norne und des Vaters würden dort wohl keinen Einlass finden, befürchtete ich.

In den großen muldenförmigen Vertiefungen des Gesteins loderten Feuer mit Kesseln darüber. Bier brodelte darin und Fische wurden in der Glut gebraten. Wir nahmen Platz auf unseren Schemeln. Es waren genau dreizehn, die um einen großen runden Holzstamm gruppiert waren. Ein Schemel blieb leer. Virgil und ich saßen nebeneinander. Es war für uns das erste Mal, dass wir an der Runde teilnehmen durften. Im Anschluss an die heiligen Rituale, zu denen auch das gemeinsame Mahl gehörte, kam die Sprache auf den Verlauf der Synode.

Bischof Arnulf von Metz, der zusammen mit Agrestius angereist war, ergriff das Wort und berichtete von den hitzigen Auseinandersetzungen, ja sogar Handgreiflichkeiten beider Parteien.

»Nach den mysteriösen Todesfällen zu Beginn der Synode war die Stimmung aufs Äußerste aufgeheizt.« Während er die Worte sprach, vertiefte sich die Sorgenfalte auf seiner Stirn. »Der Vorsitzende Treticus von Lyon gehört zu denen, die euch Iren als Fornicatores bezeichnen, als irrgläubige Hurenböcke. Er ist gefürchtet und gefährlich für uns. Daher beschlossen wir, wie ihr wisst, Eustasius nicht in die Enge zu treiben. Wir klagten ihn noch nicht einmal an, sondern stellten ihm harmlose Fragen. – Du warst großartig, Agrestius.« Arnulf wendete sich dem Bruder zu und erhob seinen Becher mit dem Bier. Wir alle taten es ihm gleich.

»Wie lauteten die Anklagepunkte?«, fragte Virgil laut und deutlich. In dieser ehrenvollen Runde wagte ich es nicht, den Mund aufzutun, ohne gefragt zu werden. Virgil sprach mit ruhiger, fester Stimme.

Bischof Arnulf lächelte ihm freundlich zu.

»Sowohl Treticus als auch Eustasius waren überrascht, als Agrestius fragte: *Darf man es als häretisch bezeichnen, wenn ein Mönch vor dem Essen das Kreuzeszeichen über dem Löffel macht?*«

»Was für eine lächerliche Frage«, wunderte sich Fara. »Jeder von uns macht das Kreuzeszeichen über dem Löffel.«

»So ist es«, bestätigte Agrestius. »Alle Fragen waren absichtlich von großer Belanglosigkeit.«

»Aber wir haben unser Ziel erreicht. Eustasius hat die Exkommunikation und die Verbannung aufgehoben, Agrestius umarmt und sie haben zur Versöhnung den Bruderkuss ausgetauscht«, teilte uns Arnulf mit. Ich hörte, wie er leise ergänzte, Eustasius hätte ihnen jedoch mit auf den Weg gegeben, dass Agrestius in einem Jahr nochmal vor einem Tribunal erscheinen solle. – Dann aber sei es das Göttliche. Bei dem Gedanken, dass es nur ein vorgetäuschter Friede sein mochte, wurde mir heiß und kalt zugleich.

Das Sternenmeer breitete sich über unseren Köpfen aus. Wir standen auf und untermalten mit unserem Gesang, mit den Trommeln, Saiteninstrumenten und Flöten das Lichterspiel des funkelnden Himmelsgewölbes. Das große Bild des Universums, welches das heilige Wissen umfasste und die Weisheiten, die es zu hüten galt, durfte niemals aus den Augen verloren werden. Wir huldigten dem höchsten Gott ohne Namen. Er sei unsichtbar und nur mit dem Verstand wahrnehmbar. Seine Macht, so lernte ich in jener Nacht, sei nur mit dem Geist zu erahnen. Es gäbe nichts Vollkommeneres als den einen Gott. Er sei ohne Anfang und ohne Ende. Bei den letzten Worten fiel es mir wie Schuppen von den Augen: Die Midgardschlange war ohne Anfang und ohne Ende. Sie umfasste den Weltenkreis, ja den Kosmos. Auch sie war unsichtbar. Es war eine Frage der Deutung eines Wortes, der Buchstaben, der Zeichen. – Das hatte mich Virgil gelehrt. Gott oder Midgardschlange, beide umkreisten unsichtbar das Universum und umfassten die Vergangenheit, die Zukunft und die Ewigkeit. Warum war ich nicht schon früher auf diese Gemeinsamkeiten gekommen?

Die Botschaften des Menschensohns würden uns dem höchsten Gott näher bringen, erklärte Gall weiter. Selbstverständlich würde die menschliche Seele den Wechselfällen des Lebens unterliegen und das Böse überall lauern. Doch Wissen und Klugheit würden vor Verlockungen und Gefahren schützen.

Die Zeremonie nahm ihren Lauf, und Virgils und meine Weihen in weitere Grade waren ein Teil davon. Unser Wissensdurst, Mut, die Gelehrsamkeit, Verschwiegenheit, Brüderlichkeit und weitere Tugenden wurden hervorgehoben. Fara hielt die Laudatio auf Virgil. Er sei ein mutiger Krieger. Seine Waffen seien die Worte. Sein Schutzschild bestünde aus der Beredsamkeit. Seine Zunge sei scharf wie ein Schwert. Er hätte eine besondere Gabe, Zeichen und Buchstaben, Worte und Gleichnisse zu deuten. Und er hätte sich eine Gefährtin an seine Seite genommen, sie eingewiesen und ebenbürtig an der Entschlüsselung des Rätsels um *MAURICIUS* teilhaben lassen. Sie forderte Virgil auf, das, was wir herausgefunden hatten, vorzutragen.

Virgil stand auf, schüttelte seine Lockenpracht zurecht und setzte sein schelmisches Lächeln auf. Stolz verkündete er:

»Mauricius hat nie gelebt. Er ist kein Mensch. Mauricius und seine Thebäer stehen für die Wissensträger, für Ereignisse, Eigenschaften und Tugenden. MAURICIUS ist der Deckname für ein grausames Massaker, von dem uns ein Glockenträger, Theodul von Octodurum, berichtet. Die Glocke ist der Hinweis, dass er mit uns Iren«, Virgil sah zu Gall, »damit aber auch mit uns allen«, er ließ seinen Blick durch die Runde gleiten, »verbündet ist. Bei dem grausamen Massaker wurden Wissensträger und ihre Anhänger ermordet. – Es hat nicht in Acaunum stattgefunden. Friede und ich vermuten, dass auch Acaunum als Symbol zu deuten ist. Es ist die Sprache der Einheimischen und bedeutet Stein, Fels. Auf Griechisch bedeutet Stein πέτρα, petra oder πέτρος, petros, Petrus. Wir schließen daraus, dass das Ereignis, die Gräueltat an den Wissensträgern, mit dem Pontifex

Maximus, dem Nachfolger Petri, in Verbindung zu bringen ist. In MAURICIUS versteckt sich MAURISIUS und darin URSUS, der Bär. Ein kleiner Zischlaut macht den Unterschied. Und jetzt kommen wir zur Lösung. – Friede …«, er sah mich an und zwinkerte mir aufmunternd zu, »jetzt bist du dran, das zu enthüllen, was wir entschlüsselt haben.«

Ich wurde puterrot, rieb mir aufgeregt die Hände. Ich sollte tatsächlich Gall, Fara, Agrestius, Amatus, Oswald und all den anderen die vergessene Geschichte vortragen? Ich stand auf, warf den Kopf zurück, um mein Haar in die richtige Lage zu bringen, so wie Virgil es mir vorgemacht hatte, holte tief Luft und begann zu reden:

»Es ging um die Wahl des Bischofs von Rom im Jahre 366. Ursus, auch genannt Ursicinus, ein gebildeter Diakon, ein Priester mit all dem heiligen Wissen, hatte sich am anderen Ufer des Tibers die Herzen der einfachen Menschen erobert. Er pflegte die Armen und Kranken, und sein Wissen über die Zusammenhänge von Mikrokosmos und Makrokosmos und über die Heilkraft der Pflanzen ließ seine Heilkunst wie ein Wunder erscheinen. Doch er erklärte, er sei nur ein Handlanger der Schöpfung des höchsten Gottes. Die Menschen haben sich um ihn geschart, um ihn zu hören. – Auf der gegenüberliegenden Seite des Tiberufers jedoch predigte Damasus. Ein Mann, der in den Kreisen der römischen Aristokraten, der edlen Damen und reichen Machthaber verkehrte. Die Damenwelt umgarnte ihn, und er ließ sich von ihnen Geld zustecken, mit dem er den Stadtpräfekten und weitere Männer in hohen Positionen bestach. Mit zusätzlichen Intrigen und Ämterversprechungen gelang es ihm schließlich, die umstrittene Wahl für sich zu entscheiden. Aber das war nicht alles. Ein Massaker ereignete sich, für das Damasus Gladiatoren und andere Kämpfer angeheuert hatte. Es heißt, in den Straßen und an heiligen Stätten wäre unentwegt Blut geflossen. Ort des Gemetzels, an dem die Christen ermordet wurden, war die heilige Quelle auf der Seite des Tibers, auf der die Anhänger von Ursicinus lebten. Dort, wo Brig verehrt wurde, im nach Ursicinus benannten Sicininum, ließ Damasus die Anhänger der Wissensträger, auch genannt Thebäer, ermorden. Kaum an der Macht, propagierte er die Vormachtstellung des Bischofs von Rom über alle Bischöfe Europas. Außerdem verteufelte er die Fruchtbarkeit und leistete einen erheblichen Beitrag zur Unterdrückung des weiblichen Geschlechts. Hinzu kam, dass Damasus auch den Stadtpräfekten bestach, woraufhin dieser Ursicinus ins Exil schickte. Ursicinus und seine Anhänger kämpften weiter für die Wahrheit. Er war einer von uns, er war offen für Andersgläubige. Für Arianer, aber auch für Juden. Wie uns allen ging es ihm um die Menschlichkeit.«

Mein Redefluss kam zum Ende. Ich blickte in die Runde. Alle schwiegen. Das Feuer knisterte. Sie alle waren nur schemenhaft zu erkennen. Doch das Licht der Flammen tanzte auf den Gesichtern, und wie bei kostbar verzierten Gefäßen funkelten immer wieder Teile davon, mal die Münder, dann die Nasen, die Augen oder die Ohren.

Virgil stand auf und fügte hinzu:

»Damasus hatte die Unterstützung der römischen Aristokraten. Er und seine Anhänger feierten Petrus und Paulus als apostolische Gründer Roms und ersetzten durch sie den heidnischen Mythos um Romulus und Remus. Die Erinnerung daran, dass beide ihr Martyrium in Rom erlitten, sollte dazu dienen, die Führungsrolle des römischen Bischofs, des Pontifex Maximus, über alle christlichen Kirchen auszubauen. Das Volk wurde über die tatsächlichen Begebenheiten getäuscht, und Damasus hatte einfaches Spiel. Systematisch beeinflusste er die Bewohner Roms mit seinen Inschriften, die stets auch seinen Namen hochhielten. Außerdem beeindruckte er das Volk mit seinen monumentalen Kirchenbauten. Auslegungen des Christentums, die nicht in seinem Sinne waren, wurden als Irrglauben verurteilt.«

Gall stand auf, nahm seinen Baculum und steckte ihn neben sich in den Waldboden. Jetzt ergriff der Meister das Wort:

»Der Mythos um Ursicinus ist noch lange nicht zu Ende.« Stolz strich er sich über den kahlen Vorderkopf und fuhr fort:

»Wir vermuten, dass Ursicinus von unseren Inseln kam. Seine Anhänger waren in Europa verteilt, in Gallien, Mailand und Köln. Er war es wohl, der Theodul die Glocke überreichte.«

»Stellt euch vor«, malte sich Virgil aus, »einer von uns wäre der Bischof von Rom geworden. Welchen Verlauf hätte die Weltgeschichte wohl genommen?«

Agrestius blickte verstimmt. Fara erkannte, dass der Stolz der Iren für Unmut sorgte, und beschwichtigte: »Theodul dagegen war vermutlich ein Römer. Bekannt ist, dass er in Aquileia und in Rom war und sich stets für das Gute einsetzte. Als Römer hatte er es nicht leicht, gegen all die bestechlichen Aristokraten anzukämpfen.«

»In jedem Fall schloss Theodul sich Ursicinus an«, wusste Amatus. Zu meinem Erstaunen gab auch er sein Wissen zum Besten. Offensichtlich waren alle in der Runde in den Mythos um Mauricius eingeweiht. Und für Virgil und mich, das wurde deutlich, war die Entschlüsselung dieser für Europa so bedeutenden Geschehnisse eine wichtige Prüfung.

»Sie zogen gemeinsam mit der Glocke – sie war das Zeichen für die Verbündeten – über die Alpen nach Acaunum«, berichtete Amatus weiter. »Acaunum ist der heilige Ort, dessen Name Fels bedeutet, Matthäus 16, Vers 18. Dort ist der Berg, der einer ägyptischen Pyramide gleicht, und dort verbirgt sich das Felsenheiligtum mit dem heiligen See. Es sind die Symbole, die für das heilige Wissen stehen, in das Mose, Pythagoras und der Menschensohn in Ägypten eingeweiht wurden. Um das Andenken der vielen Kämpfer, ja Märtyrer, die für Ursicinus, für die Menschlichkeit, die Freiheit und als Hüter des heiligen Wissens gestorben sind, zu bewahren, wurden die Begebenheiten unter dem Decknamen MAURICIUS verschlüsselt. Denn alle Chroniken, Berichte und Anklagen, welche die Wahl von

Damasus betrafen, wurden von den korrupten Wahlsiegern vernichtet.«

Gall, der offensichtlich gemerkt hatte, dass sein irischer Stolz unangebracht war, zeigte sich jetzt versöhnlich.

»Es ist unwichtig, wer von unseren Inseln oder aus Rom kommt. Von Bedeutung sind die zuverlässigen Begleiter von Mauricius: die Wahrheit, die Regel, das Glück, der Sieg, das Licht – Verena, Regula, Felix, Victor, Candidus und andere.« Gall stand auf und winkte Virgil und mich zu sich heran. Es folgte eine Laudatio auf mich und wir legten weitere Gelübde ab. Schließlich bekamen wir die Bärenkralle, die an einem Lederband hing, um den Hals gehängt. Feierlich zog Gall seinen Baculum aus dem Waldboden und schwang ihn erneut. Dann legte er ihn zuerst mir und danach Virgil auf die Schultern, mit den Worten:

»Die heilige Lanze, die auch zum Mythos um Mauricius gehört, ist eine Waffe wie das heilige Schwert, das heilige SWORD. Wir schwingen nicht die Waffe, die Menschen tötet, wir schwingen die Waffe ohne das S. – Wir schwingen das heilige *Word*. Denn wir wissen, am Anfang stand das Wort, der Logos, der Verstand. – Und genau das«, fügte er feierlich hinzu, »verkörpert der heilige Gral.«

Im Gedenken an das Vermächtnis des Ursicinus drehten wir uns um und blickten in Richtung Norden. Dort breitete sich das ewig sichtbare Sternenbild des Großen Bären aus.

»Die Geschichte ist noch nicht zu Ende«, unterbrach Oswald die Stille.

Virgil und ich bekamen große Augen. Was wusste der aus seinem Königreich Bernicia auf die heilige Insel Iona verbannte Königssohn über die Geschichte von Mauricius, was wir nicht entdeckt hatten?

»Um den Mythos von MAURICIUS zu verstehen«, Oswald betonte die einzelnen Buchstaben genau so, wie wir es getan hatten, »nenne ich den Namen *Lucius Artorius Castus*.«

Virgil rieb sich die Hände und schluckte aufgeregt.

»Bruder Oswald«, überwand er sich schließlich, »erlaube mir, den Namen zu entschlüsseln.«

Oswald zog die Augenbrauen hoch, nickte dann aber herausfordernd. »Nur zu, Virgil, lass uns hören, was du uns mitzuteilen hast.«

»Lucius Artorius Castus ...«, wiederholte Virgil voller Eifer, »... trägt die Namen, die auch Mauricius begleitet haben: Lucius entspricht *Candidus* und meint hell, weiß, rein. Artorius leitet sich von *Artos* ab. Auf unseren Inseln ist es das Wort für Bär – Ursus *Ursicinus* ... Ursicinus«, wiederholte er und schien sich die Worte auf der Zunge zergehen zu lassen.

»Ein Bär ...«, entfuhr es mir, gleichermaßen überrascht. Was für eine Geschichte, was für ein Mythos, der die Welt und die Zeit umfasst, dachte ich im Stillen.

»... und ... Castus ...«, überlegte Virgil. Zum ersten Mal erlebte ich ihn sprachlos.

»Ich hätte eine Idee«, meldete ich mich vorsichtig, »Castus bedeutet, er war unvoreingenommen. Ein freier Denker, so wie wir es hier sind. Einer, der sich selbst überwand – vielleicht entspricht er Exuperius, der wie Candidus und Ursus zu den Begleitern von Mauricius gehört haben soll.«

»Sehr gut«, lobte Oswald. »Ihr habt euch wirklich tief in die Geschichte hineingearbeitet.«

»Kannst du uns sagen, wann und wo Lucius Artorius lebte, Bruder Oswald?«, fragte ich aufgeregt ob all dieser unglaublichen Enthüllungen.

»Lucius Artorius«, ergriff Agrestius das Wort, »war Praefectus der römischen Legion in Pannonien. Er unterstand dem römischen Kaiser Marc Aurel.«

»Ich weiß ...«, rief Virgil, der sich nun nicht mehr zügeln konnte. Den mahnenden Blick, den Gall ihm zuwarf, übersah er. »Marc Aurel war ein großartiger Mensch mit tiefsinnigen Gedanken. Er lebte im 2. Jahrhundert.«

»Lucius Artorius verbündete sich nach seinem erfolgreichen Feldzug in Pannonien mit den Skythen. – Das steht in den Chroniken. Du kannst es nachlesen, Virgil«, sagte Meddyg mit einem Augenzwinkern.

»Um es kurz zu machen«, brachte sich Oswald ein, »aus Feinden wurden Gefährten und Lucius wurde von den Skythen in das heilige Wissen eingeweiht.«

Vielleicht besteht doch noch Hoffnung für die Christen, dachte ich seufzend.

»Die skythischen Verbündeten begleiteten Lucius mit ihren Familien nach Britannien, denn dort hatten sich schon Vorfahren von ihnen niedergelassen.«

»Druiden«, warf Gall ein.

»Gemeinsam«, nahm Oswald seinen Faden wieder auf, »verteidigten sie die Mauer Hadrians gegen die feindlichen Angriffe.«

»Genau dort ist das Gebiet der Briganten, die sich nach der Göttin Brig benannten«, erklärte Gall und lächelte mir zu. Sein Blick beflügelte meine Vorstellungskraft. Lacus Brigantiae, dachte ich stolz, mein heiliger See, der nach der Göttin benannt ist. Die Gebärmutter des Weltkörpers.

»Sie feierten Lucius wie einen König«, fuhr Gall fort. »Sie nennen ihn jetzt *König Artus*.«

»Das ist unser aller Geschichte«, fasste Fara das Gesagte zusammen. »Unsere Gebräuche haben die gleichen Wurzeln, die von Ägypten nach Pannonien gebracht wurden und sich von dort in ganz Europa ausgebreitet haben. Unsere Vorfahren tauschten sich über den gesamten Weltkörper hinweg aus. Doch das heilige Wissen wurde allzu oft missbraucht. Du weißt inzwischen, Friede, dass wir alle viele Jahre, oder gar unser ganzes Leben, dem Lernen und Lehren widmen. Die Gefahr ist, dass sich Quacksalber und Ignoranten als Kundige oder Auserwählte bezeichnen. Ähnliches geschieht jetzt mit den christlichen Botschaften. Aber wir kämpfen weiter. Das, was uns alle verbindet, sind das freie Denken, die Offenheit und Toleranz, unser Wissen und unser Kampf für das Gute. Es ist unsere Aufgabe, den einfachen Menschen, den Armen, Witwen und Waisen zu helfen. Wir nennen uns Bären, nach dem Großen Bären im Himmel, dem Sternbild, das wir beim Blick in den Norden sehen.«

»Habt ihr die Metamorphosen des Ovid gelesen?«, fragte Virgil aufgeregt. »Es ist die Geschichte vom Sternbild des großen Bären, in der ein Sohn beinahe seine Mutter umbringt ...«

Ein Jahr später

Eboriacum

»Berta«, sagte Fara, »wenn du nicht mehr bei uns leben möchtest, empfehlen wir dir, in das Monasterium zu Bruder Eustasius zu ziehen. Wenn du die Vision hattest, dass der heilige Petrus dich gerufen und dich vor uns, unseren Sitten, Regeln und Gebräuchen gewarnt hat, bist du dort sehr gut aufgehoben. Du wirst unter Frauen leben und kannst dich der Männerwelt entziehen. Das Zölibat ist dort Vorschrift. Doch wir, und das weißt du, Berta, folgen den Worten Columbas: Der Geist muss es wollen, und das heißt, jeder von uns Geweihten hat in unseren Coenobien das Recht zu entscheiden, ob er ehelos leben, eine keusche Ehe führen möchte oder eine Ehe, in der er Kinder zeugt. Unsere Bischöfe sind verheiratet, du weißt das, Berta. Wir glauben nicht an die heilige Jungfräulichkeit. Der höchste Gott hat uns die Fruchtbarkeit und die Zeugungsfähigkeit geschenkt. Zitiere Matthäus 19, die Verse 4 bis 6 und 12, Berta«, forderte Fara die junge Frau auf. Berta schwieg. »Was ist los, Berta? Was steht in den Versen von Matthäus 19? – Nun?«, fragte Fara nach einer Weile und ihr Blick wanderte zu mir. »Dann sag du es uns, Friede.«

»Habt ihr nicht gelesen, dass der, welcher sie schuf, sie von Anfang an als Mann und Frau schuf ... und es werden die zwei ein Fleisch sein – sodass sie nicht mehr zwei sind, sondern ein Fleisch. Was nun Gott zusammengefügt hat, soll der Mensch nicht scheiden.«

»Du weißt«, ergriff Fara wieder das Wort, »wir zwingen niemanden dazu, sein Leben in unserer Coenobie zu verbringen. Doch wer hier wohnt, bindet sich an unsere Regeln. – Wenn du also meinst, du müsstest diejenigen Mädchen in Angst und

Schrecken versetzen, die ihrem Studium nachgehen und sich mit ihren Gefährten, auch jungen Männern, austauschen, wenn du also davon überzeugt bist«, setzte Fara erneut an, »dass du das Recht dazu hättest, ihnen mit der Höllenstrafe zu drohen, falls sie sich verlieben und in Eboriacum mit einem Gefährten zusammenleben und Kinder in die Welt setzen wollen, bist du hier nicht mehr richtig. Wir schließen in Eboriacum weder Frauen noch Männer hinter Mauern ein …«

Berta war eine Verwandte von Donatus. Noch bevor der Onkel Bischof wurde, hatte er das Mädchen in die Obhut von Fara gegeben, in der Absicht, mehr über das Leben in der Coenobie zu erfahren. Stets hatte er großen Einfluss auf Berta ausgeübt und er zog Nutzen daraus, dass ihr das Fasten und Meditieren fernlagen und sie stattdessen das große Bedürfnis hatte zu reden. Die Worte, die sie verlor, dienten meist dazu, über andere herzuziehen. Auch das kam seinem Anliegen entgegen. Seit seinem letzten Besuch, der nun schon einige Zeit zurücklag, fiel Berta immer wieder auf, da sie nach Ausreden suchte, die Schweigezeiten zu durchbrechen und auch andere zum Schwatzen anzustiften. Sie sorgte für Unruhe in der Coenobie, vor allem unter den Mädchen und Frauen, die sich mit Fleiß und Ausdauer dem Studium widmeten. Inzwischen war offensichtlich, dass sie, von Donatus angestachelt, nach Gleichgesinnten suchte, um gegen Fara und die Regeln zu rebellieren.

Eine Wolke legte sich jetzt vor die Sonne, die eben noch durch die kleine Fensteröffnung des Langhauses hindurch geschienen und dem sonst dunklen Raum einen Lichtstrahl geschickt hatte. Der Schatten verdunkelte Bertas Gesicht und ihre arglistigen Züge verkrampften sich. Ihre Augen verengten sich zu kleinen Schlitzen und sie ballte ihre Fäuste.

Am anderen Ende des Langhauses öffnete sich die Tür und gedämpftes Licht fiel ein. Ein Mann stand an der Schwelle. Im Gegenlicht war sein Gesicht zunächst nicht zu erkennen. Doch die Statur war mir vertraut. Es war Meddyg. Lange hatten wir ihn nicht mehr gesehen. Er war stets als Vermittler zwischen der Villa Habendum und Luxovium unterwegs. Auch Agrestius lebte inzwischen in der Villa Habendum und der Streit zwischen ihm und Eustasius entbrannte immer wieder von Neuem und jedes Mal schlug er höhere Flammen.

Als Fara Meddyg erblickte, verstummte sie und wurde kreidebleich. Dann suchte sie den Weg an Berta und mir vorbei zu ihm. Ihr Schritt war unregelmäßig, sie stolperte über einen Schemel, fing sich wieder, blieb mit ihrem Gewand an einem Tisch hängen, und Meddyg fing sie auf, nahm sie in den Arm und führte sie schweigend ins Freie.

»Geh«, schrie ich Berta an und ließ meiner großen Angst vor dem, was ich kommen sah, an ihr aus. »Geh und lass dich hier nicht mehr blicken. Du gehörst nicht zu uns. Du bist keine von uns.«

Berta sah mich entgeistert an. Wie konnte ich es wagen, so mit ihr zu reden, fragte ihr Blick und sie sprach: »Was, wenn der Teufel wirklich kommt und uns minderwertige Frauen in die Hölle zerrt? Was, wenn sie recht haben und wir Frauen tatsächlich die Schuldigen für all das Schlechte in dieser Welt sind? Wenn wir tatsächlich die Einfallspforte des Teufels sind? Ich werde mich von der Schuld freimachen, ein Missgriff der Natur zu sein ...« Während sie die letzten Worte gen Himmel schickte, breitete sie Hilfe suchend die Arme in Richtung des Strohdaches aus. Dann schritt sie an mir vorbei durch das Langhaus zur Tür hinaus. Es war mir egal, wo sie hinging. Meine Gedanken waren bei Fara. Was war passiert? Was hatte Meddyg veranlasst, nach Eboriacum zu kommen? Welche Botschaft hatte er zu überbringen? Meine Hände waren in Schweiß gebadet. Ich befürchtete Schlimmstes.

Fara brach zusammen, als sie erfuhr, dass Agrestius ermordet worden war. Sie wollte allein gelassen werden, und wir alle lebten in großer Sorge um sie. Allein ihre Schwägerin Hilde verbrachte Tag und Nacht bei ihr. Schließlich kamen auch Faras

Brüder, die Bischöfe Chagnoald und Faro, zu uns. Ihren Vater wollte sie nicht sehen.

Zunächst wurde in der Coenobie geheim gehalten, warum Fara krank war. Es hieß, sie hätte Fieber und müsse ruhen. Meddyg war wieder abgereist. Er wurde in der Villa Habendum gebraucht. So erfuhr ich von Virgil, der Meddyg auf der Reise aus der Villa Habendum herbegleitet hatte, dass vermutlich einer der Knechte der Mörder und nun auf der Flucht sei. Sie seien davon überzeugt, dass er bestochen worden war.

Virgil stand jetzt bleich vor mir. Seine Locken waren verwirrter denn je und sein Körper so knochig wie Galls Baculum. Ich nahm seine Hand. Er überließ sie mir, genauso wie er mir all seine Gedanken anvertraute. In all dem Aufruhr bot sich endlich die Gelegenheit für ein vertrauliches Gespräch. Wir hatten uns von der Coenobie entfernt, die seit Faras Erkrankung aus den Fugen zu geraten schien. Die regelmäßigen Zusammenkünfte zum gemeinsamen Singen und zu den Mahlzeiten wurden vernachlässigt. Das Skriptorium und die Bibliothek wurden aus Sicherheitsgründen geschlossen. Überall fehlte ihre fürsorgliche, leitende Hand. Hilde, die die Vertretung eingenommen hatte, war unerfahren und zu sehr mit der Pflege von Fara beschäftigt. Ich half, wo ich konnte.

»Wir haben Agrestius immer wieder gewarnt«, sagte Virgil und schüttelte verzweifelt den Kopf, »er solle sich mit seinen Worten zurückhalten und auf sich aufpassen, denn Eustasius hat das Recht auf seiner Seite.«

»Warum hat er das Recht auf seiner Seite?«, fragte ich, denn ich konnte nicht verstehen, wie man die Ansichten von Agrestius als Unrecht bezeichnen durfte.

»Warum? Weil es die Konzilien so beschlossen haben. Alles, was vom Denken der römischen Kirche abweicht, gilt als Ungehorsam gegen den Staat. Das Christentum ist Staatsreligion und Rom ist der Staat. Der Staat unterstützt die Kirche und verfolgt und vernichtet die Andersgläubigen, zu denen sich

Agrestius auch nach der Synode von Mâcon noch immer offen bekannt hat.«

Die Trauer um den toten Gefährten hatte uns alle ergriffen. Doch als Virgil seinen Kopf so mutlos hängen ließ, erschrak ich zutiefst. Nie zuvor hatte ich ihn so hoffnungslos gesehen.

»Weißt du«, eröffnete er mir nun, »es gab eine Synode in Reims. Es wurden verschärfte Beschlüsse gefasst. Sie wollen unsere Coenobien vernichten. – Hörst du.« Er sah mich wütend an. »Sie wollen sie vernichten«, wiederholte er, »zerstören! – Zölibat, keine Heirat, strenge Trennung zwischen Männern und Frauen, kein Austritt aus dem Monasterium mehr möglich und jeder Schritt vor das Tor nur mit Erlaubnis des Bischofs. Frauen wie Fara, gebildete, geweihte Äbtissinnen, werden die Rechte genommen. Sie werden einem Bischof unterstellt. – Es gibt Momente, da befürchte ich, unser Kampf ist vergebens«, seine Stimme wurde leise, »... und wir müssen uns ihnen fügen ...«

»Virgil!« Ich war entsetzt. »Sollen wir etwa aufgeben? Wir kämpfen für unsere Freiheit und den freien Willen. Wir kämpfen für Mädchen, für Frauen, wie Sadalberga, Fara und all die anderen. Wir unterstellen uns nicht den Autoritäten der Bischöfe und ihrer bestechlichen Handlanger, deren Moral in Lügen ertrinkt. Vergiss nicht ...«, ich suchte unter seinem Gewand nach der Bärenkralle und hielt sie ihm vor seine Augen, »wir sind die Bären! Denke an MAURICIUS, Ursicinus, Lucius Artorius ... Sie und wir sind die geistigen Kriegerinnen und Krieger. Wir haben dem Bösen den Kampf angesagt. Wir kämpfen für das Gute. Das ist unsere Mission. – Außerdem«, strömten meine Worte im Rausch der Gefühle aus meinem Mund wie aus einem gebrochenen Staudamm, »gehören wir wie MAURICIUS, Ursicinus und Lucius zu den Hütern des heiligen Wissens. Wir haben einen Eid geleistet«, beschwor ich ihn eindringlich. »Wir dürfen niemals aufgeben. Das sind wir nicht nur unserem Meister Columba schuldig, sondern auch den großen Weisen, zu denen der Menschensohn gehört, der eine neue Zeitrechnung eingeleitet hat. Buddha, der uns den Weg des Meditierens gewiesen hat, damit das Feuer in uns erwacht und leuchtet. Mose, der mit dem Finger Gottes die Gesetzestafeln geschrieben hat, und nicht zuletzt Hermes-Thot. Er hat die heiligen Schriftzeichen erfunden und verschlüsselt. Denn du und ich, wir haben einst gelernt, dass das heilige Wissen so alt ist wie unsere Schöpfung. Es umfasst sowohl die Magie als auch die Wissenschaft. Wir sind dazu verpflichtet, die Weisheiten an die Würdigen weiterzugeben. Verschlüsselt und mündlich.« Plötzlich fühlte ich mich stark. Denn jetzt war es an mir, uns aus unserer Trauer und Schwermut zu befreien. Mit einem Mal wurde mir bewusst, welche Aufgaben wir zu erfüllen hatten. Auch wenn ich nie die höchsten Weihen empfangen und nie das Amt einer hohen Priesterin einnehmen würde, wollte ich Anteil daran haben, die Welt zum Guten zu verändern.

Erstaunt über meinen Redefluss nahm er mich in den Arm und drückte mich fest an sich. Der Zorn entwich aus seinem Gesicht und durch die Trauer hindurch sah er mich an. Endlich keimte wieder dieses einnehmende Lächeln in ihm auf, und seine Grübchen formten sich. Diesmal war sein Lächeln nicht nur schelmisch, sondern darin verbarg sich auch etwas Geheimnisvolles.

»Es finden sich ...«, sagte er langsam und suchte meine Augen und dann meinen Mund. Zuerst mit seinem Blick, dann mit seinen Lippen. Unsere Münder berührten sich zuerst vorsichtig und zaghaft, dann fester und inniger. Es folgten seine Arme, die sich um meinen Körper legten, und schließlich umschlang ich seinen Hals, den ich endlich fand, nachdem ich mich durch seine langen Locken gekämpft hatte. Es geschah noch ganz anderes mit unseren Gliedern, genauso wie mit unserer Seele und unserem Verstand. Um es zu umschreiben, es war mehr als ein Bruderkuss, der sich daraus ergab. Im Nachhinein wusste ich, dass ich ein Mensch war, noch nicht dazu bereit, mich allein dem geistigen Leben zu widmen. Nachdem wir viele Laute in heftiger Erregung von uns gegeben hatten, beendete Virgil mit einem glücklichen Lächeln den Satz, den er vor einigen Augenblicken und doch vor einer gefühlten Ewigkeit begonnen hatte: »... immer Mittel und Wege ... – Glaubst du wirklich, wir lassen uns unterkriegen? – Fara«, sagte er und da waren sie wieder, sein Mut und seine Zuversicht. »Du weißt es selbst, unser Kampf verlangt Opfer, auch was die Liebe betrifft. Unsere Mission steht über allem. Wir suchen und finden Mittel und Wege weiterzumachen, auch wenn es an der Oberfläche so aussieht, als würden wir uns ergeben. – Es geht weiter. Ich muss zurück zur Villa Habendum.«

Als er die letzten Worte ausgesprochen hatte, begann mein Herz heftig zu klopfen. Ich bekam große Angst und Tränen stiegen in meine Augen. Ich wollte sie vor ihm verbergen, doch es gelang mir nicht. Er wischte sie mit seinem Zeigefinger beiseite und suchte nach tröstenden Worten: »Kennst du die Bedeutung der Tränen des ägyptischen Sonnengottes Re?«

Alles Weitere, was er sagte, ließ mein Weinen zunächst zu einem Rinnsal und schließlich zu einem Sturzbach werden. Wo immer diese im Körper entstanden und gesammelt wurden, es war eine Quelle, die nicht mehr versiegen wollte.

»Seine Tränen sind von großer Bedeutung«, versicherte er mir, »denn der Sonnengott weinte und sie fielen zu Boden. Und weißt du, was dann geschah?« Wieder strich er mir über die Wange und sein Finger war nass, so als hätte die Quelle ihn überspült. »Die Tränen verwandelten sich in Bienen.« Virgil rief die Erinnerungen an unser erstes Zusammentreffen wach. Damals, als wir gemeinsam im heiligen See standen und er die unsichtbare Biene fing, die um meinen Kopf schwirrte. »Sie bauten ihren Bienenstock«, hörte ich ihn jetzt sagen, »und arbeiteten mit den Blüten jeder Pflanze, um Honig und Wachs herzustellen. Die Tränen sind ein göttliches Geschenk, genauso wie der Honig, der dem Wohlergehen der Menschheit dient. Du weißt, warum wir uns den heiligen Insekten verbunden fühlen.«

Ich schluchzte, schluckte und rang nach Worten: »Werden wir uns jemals wiedersehen?«

Er seufzte tief und antwortete: »Wir werden für immer verbunden bleiben.«

Damit verabschiedete er sich. Als ich ihn weggehen sah, wurde ich von einem Zittern ergriffen. Es war plötzlich kalt. Ich fror und fühlte mich einsam und allein.

Ich weiß nicht, wie lange ich noch am Fluss saß. Doch irgendwann erklang die Glocke zum gemeinsamen Singen. Ich lief zur Eiche und wunderte mich, als es hieß, dass die Versammlung im Refektorium stattfinden sollte. Auf dem Weg dorthin sah ich zwei edle Pferde vor dem Stall stehen. Ich erkannte die Wallache von Eustasius und Donatus.

Sie seien gekommen, so sprachen sie abwechselnd im Langhaus zu uns, um Ordnung in der Coenobie zu schaffen, solange Fara krank sei. Es sei ihnen zu Ohren gekommen, dass es in Eboriacum an Zucht fehle. Frauen sollten sich von jetzt an bei der Versammlung auf die eine Seite stellen und Männer auf die andere. Es wurden absolutes Schweigen auferlegt und bei Ungehorsam oder Widerrede bis zu 50 Schläge mit dem Lederriemen angedroht.

Mit Wehmut dachte ich an unser alltägliches Singen, das von Instrumenten und Tänzen begleitet wurde, welche die Harmonien des Universums aufnahmen. So wie ich es zum ersten Mal in den magischen Höhlen von Iburinga erlebt hatte. Doch jetzt standen wir verängstigt vor Eustasius und Donatus und sämtliche Harmonien waren gestört. In gedrückter Stimmung verließen die Menschen nach dem Singen das Refektorium und gingen zurück zu ihrer Arbeit. Ich blieb hinter der Tür stehen, um zu lauschen. Denn ich sah es als meine Pflicht an, Fara über das, was sie besprachen, zu unterrichten.

»Das Weib erdreistet sich, sich keinem Bischof zu unterstellen. Das geht nicht mehr lange so weiter, prophezeie ich dir.« Eustasius lachte verächtlich über Fara, meine Äbtissin, meine Gefährtin.

Dann hörte ich die Stimme von Donatus: »Ihr Vater Chagnerich hat langsam ein Einsehen, dass diese Hurerei nicht so weitergehen kann, und auch ihr Bruder Faro hält nichts davon, dass Weiber regieren. Anders als ihr Bruder Chagnoald, der wie sie alle ein Verräter des Stuhls Petri bleibt. Als Bischof von Lugdunum hat er, Gott sei Dank, keinen nennenswerten Einfluss auf Eboriacum.«

»Mach dir keine Sorgen, Donatus, wir werden alles in die Wege leiten, dass das Weib den Anweisungen unserer Bischöfe Folge leistet und sich der römischen Kirche unterstellt. Und es wird unsere Aufgabe sein, die Coenobie in ein regelkonformes Monasterium umzuwandeln. Es gehört zu unseren Pflichten, die Männer vor der Lüsternheit der Weiber zu schützen. Sie verstoßen schon viel zu lange gegen den Beschluss der Synode von Orleans aus dem Jahr 538. Es fordert die Ehelosigkeit und das Zölibat für Diakone, Bischöfe und ... Äbte. Es gibt immer noch genügend Bischöfe, die verheiratet sind. Sie müssen sich entweder von ihren Weibern trennen oder exkommuniziert werden.«

Ich traute meinen Ohren nicht. Ich war gelähmt, erstarrt, bewegungsunfähig. Dann fühlte ich die Wut, die in mir aufstieg. Ich wollte aufschreien. Und dann wurde mir erneut klar, welch weitreichende Bedeutung unsere Mission hatte. Wie wichtig es war, dass jeder Einzelne von uns Opfer brachte, um die Welt und die Menschheit vor einem großen Irrtum zu bewahren. – Tieropfer waren sinnlos, das hatte ich inzwischen begriffen. Aber vielleicht würde das Opfer unserer Liebe einen kleinen Beitrag zur Rettung des Weltkörpers leisten. Virgil hatte seine Entscheidung getroffen. Es überraschte mich nicht, als ich später hörte, er sei zurück nach Iona gereist, um von dort aus den Kampf weiterzuführen. Ich sollte ihn nie wiedersehen.

Mehrere Jahre später

Eboriacum

In der folgenden Zeit veränderte sich vieles. Nicht nur Eustasius und Donatus, sondern auch Faras Bruder, der Bischof von Meldis, drängten, ja befahlen Fara, Männer und Frauen in ihrer Coenobie nicht nur beim gemeinsamen Singen, sondern auch räumlich zu trennen. Das gemeinsame Leben von Männern und Frauen würde den Konzilsbeschlüssen widersprechen. Die Beschlüsse seien rechtskräftig. Eboriacum würde zu einem Monasterium werden und dem Bischof von Meldis unterstehen. – Bischof Faro würde sie geschwisterlich beraten und stets in ihrem Sinne handeln und entscheiden.

Es sollte sich jedoch herausstellen, dass die Worte von Faras Bruder nur leere Hülsen waren.

Denn was zunächst harmlos erschien, entpuppte sich für uns Frauen als Albtraum. Fara erklärte ihrem Bruder Faro, sie würde selbst die neuen Regeln für die geweihten Mädchen und Frauen verfassen. Doch Bischof Faro untersagte es ihr. Es sei unmöglich, dass eine Frau die Regeln schrieb. Caesarius von Arles hätte einst zuverlässige Regeln für Jungfrauen ersonnen, und an denen würde man sich orientieren. Die Regeln von Caesarius bedeuteten nichts weniger als die Gefangenschaft der geweihten Frauen hinter Klostermauern und die vollkommene Absonderung von der Welt. Fara bäumte sich auf und wehrte sich gegen das Diktat der Männer. Ihr geschwollenes Gesicht und ihr blaues Auge zeugten von der brutalen Antwort. Fara kämpfte weiter für uns und unsere Freiheit. Doch ihr Bruder Faro demütigte sie ohne Unterlass seelisch und körperlich. Wieder wurde sie krank. Die weltlichen Frauen waren vertrieben worden, und wir Geweihten lebten schon bald in dem ummauerten Bereich, der aus einem großen Schlafsaal, dem Refektorium und dem Oratorium bestand und als Klausur bezeichnet wurde. Schließlich einigten sich die Männer darauf, dass wir von nun an nach den Regeln von Donatus leben sollten.

Wir waren eingesperrt und durften keinen Besuch erhalten, weder von den Müttern noch von den weltlichen Schwestern. Allein der Bischof, Faras Bruder und Waldebert von Luxovium – der dort nach dem Tod von Eustasius Abt wurde – hatten Zutritt, ansonsten lediglich Handwerker, die die Umbauten unserer Gebäude vornahmen.

Schon immer wurde viel Wert auf die Schweigezeiten gelegt. Doch jetzt sollte ausschließlich geschwiegen werden, und jedes Wort, das fiel, wurde hart bestraft. Es durfte nicht gesprochen, gelacht und schon gar nicht gefeiert werden. Allein die fleischlichen Gedanken und nächtlichen Visionen sollten wir morgens beichten und laut aussprechen.

Es gab keine Bibliothek und keine Schreibstube. Das Kopieren, Studieren und Lesen von Schriften fand in den Regeln von Donatus keinerlei Erwähnung. Wir wurden dumm gehalten und durften lediglich den Jüngeren ausgewählte Bibelstellen vorlesen. Die Pflege und Aufnahme von Armen, Kranken und Waisen gehörte nicht mehr zu unseren Aufgaben, genauso wenig wie die Feldarbeit oder die Versorgung der Tiere. Denn hierfür hätte der Klausurbereich regelmäßig verlassen werden müssen, und das wurde uns nur in Ausnahmefällen genehmigt. Uns allen war der eigene und freie Wille geraubt. Weder durften wir Gefühle zeigen, am besten erst gar keine empfinden, und alles, was den Körper betraf, sollte unterdrückt werden, von den Schmerzen bis zur Lust. Keine von uns durfte aus Zuneigung oder Trost die Hand der anderen halten. Überhaupt war jegliche körperliche Berührung verboten. Wir alle trugen dasselbe Habit, auch nachts zum Schlafen. Bei Ungehorsam erhielten wir Schläge mit dem Lederriemen oder wurden in eine Zelle eingesperrt. Es wurde als Nächstenliebe ausgelegt, wenn Verfehlungen anderer verraten wurden. Fara hatte die Pflicht, jeglichen Schriftverkehr von der Außenwelt an die Schwestern zu prüfen.

Fara wurde wieder gesund. Sie wusste, wenn sie starb, würde sich niemand mehr für die Mädchen und Frauen ihres Monasteriums einsetzen. Sie erkannte, dass ich mehr und mehr verkümmerte. Ich wurde krank und von Tag zu Tag schwächer. Das Leben hatte hinter den Mauern seinen Sinn für mich verloren. All das Wissen über das Universum, den Kosmos, die Philosophien, über den Menschen, sein Innenleben und seine Heilung, die Armen- und Krankenfürsorge, die Meditationen im Wald, all das, was mich einst erfüllte, war nutzlos geworden. Beten und Schweigen leerten den Tag. Der Kampf war verloren, so schien es mir. Ich war bereit für den Tod, wo auch immer er mich hintragen würde, nach Helheim zu meinen Ahnen, ins Paradies oder in die Hölle.

In den Wäldern von Vesontio/Besançon

Ursanne

Das Blöken, das an meine Ohren drang, hätte von einem Lamm oder einem Bären stammen können. Ich öffnete die Augen und sah das dämmrige Licht, das Grau, die Kanten, Spitzen, Nasen, Augen, Münder, welche die Felsen formten. Ich erwachte in einer Höhle.

»Mädchen«, sagte eine freundliche Stimme, und eine Frau mit langem, weißem Haar beugte sich über mich.

Als ich mich regte, durchzuckte ein heftiger Schmerz meinen Kopf.

Sie drückte mich sanft zurück auf das Fell.

»Du bist nicht von hier. Welche Sprache sprichst du? – Verstehst du mich?«

»Ja«, antwortete ich kraftlos.

»Sie nennen mich Ursanne und wie nennen sie dich?«

»Friede ...«

Sie wiederholte: »Friede. Das ist ein alamannischer Name. Verstehst du tatsächlich jedes meiner Worte?«

»Friede ...«, wiederholte ich vor Schmerz stöhnend, »... bedeutet Pax auf Lateinisch.«

»Hier, trink das. Es wird die Schmerzen lindern und die Geister, die deinen Körper heilen, stärken und anfeuern.«

Ich trank in großen Schlucken. Sie streichelte meinen Kopf und sagte:

»Du sprichst Latein und bist schön wie ein Engel. Wo kommst du her? – Du musst nicht gleich antworten, warte, bis der Trank hilft und sich die Schmerzen zurückziehen.«

Ich schloss die Augen und schlief ein. Es war ein wohltuender, tiefer und schmerzfreier Schlaf.

Am nächsten Morgen ging es mir deutlich besser und ich fühlte, wie die Kräfte in meinen Körper zurückkehrten. Ursanne war da, als ich erwachte. Ich hatte keine Ahnung, wo ich mich befand und wie ich hierhergekommen war.

»Sie haben dich vor meiner Höhle zurückgelassen, Kind. Du warst sehr krank. Wer dich gebracht hat, weiß ich nicht. Sie haben nicht gesprochen und sind sofort weitergefahren.«

Jemand hatte mich hergebracht? Ich staunte. Was war geschehen? Ich suchte danach, meine Erinnerungen wachzurufen.

Ursanne half mir beim Aufstehen und stützte mich, als wir zum Bach neben der Höhle liefen. Sie setzte mich auf einen Stein. Sie half mir beim Entkleiden, wusch mir die Füße und dann den ganzen Körper. Sie sang dabei. Es war der Singsang, den ich kannte, den Fara, Sadalberga, Gall, Virgil, Meddyg, ja wir alle oft angestimmt hatten, und wie von selbst fiel ich in den Gesang mit ein. Tränen rannen mir über die Wangen. Wo war ich? Wo waren sie? Wer war Ursanne?, überlegte ich erneut.

»Du kennst unseren Psalmengesang«, stellte sie nach einer Weile fest. Sie sah mich an und wollte mehr von mir wissen. »Woher kommst du?«, wiederholte sie ihre Frage. Ihre Augen umspielten zahlreiche Fältchen, die auf der Stirn, den Wangen und ihrem Hals zu tiefen Falten wurden. Jede Einzelne verbarg eine kleine Botschaft, ein Gleichnis, eine Geschichte und zusammen ergaben sie den Mythos eines langen Menschenlebens.

Ich überlegte, was ich antworten sollte. Wo kam ich her? Aus Eboriacum? Aus Iburinga?

Ich wählte Eboriacum, da es auch Iburinga einschloss, und Igwja sah ich stets als meine Beschützerin und meine Heimat. Sie war überall und auch hier würde ich sie finden.

Ursanne stand langsam auf, fasste sich an die Ohren, als hätte sie sich verhört. Plötzlich strahlte sie und sagte: »Du bist aus Eboriacum? Dann kennst du Fara, die Meisterin?«

»Ja«, räumte ich vorsichtig ein, »ich kenne Fara.«

»Kein Wunder, dass du so gut Latein sprichst.«

Sie beobachtete mich genau. Das verunsicherte mich.

Wir gingen langsam zurück zur Höhle. Ich erkundigte mich, wie weit wir von Eboriacum entfernt seien. Sie antwortete, sie wisse es nicht, aber die Reise nach Luxovium würde zwei bis drei Tage dauern. Ich überlegte, wie weit es wohl von hier zum Lacus Brigantiae war.

Die Flamme war klein und als sie einen Holzscheit nachlegte, sah ich, dass sie die Bärenkralle um ihren Hals trug.

»Du trägst die Kralle des Bären?«, wunderte ich mich.

»Ja«, sagte sie »ich trage sie auch. – Weißt du, Friede, ich lebe hier als Eremitin. Ich möchte nur dem höchsten Gott und den Naturgöttern dienen. Ich lebe nach den Botschaften des Chi Rho in Einsamkeit, ohne Hab und Gut. Ich faste und lebe wie die Asketen in der Wüste von Ägypten. Sie sind meine Vorbilder. Ich habe zu viel auf diesem Weltkörper gesehen, das mich abgeschreckt hat, und ich prophezeie dir, die Menschheit ist unheilbar krank. Es ist den Menschen nicht zu helfen. Chi Rho hat es gewusst, aber er hat die Hoffnung nie aufgegeben, dass seine Botschaften die richtigen Köpfe erreichen würden, um gemeinsam mit den Auserwählten die Welt und die Menschheit zu retten. Doch die Gelegenheit wurde verpasst.«

Von wandernden Brüdern hatte Ursanne erfahren, dass Eboriacum inzwischen dem Bischof unterstellt und zu einem Kloster mit Klausur für die Geweihten geworden war. Was sie sagte, half mir, mich an meine Erkrankung zu erinnern und daran, dass man mir immer wieder Wasser eingeflößt hatte, und an das heftige Rütteln und Schütteln. Ich musste auf einem Wagen hergebracht worden sein. Langsam wurde mir klar, was geschehen sein mochte. Fara hatte mir die Flucht aus Eboriacum ermöglicht und mich zu Ursanne bringen lassen. Ja, so musste es gewesen sein.

Ich lernte Ursannes Leben in der Einsamkeit kennen und verglich es mit dem meinen einst in der Höhle von Iburinga. Sie besaß kaum mehr als das, was sie am Leib trug. Sie hatte keine Besitztümer, dennoch verfügte sie über den Reichtum der Natur. Und das genügte. Beinahe, denn da waren noch die Bücher und

Schriften, in denen sie las und die sie abschrieb. Ich erfuhr, dass immer wieder Brüder und Schwestern aus den umliegenden Coenobien Schriften mit ihr austauschten.

Sie kam, wie Gall und Virgil, von den Inseln, hatte, wie sie alle, die Heimat verlassen und war zu Columba in die Coenobie nach Luxovium gezogen. Seit der Meister von dort verbannt worden war, lebte sie als Eremitin.

»Du kennst sie also wirklich alle?«, staunte ich. »Auch Meddyg und Sadalberga und ...«, ich wagte den Namen kaum auszusprechen, »... Virgil?«

»Fara hat dich augenscheinlich auserkoren«, erwiderte Ursanne feierlich und ohne auf meine Fragen einzugehen. »Sie hat dich aus der Klausur befreit und hierherbringen lassen, damit du den Kampf weiterführst. Die Mädchen von Eboriacum haben keine Möglichkeit mehr, das universale Wissen zu studieren. Sie werden weder die Sprachen lernen, noch werden ihnen irgendwelche Schriften zugänglich sein. Eboriacum wird als Lehrstätte des universalen Wissens zerstört werden. Frauen wird dort das Denken verboten – und das in Widerspruch zu den Gleichnissen von Chi Rho. Er wollte die Mädchen und Frauen von den Unterdrückungen und Entmündigungen befreien. – Aber was erzähl ich dir, Kind, du weißt das schließlich alles selbst.«

Ich brachte die Schafe und das Schwein zurück in ihre Pferche, während Ursanne, vom Alter und vom Tag ermattet, schlief. Ich zündete die Öllampe an und studierte und las bis spät in die Nacht in ihren Schriften.

Einige Tage später verkündete sie mir, dass es meine Aufgabe sei, das Wissen am Lacus Brigantiae zu verbreiten. Es würden dort Treffen an geheimen, oft unterirdischen Orten stattfinden ...

»Woher weißt du das?«, fragte ich ungläubig und mein Herz begann vor Aufregung heftig zu klopfen.

»Ich habe eine Botschaft erhalten.«

Einige Jahre später

Iburinga

Unsere konspirativen Treffen finden an verschiedenen Orten statt. Zu unserer Mission gehört es, die Erinnerung an die mutigen Vorkämpfer zu bewahren und weiterzugeben. In Chur treffen wir uns an einem geheimen Ort, um Lucius‘ aus Britannien zu gedenken. In der Einsamkeit an der Steinach, in der kleinen Coenobie von Gall, genauso wie in dem unterirdischen Verließ auf dem heiligen Hügel von Konstanz gedenken wir Mauricius‘ und Pelagius‘.

An dieser Stelle erlaube ich mir noch einige Worte zu der bedeutenden Persönlichkeit des Pelagius zu verlieren, der ungefähr zu Zeiten von Ursicinus, dem Gegner von Damasus, lebte. Auch er stammte von den Inseln am Rande der Welt und kämpfte für das Gute im Menschen und sein selbstbestimmtes Handeln. Er lehrte, dass der gute Wille durch Askese und Meditieren zu stärken sei. Er war ein großer Kämpfer für die Freiheit und gegen die Erbsünde. Wegen dieser Lehren wurde er als Häretiker verurteilt.

Die Namen Lucius, Mauricius und Pelagius, von denen wir dem einfachen Volk in ihrer Sprache erzählen, sind inzwischen in aller Munde. Unser Wissen über die Heilung von Kranken und unsere Fürsorge gegenüber den Bedürftigen spricht sich herum. Wir haben sowohl an der Steinach als auch in Chur oder Konstanz und selbst in Iburinga großen Zulauf. Doch die römische Kirche verachtet und verleumdet uns weiterhin. Es zeichnet sich Folgendes ab: Die Kirchenmänner Roms werden *unsere* Vorkämpfer als Instrumente *ihrer* Machtansprüche einsetzen. Es gebührt mir nicht, jetzt mehr dazu zu schreiben. Noch sind die Menschen am See auf unserer Seite. Doch unsere Mission ist weiterhin großen Gefahren ausgesetzt.

Was geschah mit meinen Verbündeten?

Meine geliebte Meisterin Fara hatte nach dem Tod von Agrestius zahlreiche Schicksalsschläge zu verkraften. Der Kummer und die Sorgen um die eingesperrten Mädchen und Frauen, die immer wieder Fluchtversuche unternahmen, zehrten an ihrer Seele und an ihrem Körper. Als ihr Bruder Chagnoald verstarb, verlor sie einen ihrer einflussreichsten Vertrauten und sie beschloss, nach überstandener schwerer Krankheit ihren letzten Willen zu formulieren. Auch wenn sie sich den bischöflichen Regeln beugen musste, die Ländereien von Eboriacum hatte ihr Vater ihr auf seinem Sterbebett vermacht und niemand konnte ihr das Recht nehmen, darüber zu verfügen. Um ihren hinterhältigen Bruder Faro ruhigzustellen, vermachte sie ihm und ihren Geschwistern die Villa Luvra, später sollte das Landgut Louvre heißen. Doch Eboriacum und alle Ländereien, die dazugehörten, übertrug sie ihrem Monasterium. Faras Nachfolgerin ist Aethelburh, eine Verwandte von König Oswald, die in Iona ihre Ausbildung erhielt.

Oswald ist inzwischen König von Nordhumbrien und Bernicia, dem Gebiet, das einst dem Stamm der Briganten gehörte, den Namensgebern meines Sees. Es heißt, Oswald sei ein *Bretwalda*, ein guter, gerechter und fürsorglicher König.

Meine »Schwester« Sadalberga, die an die Liebe in jeglicher Form glaubte, heiratete erneut, bekam fünf Kinder und wurde dann Äbtissin in einem Monasterium in Lugdunum, unter dem Schutz von Faras Bruder, Bischof Chagnoald. Solange er lebte, beteiligte auch er sich weiterhin an unserem Kampf um die Gleichwertigkeit von Mann und Frau und unterstützte Sadalberga mit all seinen Möglichkeiten.

Auch Abt Waldebert von Luxovium reiste oft zu ihr und sie beide suchten die gegenseitige Nähe. Ich habe das Gefühl, die Männer hegten eine große Verehrung für Sadalbergas sinnliche Ausstrahlung, aber auch für den Weg, den sie ging, indem sie nach den frühen Schicksalsschlägen eine glückliche Ehe mit vielen Kindern führte und zu einer verständnisvollen und würdigen Äbtissin wurde.

Mein einfühlsamer Freund Meddyg, der Heilkundige mit den göttlichen Händen, der mir einst das Wunderwerk Mensch erklärte, ist inzwischen Bischof von Tarvanna geworden und hat im Norden des Frankenreichs die Coenobie Villa Sithiu gegründet. Bisher gelang es ihm, durch seinen großen Einfluss auf König Clothar III. die Unabhängigkeit von Sithiu zu bewahren. Die Coenobie untersteht keinem Bischof. Die Frauen, die in der Coenobie leben, lieben sein gutmütiges und freizügiges Wesen.

Gall, unser großer Meister, lebt in der von ihm gegründeten unscheinbaren Coenobie in den Wäldern an der Steinach am anderen Ufer des Sees. Im Schutz der Einsamkeit knüpft er zusammen mit Johannes, dem Bischof von Konstanz, sein Netzwerk unter anderem mit der einflussreichen Adelsfamilie der Viktoriden in Chur.

Nicht zuletzt möchte ich über Virgil schreiben. Es war eine besondere Liebe, die mich mit ihm verband. Er schien so luftig und leicht wie ein vom Wind getragenes unbeschriebenes Blatt. Jetzt nennen sie ihn Virgil Maro, den Grammatiker. Er lebt in Iona und schreibt an einer lateinischen Grammatik. Natürlich ist es keine langweilige, trockene Schrift. Nein, sie ist wie Virgil selbst, voller Schalkhaftigkeit, Parodien und Rätsel. Er lässt die Schriftzeichen und Silben tanzen, gibt ihnen eine neue Reihenfolge und geheimnisvolle Bedeutungen. Manche bezeichnen ihn als Narren. Wir bewundern ihn für seine Genialität, unsere Botschaften weiterzureichen. Denn allein wir, die Eingeweihten, wissen sie zu entschlüsseln.

Pilo und ich haben geheiratet und uns wurden drei Kinder geschenkt. Nach dem Tod der langobardischen Königin Theodelinda kam er zurück nach Pilolfhinga. Am Hof der Königin wurde ihm die Toleranz vorgelebt, für die wir alle kämpfen. Wir haben ein kleines Oratorium in Pilolfhinga errichtet, in welchem wir Mauricius‘ gedenken. In Iburinga herrscht munteres Treiben. Die Siedlung ist belebter denn je. Herzog Gunzo hat den Wiederaufbau mit finanziellen Mitteln unterstützt, genauso wie seine Tochter Friediburga, die Äbtissin, die einem Monasterium für Frauen und Männer in Mediomatricum, später werden sie es Metz nennen, vorsteht. Sie hilft uns dabei, eine Zufluchtsstätte für Mädchen, Witwen und Waisen in Iburinga zu errichten. Sie legt großen Wert darauf, diese in Gedenken an Gall zu gründen.

Oben auf dem kleinen Berg, der auf Iburinga und die ganze Ausdehnung des heiligen Sees blickt, haben wir über einem Heiligtum unserer Vorfahren ein weiteres kleines Oratorium errichtet. Doch mein persönliches Heiligtum ist immer noch Igwja. Sie steht dort unten bei der Höhle, in der ich einst gelebt habe, fest verwurzelt mit dem Boden. Sie erinnert mich an meine Mammä und an meine Geschwister, und in ihren Wipfeln sehe ich den höchsten Gott und wenn ich dann zum See blicke, die höchste Göttin ...

Iove.

Der historische Hintergrund
und
Die Bodensee-Romane – HiStory, Welt und Mensch

Gallus, Lucius und Mauricius sind Namensgeber für historische Stätten in Überlingen, Billafingen, Konstanz, rund um den Bodensee und darüber hinaus europaweit. Um die Namen ranken sich diverse Mythen. Die eingehende Auseinandersetzung mit den Überlieferungen führt vom Bodensee auf die Britannischen Inseln, aber auch nach Rom. Die langjährigen Recherchen zu meinen Bodensee-Romanen in der aktuellen, aber auch in einer vergessenen Fachliteratur, genauso wie aufschlussreiche Forschungsreisen durch Europa bringen dramatische Ereignisse der europäischen Geschichte ans Licht. Diese Begebenheiten waren so weltbewegend, dass ihre Folgen noch heute spürbar sind.

Aber der Reihe nach.

Wir tauchen in eine Zeit ein, in der die Grundrechte, wie die Würde des Menschen, die Gleichberechtigung von Mann und Frau, die Freiheit der Person und des Glaubens, der Meinung oder das Recht auf Bildung nicht in der Gesellschaft verankert sind. Genauso wenig gibt es so etwas wie Informationsfreiheit.

Die sich ausbreitende Macht der römischen Kirche gründet auf den Strukturen und Ämtern des römischen Reiches, das sich einst über ganz Europa erstreckte. Allein Irland und Schottland gehörten nicht dazu.

Die Hochkultur der Ägypter jedoch erreicht nachweislich schon in vorchristlicher Zeit auch die Britannischen Inseln am Rande der Welt. Das universale, aber auch verschlüsselte Wissen ihrer Priester dringt in die Welt der Druiden, der intellektuellen Elite der keltischen Gesellschaft, ein. Es prägt schließlich auch die Bildung der christianisierten Iroschotten. Zu ihnen gehören Columba von Luxeuil, der kämpferische, aber auch zur

Melancholie neigende Protagonist der Roman-Biografie *Wahrheit und Irrtum* (2021), sowie sein Umkreis, zu dem wir Gallus, Virgil und als Vorfahren Lucius Artorius und Ursinus zählen. Ihre Namen oder die sie begleitenden Symbole zeichnen sie als Bären aus, benannt nach dem Sternbild *Großer Bär* und dem Tier mit dem Sohlengang, das immer wieder aus seinem winterlichen Tiefschlaf zu neuem Leben erwacht.

Die verborgenen Wurzeln unserer Kultur

Um die verborgenen Wurzeln unserer Kultur zu entdecken, müssen wir tief in der Vergangenheit graben. Denn Dokumente, Akten, Quellen und andere Überlieferungen, die sich gegen das System der römischen Kirche zur Wehr setzten, sind verloren gegangen oder wurden vernichtet, und Menschen, die ihre Zweifel an den Dogmen kundtaten, verurteilt. Hinzu kommt, dass dem einfachen Volk die Bildung verwehrt wurde. Doch manche Hinweise blieben uns erhalten.

Dazu gehören die Briefe und Reden Columbas und die Grammatik-Traktate (*Epistolae* und *Epitomae*) von Virgilius Maro Grammaticus, im Roman kurz Virgil genannt. Die Schriften zeichnen ein Menschen- und Weltbild der Iren, das sich deutlich von dem der römischen Kirche unterscheidet.

Die Iroschotten sehen den Menschen, Mann und Frau, eingebunden in den Kreislauf des Lebens. Der Verstand und der freie Willen zeichnen ihn aus. Ein tugendhaftes Leben, Bildung und Wissen genauso wie Askese und Fasten helfen ihm dabei, an sich selbst zu feilen, um in die Sphären der höheren, göttlichen Weisheiten aufzusteigen. Dabei obliegt es dem freien Willen, keusch zu leben oder auch nicht. Auferlegte Zwänge werden vermieden. Stattdessen sollen Worte und vorbildliches Leben die Christianisierung vorantreiben. Die Iroschotten sehen Jesus als den direkten Vermittler zu Gott. Sie unterstellen sich weder der Autorität des Papstes noch der Bischöfe.

All das widerspricht den Beschlüssen der Konzilien der römischen Kirche. Ihrer Ansicht nach ist der Mensch von Geburt an als Sünder geboren und willenlos der Gnade Gottes ausgeliefert. Die Frau soll sich dem Mann unterordnen und das Recht auf Bildung wird ihr verweigert. Von den Dogmen der römischen Kirche abweichende Meinungen werden als Häresien verurteilt.

Die Iren sind hochgebildet. Sie beherrschen Latein, Griechisch und Hebräisch. Sie bringen ihre Riten und Gebräuche mit auf den Kontinent. Das Misstrauen gegen ihr Leben in den Coenobien, die sie auf dem Land in der Abgeschiedenheit gründen, lässt den Verdacht auf Häresie und Irrgläubigkeit wachsen. Um ihre Botschaften im Verborgenen an Eingeweihte weiterzureichen, bedienen sie sich einer alten druidischen Tradition, die in Ägypten heilig und allein den Priestern vorbehalten war: der Verschlüsselung.

Die Verschlüsselung

Verschlüsselungen erfüllen laut Virgil *(Epistolae)* drei Funktionen: Sie sollen den Scharfsinn der Schüler bei der Suche nach versteckten Textinhalten testen. Die Sprache ausschmücken und bereichern. Mystische Angelegenheiten verschleiern und nur den Eingeweihten enthüllen. Der letzte Zweck sei, so Virgil, der Wichtigste.

Die Verschlüsselung, die *scinderatione fonorum*, so schreibt er in seinen *Epitomae*, sei zu erlernen. Dabei werden Verse, Worte oder Silben verdreht, vertauscht oder ausgelassen. Die Verhüllungen arbeiten, wie Virgil selbst sagt, auf drei Ebenen: einer offenkundigen, einer offenkundig verschleierten und zuletzt auf einer tiefen, verborgenen Ebene. Auf dieser letzten Ebene sind die Sachverhalte, wie bei Mauricius, so verschlüsselt, dass sie die Aufmerksamkeit des nicht eingeweihten Lesers von den tatsächlichen Ereignissen ablenken.

Wir folgen der These von Vivien Law, dass Virgil unter dem Deckmantel seiner Grammatik selbst Geheimnisse versteckte. Seine Verschlüsselungen sind oft verwirrend. Womöglich machen sich die Iroschotten in ihren Geheimbotschaften lustig über die römische Kirche. Der schwarze Humor wird ihnen ja nachgesagt. Doch selbst wenn ihre verborgenen Nachrichten spielerische Züge tragen und oberflächlich wirken sollten, berichten sie von einem Kampf um Leben und Tod. – Denn, wie im Roman dargelegt, häufen sich in ihrem Umfeld ungeklärte Todesfälle.

Die Verschlüsselungen der heiligen Schriften der Ägypter hatten auch Einfluss auf das Christentum und die Evangelien und äußerten sich in Form von Gleichnissen und Geheimnissen (vgl. u. a. Matthäus 13,13).

Der Kampf für das Gute

Zwischen den Zeilen der überlieferten historischen Abhandlungen ist zu lesen, dass die Iroschotten das Volk auf ihrer Seite hatten. Das verwundert nicht, da ihr universales Wissen auch die Sternen-, die Heil- und Pflanzenkunde und damit auch umfangreiche landwirtschaftliche Kenntnisse umfasste. Sie brachten den Menschen Nahrung, Heilung, Bildung und selbstverständlich auch seelischen Beistand. Aus dem heidnischen Glauben heraus wurden sie von der Bevölkerung womöglich wie Magier verehrt.

Mithilfe von Virgil entschlüsseln wir im vorliegenden Roman die dramatischen, Europa bewegenden Geschehnisse, die sich unter dem Decknamen Mauricius verbergen. Eine entscheidende, aber korrupte Papstwahl wird in Erinnerung gerufen. Die dramatischen Vorfälle verdeutlichen die Dringlichkeit des Widerstands.

Es ist der Kampf für das Gute, für die Menschlichkeit, für Toleranz, Gleichheit und Aufrichtigkeit, der Lucius, König Artus und den Gegenpapst Ursinus miteinander verbindet. Gall, sein Lehrmeister Columba, Virgil und viele andere sehen sich als deren Brüder im Geiste. Sie versammeln sich zur Tafelrunde und kämpfen nach dem Vorbild von Jesus und dessen Abendmahlsrunde für die Rettung der Welt und der Menschheit. Nach den apokryphen Evangelien der Maria und des Philippus leisten auch Frauen ihren entscheidenden Beitrag dazu (vgl. hierzu *X – Die geheime Quelle vom Bodensee,* Bodensee-Roman, 2020).

Ab Iove principium

Mit *Ab Iove principium* (Vergil, *Eklogen*) kommen wir zur Geburt der Venus auf dem Cover von *Friede*.

Das weltberühmte Meisterwerk von Sandro Botticelli (Uffizien, um 1483) erzählt von der Entstehung der Liebe, gezeugt von der Erde und dem Himmel, nach der griechischen Mythologie in Gestalt der Göttin Gaia und ihres Sohns Uranos.

Nach Plotin *(De Amore)* verkörpert die Göttin Venus die vollkommene Verbindung von Seele und Verstand und vereint in ihrer Körpersprache Sinnlichkeit und Keuschheit.

Friede verfolgt genau diese Gegensätze, die auch in der Zeit um 600 für ausgiebige und anhaltende Diskussionen sorgten, welche bis in die Zeit von Botticelli im 15. Jahrhundert, ja weit darüber hinaus geführt wurden.

Die Liebe ist göttlich und menschlich. Der leidenschaftliche Atem des Sturmgottes Zephyr treibt sie auf ihrer

Muschel ans Ufer. Die Naturgöttin Chloris streut ihre Blüten der Fruchtbarkeit. Venus entsteigt dem Meer.

Das Gewässer könnte auch der Bodensee und Venus genauso gut Brigantia sein, die Fruchtbarkeit bringende Göttin des Sees. Wir lassen unseren Gedanken und unserer Fantasie freien Lauf. Botticelli hätte sicherlich nichts dagegen gehabt.

Der untere Teil des Covers zeigt die einst spektakulären Heidenhöhlen von Überlingen am Bodensee (Corradi, um 1850), die dem Eisenbahn- und Straßenbau zum Opfer fielen. Ein magischer Schauplatz von *Friede.*

Die Gattung des Romans bietet uns die Möglichkeit der Verbindung von langjährigen Forschungen mit der Fiktion. Wir suchen die Ursprünge des Christentums, zugleich aber auch die interkulturellen Einflüsse, um unsere Gegenwart besser zu verstehen und vielleicht befreiter in die Zukunft zu gehen.

Personenverzeichnis*

Friede, eine junge Alamannin vom Stamm der Lentienser/ Linzgauer, Waise, aus Iburinga/Überlingen. Sie verliebt sich in den Sprach- und Wortkünstler Virgil.

Alle weiteren Personen sind historisch belegt oder in Legenden überliefert:

Agrestius, gest. 628, burgund.-fränk. Adel, königlicher Notar (Luxovium), Gefährte von Fara.

Amatus, um 570 bis um 627, aus röm. Adel, Kloster (Acaunum/Saint-Maurice, Luxovium), Abt von der Coenobie Villa Habendum/Remiremont.

Atala, um 590 bis um 627 (Lérin, Luxovium, Ebovium/Bobbio), engste Gefährtin von Columba, als Mann verkleidet Nachfolge als Abt/Äbtissin von Ebovium.

Die Burgundofarones, fränk. Adel:
Chagnerich, um 565 bis um 633 (Meldensis/Meaux), in königl. Diensten; Vater von:

> **Chagnoald,** um 583 bis um 638 (Luxovium), Bischof von Lugdunum/Laon, enger Vertrauter Columbas und seiner leiblichen Schwester Fara.
> ***Fara,*** Burgundofara, um 595 bis um 656, Äbtissin von Eboriacum/Faremoutiers, Gefährtin von Agrestius.
> ***Faro,** um 596 bis um 672, Bischof von Meldensis/Meaux, Fara wird ihm als Äbtissin von Eboriacum unterstellt.

Erläuterung:* ***Protagonisten,* *Gegenspieler, (Ausbildungs-, Tätigkeitsorte), /heutiger Name

Columba, Columban von Luxovium, um 540–615, Iroschotte, Gründer und Abt von Luxovium und Ebovium.

***Damasus,** um 305–384, nach einer mit Bestechungen und Grausamkeiten verbundenen Wahl Bischof von Rom (Papst 366–384).

****Donatus,*** um 594 bis nach 656, galloröm. Adel, Patensohn von Columba, Bischof von Vesontio/Besançon, Verfasser strenger Regeln für ein Nonnenkloster.

****Eustasius,*** um 560–629, burgund. Adel, 2. Abt von Luxovium, offener Konflikt mit Agrestius, einem treuen Anhänger der iroschott. Mission.

Gall, Gallus, Cailech *(Bären-Symbol),* um 550 bis um 640, Iroschotte, engster Vertrauter von Columba, gründet Coenobie, aus der später das Monasterium und die Stadt St. Gallen entstehen.

Lucius Artorius *(Bär)* **Castus,** König Artus (?), 2. Jh., röm. Kommandant, führt Skythen nach Britannien und Eboracum/York. Freiheitskämpfer.

Mauricius, legendenhafter Anführer einer thebäisch-christl. Legion, die sich weigert, Christen zu bekämpfen, und von Römern in Acaunum (Saint-Maurice) hingerichtet wird. Historisch nicht belegbare Begebenheit. Deckname zur Verschlüsselung einer Katastrophe.

Meddyg, Audomar, Omar, Otmar, um 600 bis um 670 (Luxovium), später Bischof von Tarvanna/Thérouanne, Coenobie Villa Sithiu.

Oswald, um 604–642 (Insel Iona), König von Bernicia/Northumbria/Eboracum (York), verheiratet, trägt später den Titel *Bretwalda.*

Sadalberga, um 605 bis um 670, fränk. Adel, verwandt mit Fara, verheiratet, fünf Kinder (Villa Habendum), später Äbtissin (Laon).

Ursicinus, Ursinus *(Bär)*, 4. Jahrhundert, Gegenkandidat von Damasus bei der umstrittenen Papstwahl im Jahr 366.

Virgil, Virgilius Maro Grammaticus, 7. Jahrhundert, vermutlich Iroschotte, Sprach- und Wortkünstler, Verfasser von zwei Traktaten (*Epitomae* und *Epistolae*), Gefährte von Friede.

Waldebert, um 595 bis um 670, fränk. Adel, Nachfolger von Eustasius als Abt von Luxovium.

Handlungsorte

Wenn das Buch gefallen hat, herzlichen Dank für eine Rezension.

[illegible]

Literatur in Auswahl

Archäologisches Landesmuseum Baden-Württ. (Hrsg.), Die Alamannen (Ausst.-Kat.), Stuttgart, 3. Aufl. 1998.

Breverton, Terry: Physicians of Myddfai. Cures and Remedies of the Mediaeval World, Cambria Books 2012.

Brunaux, Jean-Louis: Druiden, Die Weisheit der Kelten, Stuttgart 2009.

Diem, Albrecht: Das monastische Experiment. Die Rolle der Keuschheit bei der Entstehung des westlichen Klosterwesens, Münster 2005.

Donatus von Besançon (Hauschield, K./Diem, A. Hrsg): Nonnenregel, St. Ottilien, 2014.

Ebrard, Johann: Die iroschottische Missionskirche des sechsten, siebten und achten Jahrhunderts, Gütersloh 1873.

Law, Vivien: Wisdom, Authority and Grammar in the Seventh Century: Decoding Virgilius Maro Grammaticus, Cambridge 1995.

Littleton, Scott: From Scythia to Camelot: A Radical Reassessment of the Legends of King Arthur, the Knights of the Round Table, and the Holy Grail, Routledge 2000.

Lukrez: De rerum natura/Über die Natur der Dinge, 1. Jh. v. Chr.

McNamara, Jo Ann/Whatley, E. Gordon/Halborg, John E.: Sainted Women of the Dark Ages, New York 1992.

Reutter, Ursula: Damasus, Bischof von Rom (366–384). Leben und Werk, Tübingen 2009.

Schär, Max: Gallus. Der Heilige in seiner Zeit, Basel 2011

Storl, Wolf-Dieter: Der Bär. Das Krafttier der Schamanen, München 2005.

Wermelinger, Otto: Mauritius und die Thebäische Legion: Akten des internationalen Kolloquiums, Freiburg, Saint-Maurice, Martigny, 17. - 20. September 2003, Fribourg 2005.

Die Bodensee-Romane von Marion Harder-Merkelbach

Der Medicus vom Bodensee

Edition Isele, 1.−4. Auflage, 2008-10
MHM Verlag, 5.−7. Aufl., 2014-2020, 219 Seiten

Süddeutschland und Italien im Jahrhundert des Konzils zu Konstanz:

Der vom Bodensee stammende Patriziersohn Andreas Reichlin gerät während seines Medizinstudiums an der Elite-Universität von Padua in den Bann einer Gruppe von jungen Visionären. Als berühmter Arzt trifft Reichlin in Rom erneut auf seine Freunde, die jetzt als Papst, dessen Kardinäle und Berater das Rad der Welt bewegen. Gemeinsam streben sie mithilfe der Baukunst nach Macht und Ruhm. Doch der erbitterte Kampf gegen den Schwarzen Tod, Neid, Verleumdungen und die Liebe stellen das Streben des Medicus vom Bodensee in Frage.

Handlungsorte sind Überlingen, Konstanz, Heidelberg, Padua und das päpstliche Rom.

Ein außergewöhnlicher Bodensee-Roman, der auf den wissenschaftlichen Erkenntnissen der Autorin basiert und bereits mehrfach aufgelegt wurde.

BodenSeele

MHM Verlag 2012/14, 335 Seiten

Bodensee, Schwarzwald, Herzogtum Mailand im 15. Jahrhundert:

Der aus Überlingen stammende Medizinstudent Matthias Reichlin, Sohn des **Medicus vom Bodensee**, verliebt sich in die Novizin Simarna, die uneheliche Tochter einer Ketzerin.

Die geheime Liebe entführt in die spätmittelalterliche Welt zwischen Reichtum und Armut, Kirche und Ketzerei, Bildung und Volksglaube, Frömmigkeit und Folter ...

Am Ende des Buches finden sich Erläuterungen zum historischen Hintergrund der handelnden Personen.

»Marion Merkelbachs präzise recherchierter Spätmittelalterroman BodenSeele ist ein Glanzstück des Genres.« (Badische Zeitung)

»Geglückt ist der Spagat zwischen Historie und Jetztzeit, was gerade in der Figur der Simarna festzustellen ist.« (Südkurier)

Das Geheimnis des Medicus

MHM Verlag, 2015, 288 Seiten

Bodensee, Freiburg, Italien im 15. Jahrhundert zur Zeit der Vorreformation und der Renaissance:

Als Rektor der Universität und gefragter Arzt trifft der Überlinger Medicus Matthias Reichlin in der Nähe von Mailand erneut auf die von der Inquisition verfolgte Simarna. Folter und Pest, Liebe, Magie und Hexenverfolgungen bestimmen das menschliche Dasein jener Zeit. Da findet Simarna Zugang zu der verborgenen Welt eines faszinierenden Künstlers. Das Genie erforscht unermüdlich Himmel und Erde, um den Geheimnissen des Lebens und der Natur auf die Spur zu kommen:
Leonardo da Vinci.

Rätselhaft, vollkommen, allumfassend …

»Gut recherchiert, mit viel Detailwissen und dem Gespür für eine gut komponierte Handlung und mehrdimensionale Figuren sind Harder-Merkelbachs Romane flüssig und mit Gewinn zu lesen.« (Badische Zeitung)

X – Die Geheime Quelle vom Bodensee

MHM Verlag, 2020, 222 Seiten

Europa und der Bodensee im 2. Jahrhundert nach Christus: Ein geheimnisvolles Netzwerk mit dem Erkennungszeichen X hat den Auftrag, die Welt von zürnenden Göttern, blutigen Kriegen und todbringenden Seuchen zu befreien. König Ghrian und das keltische Mondkind Ceili begeben sich von Britannien aus auf eine geheimnisvolle Mission. Während ihrer Reise ins Ungewisse treffen sie auf den Druiden Dru und weitere Gleichgesinnte. Am Bodensee erwartet die Visionäre schließlich ein erbitterter Kampf auf Leben und Tod ...

Ein packender Bodensee-Roman, der die Leserinnen und Leser zu den verborgenen Wurzeln unserer Kultur führt.

Leserstimmen (Lovelybooks):

»Gerade die Mischung aus Geschichte, historischer Handlung und Dramatik haben für mich den Roman so lesenswert gemacht.«

»Ich war sehr gespannt und wurde nicht enttäuscht, das Buch zeigt sehr viele Parallelen zur heutigen Zeit auf.«

Wahrheit und Irrtum

MHM Verlag, 2021, 288 Seiten

Europa und der Bodensee um das Jahr 600 nach Christus: Der irische Visionär Columba verlässt mit seinen Verbündeten die Inseln am Rande der Welt, um die eigene Auffassung vom Christentum zu verbreiten. In dem nach Columbas Regeln in der Abgeschiedenheit der Vogesen gegründeten Monasterium erscheint Atala. Der Abt und Atala hegen große Gefühle füreinander. Doch es gibt mächtige Gegner, die eine solche Liebe verurteilen und das Zusammenleben der Gefährtinnen und Gefährten im Monasterium anprangern. Der waghalsige Kampf um Menschlichkeit und Toleranz, Bildung und Gerechtigkeit für Frauen und Männer sowie um die Verehrung der Natur nimmt seinen dramatischen Lauf ...

Ein packender Bodensee-Roman, der auf wahren Begebenheiten beruht. Handlungsorte sind die Britischen Inseln, Frankreich, der Bodensee und Norditalien.

Leserstimmen (Lovelybooks):

»Ein Buch, das sich zu lesen lohnt.«

»Es gab viele unterschiedliche Charaktere, welche bestens ausgearbeitet wurden. Jeder von ihnen ist ein kleines Highlight ...«

Die Autorin und die Bodensee-Romane

Marion Merkelbach entführt die Leserinnen und Leser auf eine Zeitreise in eine in Vergessenheit geratene Epoche der europäischen Kultur. Das Studium der Kunstgeschichte und der Archäologie in Freiburg und in Italien bildet die Grundlage für ihre Recherchen zu Liebe, Leid und Leidenschaften der historisch belegten Protagonistinnen und Protagonisten. Die Idee zu ihrem ersten historischen Roman (*Der Medicus vom Bodensee*, 2008–2020, 7. Aufl.) entwickelte sich aus ihrer Promotion zur Architektur der Renaissance in Italien und weiteren wissenschaftlichen Arbeiten. Seither führt sie die Spurensuche auf Rechercherreisen durch ganz Europa – unter anderem nach Irland, Schottland, Frankreich, Italien und Deutschland. Darüber hinaus bietet ihr das Leben am geschichtsträchtigen Bodensee eine unermüdlich sprudelnde Inspirationsquelle für die *Bodensee-Romane, HiStory – Welt und Mensch.*

www.marion-merkelbach.de

YouTube – MHM Verlag, Marion Merkelbach